tempus fugit

maria e. mathissen

tempus fugit
geschichten

Bibliografische Information der Deutschen Nationalbibliothek:
Die Deutsche Nationalbibliothek verzeichnet diese Publikation in
der Deutschen Nationalbibliografie; detaillierte bibliografische
Daten sind im Internet über http://dnb.dnb.de abrufbar.

© 2014 maria e. mathissen

Illustration: maria e. mathissen

Lektorat: Angela Braun, Schliersee

Herstellung und Verlag: BoD – Books on Demand, Norderstedt

ISBN: 978-3-7322-8484-9

Inhalt

Januar – *Schwarzes Gold*	9
Februar – *Februartag*	27
März – *Traumpfade*	37
April – *mutterseelenallein*	43
Mai – *Hildegard*	49
Juni – *Charly, ach, Charly!*	61
Juli – *Sie schlafen sehen*	69
August – *Zugfahrt*	85
September – *Anitas letzter Wille*	93
Oktober – *Doppelaxt*	113
November – *Schmitts großer Tag*	133
Dezember – *Begegnung im Schnee*	153

*Einen Augenblick festzuhalten, zu bannen in einem Bild,
einem Text, einem Wort, einer Geste, einem Lächeln, einem Gedanken …
augenblicklich vergessene Erinnerung oder lebenslanger Duft in der Nase.
Manches vergeht, manches bleibt immer in mir, wohnt in mir,
macht sich breit, formt und füllt mich aus.
Augenblick …
Blickt dann das Auge, oder wird es angeblickt,
sehe ich, oder werde ich gesehen?
Atme ich?
Lebe ich?
Liebe ich, oder werde ich geliebt?
Faszinierend scheint es, Augenblicke zu betrachten,
wie sie kommen und vergehen
und im besten Fall einen anderen Menschen aus mir machen,
mich so verändern, dass ich mich, beim Blick in die eigenen Augen,
am Ende selbst nicht mehr erkenne.
Bestenfalls.
Aber einen Versuch ist es allemal wert,
augenblicklich und wahrhaftig
ich zu sein.*

Januar

Du hast mir einen Kalender geschenkt.
Fürs neue Jahr.
Aus alter Tradition.
Danke dir.

Blatt eins.
Winterlandschaft, tief verschneit, eines Januarblattes würdig
— Fehlanzeige.
Stattdessen eine Urlaubserinnerung.
Deine wahrscheinlich, nicht meine.
Südfrankreich.
Ein Sprung ins Wasser.
Eine Bildsequenz.
Zweifach Leben.
Jean-Paul, Jean-Michel, vielleicht auch nur Jean?
Jean also … über Wasser, im Flug vom Bootssteg,
festgefroren für die Ewigkeit.
Unter Wasser, sichtbar nur in meiner Vorstellung.
Aufspritzendes Wasser als Beleg fürs Eintauchen.

Stille.

So habe ich es gemacht. Genau so!
Bin in das neue Jahr gesprungen, bin eingetaucht
und weiß noch nicht, was kommt.

Mal sehen!

Schwarzes Gold

Das war vielleicht ein Tag! Jetzt nur noch aufs Sofa, die Füße hoch, ein Gläschen Wein – perfekt. Die Pizza war schon im Ofen, die Musik spielte leise im Hintergrund. Kein Licht außer dem der heruntergedimmten Stehlampe und dem, das die Straßenbeleuchtung in die Wohnung warf. Hannah sank erschöpft in die Kissen, ließ die Schuhe von den Füßen gleiten, lehnte den Kopf mit den langen, wilden Locken auf das Polster, schloss die Augen, spürte, wie der Stress des Tages von ihr abfiel, und dachte – an nichts mehr. Fantastisch!

Ein unschöner leiser Knall ließ sie aus ihrer vollkommenen Entspannung hochfahren. *Was zum Teufel ...?* Die Musik war abrupt verstummt, die Lampe erloschen und das beruhigende, laute Brummen ihres etwas in die Jahre gekommenen Backofens nicht mehr zu hören.

»Die vermaledeiten Sicherungen!«, fluchte sie. »Nicht schon wieder!«

Wie oft hatte sie der Vermieterin bereits gesagt, dass irgendwas nicht stimmte. Aber die kümmerte sich ja um nichts mehr. Sie wollte das Haus, das sie angeblich liebte, in dem sie geboren worden war und ihr halbes Leben verbracht hatte, einfach abstoßen, wollte es loswerden wie ein Kleidungsstück, das nicht mehr topmodisch war. Im Grunde konnte Hannah sie ja verstehen. Zweimal eine Flut mitzuerleben, zweimal den Keller und im letzten Herbst sogar das Erdgeschoss voller Wasser zu haben, die Kämpfe mit den Versicherungen auszufechten, die manchmal frustrierenden Aktionen im Stadtrat für eine Flutsicherung, die dann an Kleinigkeiten scheiterte ... Irgendwann hatte man eben die Nase voll. Aber wer würde das Haus schon kaufen? Den Keller konnte man auf jeden Fall nicht nutzen, weil er immer feucht war. Alter, dicker Sandstein, der wahrscheinlich nie wieder trocknen und auf ewig diesen modrigen Geruch absondern würde. Mit Sicherheit saß die Feuchtigkeit auch in den Räumen des Erdgeschosses, hatte sich wohnlich eingerichtet und würde so schnell nicht weichen. Immerhin wohnte Hannah im Dachgeschoss, sodass sie davon nicht viel mitbekam.

Ihre Vermieterin hingegen war in eine neu gebaute, moderne Villa am Stadtrand gezogen, die sie sich vermutlich mit dem Geld der Versicherung gebaut hatte, anstatt ihr Haus zu sanieren. Die Villa befand sich in einem hochwassersicheren Gebiet, fernab des Flusses, den Hannah eigentlich liebte. Zu jeder Jahreszeit. Nur nicht, wenn er über die Ufer trat. Vielleicht hätte sie sich von der ollen Schabracke zu Weihnachten einen neuen Sicherungskasten wünschen sollen. Seufzend erhob sie sich von ihrem Sofa, nahm das Tablett, das für solche Fälle bereitstand, zwei Ersatzsicherungen, ein paar Teelichter und die Streichhölzer und machte sich auf den Weg in den Keller.

Der Lichtkegel ihrer Taschenlampe zuckte über die Wände des Gewölbekellers, in dem bis wenige Sekunden zuvor noch zwei Glühbirnen ihr milchiges Licht in den Gang gestrahlt und diesen mehr schlecht als recht beleuchtet hatten. Dann war es plötzlich stockdunkel gewesen. Noch nicht einmal durch die geöffnete Kellertür drang Licht ein. Sie hatte das Gefühl, dass der Winter in dieser Saison viel zu lange andauerte und die dunklen, kalten Tage kein Ende fanden.

Selbst hier unten herrschten eisige Temperaturen, und sie war froh, ihren Wintermantel nicht in der Etage über ihr gelassen zu haben. Nur in ihrem Kostüm hätte sie wahrscheinlich erbärmlich gefroren, und ihre neuen Highheels waren alles andere als geeignet für einen feuchten Lehmboden. Warum musste ihr Chef die Termine auch so ungünstig aneinanderreihen? Ein Besichtigungstermin in einer Altbauvilla und diese Hausbegehung hatten wenig miteinander zu tun.

Sie bewegte sich vorsichtig in die Richtung, in der sie den Sicherungskasten vermutete, stets bemüht, die Wände nicht zu berühren. Der Sandstein war über die Jahre porös geworden und blätterte ab, sobald man ihn anfasste. Feucht war er auch. Wahrscheinlich bis in die tieferen Schichten. Das letzte Hochwasser hatte einfach zu lange darin gestanden und dem Sandstein genug Zeit gegeben, es aufzusaugen wie ein Schwamm – mit all den Verunreinigungen, die sich darin tummelten. Kein schöner Gedanke. Die Linien der unterschiedlichen Wasserstände hoben sich deutlich von der natürlichen Farbe des Gesteins ab, und obwohl Frau Wagner ihr versichert hatte, dass sie die Trockenanlage mehr als fünf Monate in Betrieb gehabt und das eine horrend hohe Stromrechnung verursacht hatte, war der Stein nicht wirklich getrocknet. Obgleich kein Schimmel zu erkennen war, roch es modrig, und Caroline hoffte inständig, dass Frau Wagner nicht ein paar Leichen im Keller vergraben hatte.

Langsam und fast schon resignierend schüttelte sie den Kopf. Dieses Haus war praktisch nicht zu verkaufen. Es lag zwar nicht unbedingt in einem primären Überschwemmungsgebiet, aber offensichtlich reichte das Wasser viel zu oft auch bis in diesen Keller. Und das minderte den Wert. Bei all den Bildern, die die Menschen im Kopf hatten. Und nun noch der Kurzschluss. Die Elektrik musste vollkommen überarbeitet, Kabel neu verlegt, die Heizungsanlage modernisiert werden. Vermutlich hatte die Bude noch nicht einmal eine ordentliche Isolierung. Die Temperatur im Keller sprach deutliche Worte. Immer ein schlechtes Zeichen.

Dass die Besitzerin das Haus unbedingt verkaufen wollte, konnte Caroline durchaus verstehen. Doch dieser Keller, der Zustand des Treppenhauses und die Frau, die im Dachgeschoss wohnte und partout nicht ausziehen wollte ... das alles sprach wenig für einen erfolgreichen Abschluss. Und nun lag es an ihr, der jungen, ehrgeizigen, kompetenten Maklerin, eine erste Einschätzung zum Zustand des Hauses und dessen möglichem Verkaufswert abzugeben und der Mieterin eine andere Wohnung anzubieten – gleich groß, fast gleicher Mietpreis, gleicher Ortsteil, aber in einem moderneren Haus. Sie hatte die Vermieterin sogar überreden können, die Erstattung der Umzugskosten in Erwägung zu ziehen. Das würde mit Sicherheit helfen, die junge Frau davon zu überzeugen, dass ein Umzug nicht das Schlechteste wäre.

Die erste der beiden freistehenden Wohnungen hatte sie bereits in Augenschein nehmen können, und bevor sie sich die zweite vornahm, hatte sie den Keller inspizieren wollen. Ein bisschen Abwechslung würde ihren Blick für die wichtigen Details wieder schärfen. Allerdings hatte sie nicht mit einem solch desolaten Zustand des Gewölbes gerechnet. Und dann ging das Licht aus.

Sie hasste solch unvorhersehbare Zwischenfälle. Sie bereiteten ihr Unbehagen. Sie liebte Struktur, Ordnung, Disziplin. Sie plante ihre Arbeitstage sorgfältig, teilte sich diese in meist geschickt und sinnvoll aufeinanderfolgende Zeitfenster ein, an die sie sich zu halten versuchte. Nur so blieben abgesprochene Termine realisierbar. Immerhin war dieses Haus der letzte Termin an diesem

Tag, sodass eventuelle Verzögerungen keine signifikanten Folgen haben würden. Trotzdem wollte sie so schnell wie möglich dafür sorgen, dass wieder Strom floss. Der Keller war unheimlich. Vermutlich waren die Sicherungen lediglich herausgesprungen. Ein kleiner Handgriff, und sie könnte mit ihrer Arbeit fortfahren. Da, der Sicherungskasten. Ein Uraltmodell. Waren die überhaupt noch zulässig? Hier musste ein Fachmann ran. Es war ihr unmöglich, all die notwendigen Reparaturarbeiten auch nur annähernd einzuschätzen. Dieses Haus glich einem Fass ohne Boden. Sie machte sich einen gedanklichen Vermerk.

Keine der Sicherungen schien kaputt zu sein. Aber was verstand sie schon davon. Sicherungen gehörten wirklich nicht zu ihrem Fachgebiet. Vielleicht war ja nur eine locker!? In der Hoffnung, keinen Stromschlag zu bekommen, drehte sie eine nach der anderen raus und wieder rein. Es konnte nichts schaden, mit etwas System an die Sache ranzugehen. Doch nichts geschah. Keine der Sicherungen war beschriftet. Vielleicht war es ja ein Stromausfall, der das ganze Viertel betraf. Das würde auch die absolute Dunkelheit erklären. Irgendwo hätte doch zumindest ein Lichtschimmer der Straßenbeleuchtung eindringen müssen. Allerdings war ihr auch nicht wirklich ein Fenster aufgefallen.

Mist. Jetzt zickte auch noch ihre Taschenlampe. *Super.* Stockdunkel. *Prima.*

Am besten, sie würde in die Wohnung zurückgehen und einfach abwarten, bis das Licht wieder anging. Die Kellertür und der rettende Aufgang befanden sich links um die Ecke. Gar nicht weit weg. Und wenn sie sich an der Wand entlangtastete, würde sie irgendwann hinkommen. Sie senkte ihre Hand auf den bröselnden Sandstein und tapste langsam voran.

Als sie um die Ecke bog, sah sie eine Lichtgestalt, die auf sie zu schwebte, hell erleuchtet und mit glänzenden Augen. Der Schrei, der ihr entwich, fuhr ihr selbst durch Mark und Bein und hatte ein seltsames Echo. Manchmal weiß man ja nicht, wie diese Gewölbekeller sich akustisch auswirken, aber seltsam war, dass mit dem Schrei auch der Geist verschwand. Es gab ein lautes, schepperndes Geräusch, als würde etwas zu Boden fallen, und dann war es wieder dunkel. Sie wagte nicht zu atmen. Keinen Schritt tat sie. Sie öffnete die Augen und schloss sie wieder, da ohnehin kein Unterschied zu erkennen war. Alles um sie herum war schwarz. Angestrengt lauschte sie in die Stille. Ein leises Atmen. Nicht das ihre. Eine Gänsehaut überzog ihren Körper.

Plötzlich kamen weitere Geräusche hinzu – ein immer lauter werdendes, unschönes Quietschen und dann ein metallisches Klacken, als die Kellertür ins Schloss fiel.

»Verdammt. Die ist zu«, hörte sie jemanden leise fluchen.

»Wer ist da?«, fragte sie lauter, als sie wollte, und ärgerte sich, dass die Angst, die sich ihrer bemächtigt hatte, in den Worten mitklang. »Wenn Sie näherkommen, dann schlage ich zu. Ich habe eine ... einen schwarzen Gürtel.«

»Schön für Sie. Dann kann Ihre Hose ja schon mal nicht rutschen!«

»Wer sind Sie?«

»Das müsste ich Sie fragen.« Ein leises Rascheln und Zischen, der Geruch von Schwefel, und plötzlich erleuchtete ein Streichholz matt das Gewölbe, bevor es ein Teelicht nach dem anderen entflammte. »Im Gegensatz zu Ihnen wohne ich hier, und soweit ich weiß, bin ich momentan die einzige Mieterin. Und mit der Vermieterin haben Sie keine Ähnlichkeit – zumindest mal nicht Ihre Stimme.« Sie platzierte die Teelichter auf dem Tablett und hob es vom Boden auf. Ihre Augen leuchteten dunkel, und als sie sah, dass es keine Ninja-Kämpferin war, die sie vor sich hatte, breitete sich ein Lächeln über ihr Gesicht.

Hübsch sieht sie aus. Sympathisch. Gar nicht wie ein Gespenst, dachte Caroline und musste sich bemühen, sie nicht prüfend anzustarren.

»Nein, die Vermieterin sind Sie nicht. Zu jung und wesentlich attraktiver.« Sie lächelte Caroline an. »Jetzt sorgen wir erst einmal für Licht.« Mit zwei geübten Handgriffen hatte sie die defekten Sicherungen durch neue ersetzt, und in dem Moment, in dem sie die letzte festzog, ging im Keller das Licht wieder an. »So, das hätten wir. Keine Ahnung warum, aber es sind immer die gleichen Sicherungen, die durchbrennen. Und jetzt schauen wir, dass wir hier rauskommen.«

»Eine gute Idee!«

»Sie haben Ihre Sprache wiedergefunden! Wie schön. Ich dachte schon, ich müsse weiterhin Monologe halten. Das wird auf Dauer ziemlich langweilig.«

»Das hört sich an, als wüssten Sie, wovon Sie sprechen.«

Sie standen vor der geschlossenen Tür, die überraschenderweise auf der Kellerseite keine Klinke hatte, sondern nur einen Knauf, der sich aber nicht drehen ließ.

Hannah ignorierte Carolines Worte und klopfte fast schon bewundernd auf den blanken Stahl. »Das ist noch eine Tür! Sieht man selten. Wahrscheinlich wurde der Keller als Luftschutzbunker verwendet. Wenn die zufällt, ist sie zu.«

»Und wo ist der Griff? Selbst aus einem Luftschutzbunker sollte man wieder herauskommen können, oder?«

»Tja. Da war wohl ein Experte am Werk. Handwerklich begabt, aber geistig impotent.« Sie musste lächeln. »Ich war mal in einem Restaurant, in dem die Damentoiletten frisch gestrichen waren – auch die Türen. Und einer der Handwerker hatte die Schlösser neu montiert. Allerdings derart, dass man nicht von innen, sondern nur von außen absperren konnte. Unglaublich!« Sie schüttelte den Kopf.

»Nette Geschichte. Hilft uns leider überhaupt nicht weiter.«

»Nein. Aber das hier!« Hannah zog den Schlüsselbund aus ihrer Hosentasche. »Keine Panik. Die Tür stand ja offen, als ich kam.« Sie blickte die Maklerin vorwurfsvoll an. »Leider war der Keil so bescheuert unter die Tür geschoben, dass ich dagegen stolperte und mir fast die Zehe gebrochen habe.«

»Die Schläppchen, die Sie anhaben, sind ja wohl kaum für den Keller hier geeignet.«

»Lassen Sie das mal meine Sorge sein!« Sie schaute auf die Highheels. »Oder sprechen Sie aus eigener Erfahrung?« Sie steckte den Schlüssel ins Schloss und versuchte vergeblich, ihn zu drehen. »Seltsam. Das funktioniert nicht. Irgendwie stoße ich auf Widerstand. Als ob von der anderen Seite etwas im Schloss steckt.«

Die Fremde räusperte sich verlegen. »Ich fürchte, daran bin ich schuld. Das wird mein Schlüssel sein. Den habe ich stecken lassen. Woher sollte ich denn wissen, dass der Keil funktionsunfähig ist, verdammt noch mal! Sie haben ihn sicherlich gelockert, als Sie drangestoßen sind.«

»Ach, jetzt ist das Ganze auch noch meine Schuld!?«

»Nein, natürlich nicht. Entschuldigen Sie. Es ist wohl eher eine ungünstige Verquickung von Zufällen – im wahrsten Sinne des Wortes.« Sie lehnte sich gegen die Tür und kreuzte die Arme vor der Brust. »Wie heißen Sie überhaupt? Ich meine, wenn wir hier drin schon sterben müssen, dann sollten wir wenigstens unsere Namen kennen.«

»Hannah. Hannah Müller. Und Sie?«

»Caro.« Die Fremde zögerte. »Eigentlich Caroline. Der Nachname ist nicht wirklich wichtig. Der steht ohnehin auf dem Schreiben, das Sie von mir erhalten werden.«

Hannah zog fragend eine Augenbraue hoch. »Wollen Sie mich verklagen? Ich bin nicht daran schuld, dass wir hier unten festsitzen!«

»Ich bin Maklerin und habe versucht, mir ein Gesamtbild dieses Objekts zu machen. Ich soll es verkaufen.«

»Und mich hinauskomplimentieren?«

»Das wäre eine der Grundvoraussetzungen für den Verkauf. Dieses Haus wird sich ohnehin kaum verkaufen lassen. Aber mit einer Mieterin im Gepäck ist das unmöglich.«

»Na, wenigstens sind Sie ehrlich.«

»Ich habe auch ein wirklich gutes Angebot für Sie herausgesucht. Eine kleine, feine Wohnung in …«

»Können wir darüber reden, wenn wir hier raus sind? Irgendwie gefällt mir die Vorstellung nicht, an diesem Ort lebendig begraben zu werden. Auch wenn mir Ihre Gesellschaft immer angenehmer wird.«

»Machen Sie sich über mich lustig?« Sie schaute Hannah fragend an und zuckte mit den Schultern. »Ist ja eigentlich auch vollkommen egal. Wir werden verhungern und verdursten. Oder umgekehrt.«

»Nicht, wenn wir uns etwas einfallen lassen. Vielleicht habe ich sogar eine Idee. Der Kohlekeller …«

»… ist voll. Habe ich überprüft. Falls Sie nicht ausziehen werden, reicht die Kohle für die nächsten beiden Winter.«

»Meines Erachtens ist es viel interessanter, wie die Kohle in den Keller gelangte.«

»Sie glauben doch nicht, dass ich einen Schacht oder eine Rutsche hinaufkrieche?« Caroline blickte an sich hinunter. Das Kostüm schien neu zu sein. Und die Schuhe waren auch nicht prädestiniert für Kohleschächte. Aber dies war nun mal eine Notsituation.

»Nun, Sie sollten Prioritäten setzen. Erwähnten Sie nicht ›verhungern‹ und ›verdursten‹ – in welcher Reihenfolge auch immer!? Ein verdrecktes Kostüm scheint mir da die eindeutig unproblematischere Variante. ›Reinigung‹ ist Ihnen ein Begriff, hoffe ich. Und Sie können sich gerne bei mir frischmachen – falls wir das alles überleben!«

»Sie machen sich schon wieder über mich lustig.«

»Nichts läge mir ferner. Sollen wir es probieren?«

»Uns bleibt wohl nichts anderes übrig. Empfang habe ich hier unten auch keinen. Die Wände scheinen dick zu sein.«

»Wahrscheinlich würden wir sogar einen Bombenangriff überleben.«

»Darüber macht man keine Witze.«

»Ich weiß.«

»Dann los.«

Sie gingen zu der letzten Tür am Ende des Ganges und öffneten sie. In dem Halbdunkel konnten sie den riesigen Haufen Kohle erkennen und darüber das von mattem Licht umrandete Rechteck, das die Kohleklappe und den Weg in die Freiheit darstellte.

»Möchten Sie zuerst?«, fragte Hannah lächelnd.

»Nach Ihnen.« Eine einzige tiefe Sorgenfalte hatte sich auf der Stirn der Maklerin gebildet, als zweifelte sie an dem Erfolg des Unterfangens. »Wie wäre es, wenn Sie hinaufkletterten und mir die Tür von außen aufschließen würden? Dann müsste ich nicht auch diesen staubigen Hügel hinauf. Ich bin wirklich nicht …«

»Sie sorgten sich nicht! Sie dachten nach!«, brach es aus Hannah heraus.

»Ich verstehe nicht.«

»Das kann ich mir vorstellen.« Hannah schüttelte ungläubig den Kopf. »Ist aber auch egal.« Sie blickte zur Kellerdecke empor und hoffte inständig, dass sich die Klappe öffnen ließ. »Dann wollen wir mal.«

Sie stellte ihr Tablett mit den Kerzen auf den Boden neben die Tür, wischte sich ihre offensichtlich feuchten Hände an der Jeans ab und nahm Anlauf, um den beachtlichen Haufen Kohlebriketts mit wenigen Schritten zu erklimmen. Leider gaben die Briketts immer wieder unter ihrem Gewicht nach, kullerten lawinenartig auf den Kellerboden und hüllten den Raum in eine Wolke aus feinem Kohlestaub. Hannah musste husten und wischte sich mit einer fahrigen Handbewegung den Staub aus den Augen, ohne auch nur einen Höhenmeter gewonnen zu haben.

»Ich befürchte, ohne Ihre Hilfe geht es nicht.«

»Sie glauben doch nicht tatsächlich, dass ich ...«
»Schieben Sie. Und zwar kräftig!«
Diesem Befehl konnte selbst Caro sich nicht entziehen, legte eine Hand auf Hannahs Po und die andere auf ihren Oberschenkel und schob aus Leibeskräften nach. Als Hannah sich nach oben stemmte und ihr Gewicht plötzlich als Gegendruck fehlte, strauchelte Caro und fiel bäuchlings der Länge nach auf den Kohlehaufen.

»Ich bin oben!«, rief Hannah so erleichtert, als hätte sie den K1 bezwungen, und drehte sich zu ihrer Helferin um. Ihr blickte ein rußgeschwärztes Gesicht entgegen, in dem lediglich das Weiß der Augen zu erkennen war. Alles andere verschwand in dunklem Nebel. Sie selbst sah bestimmt nicht besser aus, was sie an Caros Reaktion erkannte. Es stahl sich ein breites Grinsen auf ihr Gesicht, das auch ihre Zähne leuchten ließ.

»Und, meine Heldin, kannst du den Feind erkennen? Ihm fällst du mit deiner Kriegsbemalung bestimmt nicht auf!«

»Dass du dir selbst in dieser prekären Situation deinen Humor bewahrst ... alle Achtung! Ich finde übrigens auch, dass wir uns duzen sollten. Nachdem wir diesen Berg nur gemeinsam bewältigen konnten ... das verbindet.« Hannah lächelte verschmitzt.

»Was ist denn nun? Kannst du die Klappe öffnen?«

»Jetzt sei doch nicht so ungeduldig.« Hannah drückte mit gestrecktem Arm gegen die Luke, doch nichts bewegte sich.

»Schau nach einem Riegel!«, sagte Caro hustend.

»Ist ja schon gut, Fräulein Neunmalklug. Ich bin dabei. Bei all dem Staub, den du aufgewirbelt hast, kann ich kaum etwas erkennen!« Sie tastete sich an den Kanten der Holzluke entlang, und es dauerte eine kleine Ewigkeit, bis sie erleichtert seufzte. »Ich hab's!« Sie schob den Riegel zur Seite, öffnete die Luke und schnappte nach frischer Luft. »Das ist herrlich! ICH bin schon mal in Sicherheit!«

»Sehr witzig! Nun mach schon! Hol mich hier raus!«

»Ein ›Bitte‹ wäre zu viel verlangt, oder?«

»Ja, das wäre es!«

»Hier, deine heiße Schokolade. Ich hoffe, sie schmeckt dir.« Hannah setzte sich neben Caro auf die Couch, ohne viel Platz zwischen sich selbst und der anderen zu lassen.

Sie hatte Caro nicht lange überreden müssen, erst einmal die Kleider auszuschütteln und dann mit ihr nach oben zu kommen, um ausgiebig zu duschen. Sie waren beide voller Kohlestaub gewesen – die Haut, die Haare, der Staub saß in jeder Pore. Caros Knie, das sie sich bei ihrem Sturz aufgeschlagen hatte, war versorgt und mit einem riesigen Pflaster versehen worden, die neuen Nylonstrümpfe, die sie sich dabei zerrissen hatte, schlummerten im Müll, das Kostüm und der Mantel waren mit einem Teppichklopfer bearbeitet worden und lüfteten auf dem kleinen Balkon. Sie trug eine von Hannahs Jeans und ein T-Shirt, in denen sie viel entspannter und sehr sexy aussah.

Sie hatten sich die Pizza geteilt, ein Glas Rotwein getrunken und widmeten sich nun dem obligatorischen Heißgetränk.

»Schön hast du es hier. Ich kann verstehen, dass du nicht ausziehen möchtest, aber es wäre wirklich ...«

»Können wir das morgen besprechen? Es fällt mir schwer, mich jetzt gedanklich mit der Aussicht auf eine neue Wohnung und einem eventuellen Umzug auseinanderzusetzen. War doch alles sehr aufregend, findest du nicht auch?«

Caro blickte auf das deckenhohe Regal, in dem Hunderte von Bild- und Tonträgern standen, und lenkte das Gespräch geschickt auf ein anderes Thema. »Deine DVD- und CD-Sammlungen sind bemerkenswert. Ich habe ein bisschen Mäuschen gespielt, als du unter der Dusche warst. Hoffe, das geht in Ordnung. Da sind einige Sängerinnen dabei, von denen ich noch nie gehört habe. Ganz zu schweigen von den vielen DVDs, deren Titel mir vollkommen unbekannt sind.«

»Wenn du dir mal was ausleihen möchtest ... nur zu.«

»Und deine Filmplakate gefallen mir auch ausgesprochen gut.«

»Danke. Die habe ich selbst gestaltet.«

»Tatsächlich!? Jetzt wird mir auch klar, warum ich mich nicht daran erinnern kann, eins davon je gesehen zu haben! Es sind ja einige Klassiker dabei, aber meines Wissens waren kaum Frauen darauf abgebildet.«

Hannah schüttelte lächelnd den Kopf. »Alte Filme sind eine meiner Leidenschaften. Frauen eine andere. Ist doch klar, dass ich beides verbinde. Ein gutes Bildbearbeitungsprogramm, und fast alles ist möglich.«

»Die sehen täuschend echt aus. Gute Arbeit.«

Hannah hob ihren Kaffeebecher und prostete ihrem Gegenüber zu.

»Frauen sind deine Leidenschaft«, sagte Caro leise, als sei sie sich nicht sicher, ob sie darauf überhaupt eingehen wollte. »Was meinst du damit? Forschst du auf dem Gebiet?«

Hannah schüttelte verneinend den Kopf. »Wäre durchaus interessant. Aber nein. Ich bin IT-Expertin, arbeite für eine kleine Computerfirma und richte Netzwerke für Firmen und Betriebe ein.« Mit einem Blick auf Caros überraschtes Gesicht fügte sie hinzu: »Ist interessanter und abwechslungsreicher, als es klingen mag.«

»Warum rechtfertigst du dich für einen Beruf, den ich kaum kenne und den du offensichtlich gerne ausübst? Das ist doch die Hauptsache. Ist bei mir nicht anders.«

»Ich genieße es, immer wieder aufs Neue herausgefordert zu werden, einfache Lösungen zu scheinbar komplizierten Problemen zu finden, funktionierende Systeme einzurichten, mit immer wieder neuen Menschen zusammenzuarbeiten.« Hannahs Augen leuchteten, als sie von ihrem Job berichtete. »Und der Verdienst ist auch nicht schlecht.«

Caro schaute sie neugierig an. »Und was hat das Ganze mit deiner Leidenschaft für Frauen zu tun?«

Wie kann jemand nur so schwer von Begriff sein? »Nichts.« Sie stellte die Tasse auf den niedrigen Couchtisch. »Du hast mich doch nach meinem Beruf gefragt. Nun weißt du, womit ich mein Geld verdiene. Ich mag den Job wirklich sehr. Frauen aber liebe ich.«

»Aha!«, sagte Caro langsam, als würde ihr endlich ein Licht aufgehen und sich die Bedeutung von Hannahs Worten in den aktiven Teil ihres Gehirns vorarbeiten. Ihre wechselnden Gesichtszüge spiegelten diesen Vorgang in allen Einzelheiten wider.

Hannah genoss es, ihr dabei zuzusehen. Mit dem Kommentar konnte sie allerdings wenig anfangen. Er konnte so ziemlich alles bedeuten. Warum sollte sie also nicht in den Angriff übergehen? »Du zum Beispiel bist genau mein Typ.«

Caro blickte sie verunsichert an. »Hannah, bitte. Ich glaube, ich habe verstanden.«

»Ich finde dich ausgesprochen hübsch und begehrenswert. Und wenn du so unsicher und schüchtern bist, macht mich das verrückt.«

»Lass das bitte. Ich möchte das nicht.«

»Was? Flirten? Aber das macht doch Spaß!«
»Wenn es die richtige Person ist, mit der man flirtet!«
»Das scheint mir der Fall zu sein.«
»Nur weil ich hier auf deiner Couch sitze und versuche, unsere Konversation halbwegs sinnvoll zu gestalten?«
Hannah ging nicht darauf ein. »Nein. Weil wir gemeinsam ein Abenteuer erlebt haben, weil wir uns duzen, weil mich deine dunkel glänzenden Augen faszinieren, weil ...« In Ermangelung weiterer Gründe schüttelte sie nur den Kopf. »Wer nicht wagt, der nicht gewinnt«, sagte sie mehr zu sich selbst als zu Caro. »Ich glaube, ich werde dich jetzt küssen.«
»Oh nein, das wirst du nicht!«
»Du lässt mir keine andere Wahl!« Sie schloss die Augen und beugte sich zu Caro, doch bevor sich ihre lebhafte Vision bewahrheitete, in der sich ihre Lippen auf die von Caro senkten, landete eine heiße Hand laut klatschend auf ihrer linken Wange. Die schallende Ohrfeige, die sie von Caro bekam, ließ sie Sternchen sehen, die nichts mit Romantik zu tun hatten, und die Wucht des Schlages war so immens, dass sie seitlich vom Sofa kippte.
»Entschuldige! Ich hoffe, ich habe dir nicht wehgetan.« Caro stand auf und blickte auf Hannah hinunter, die sich ihre schmerzende Wange rieb. »Man hat immer eine andere Wahl.« Mit diesen Worten griff sie sich ihre Handtasche und stürmte in den Filzpantoffeln, die sie sich von Hannah geliehen hatte, aus der Tür.

»Caro? Dich hätte ich am wenigsten erwartetet. Du hast dich verändert. Du ... deine Haare ...« Als Hannah vier Tage später die Tür öffnete, traute sie ihren Augen nicht. Caroline stand vor ihr und lächelte sie an, als sei nichts geschehen. Sie hielt einen Blumenstraß in ihrer linken Hand und in der rechten die Jeans und das T-Shirt – beides fein säuberlich zusammengefaltet und mit einer breiten roten Schleife umwickelt. »Komm doch herein.«
Die andere schüttelte den Kopf. »Keine Zeit. Leider. Ich muss noch ein paar Dinge erledigen.«
Ihre dunkle Stimme passte so gar nicht zu ihrer Erscheinung. Zu den pechschwarzen kurzen Haaren, die sie mit Gel nach hinten gekämmt hatte, trug sie einen auffallend roten Lippenstift und ein kleines Piercing in ihrem rechten Nasenflügel. Ihre Augen, die

von so dunklem Braun waren, dass sie fast schwarz erschienen, leuchteten spitzbübisch, und ihr ungezwungenes, offenes Lächeln zeigte zwei schiefstehende Eckzähne und einen Glitzerstein auf dem rechten Schneidezahn. Zwei kräftige Strähnen zusammengeklebter Haare fielen ihr ins Gesicht und erinnerten Hannah an eine schmale, unvollkommene Raubvogelkralle. Sie schien sich köstlich zu amüsieren, während Hannahs Verwunderung immer tiefere Falten auf ihre Stirn zauberte.

»Sie sind nicht Caro.«

Das hat aber gedauert! Die andere nickte bejahend.

Erst jetzt fiel Hannah auf, dass sie einen eng anliegenden Superman-Anzug trug, der ihre gute Figur mehr als betonte. In ein großes zackiges ›S‹ auf ihrer Brust war ein verspieltes ›W‹ gewebt – beides mit glänzendem Goldfaden. »Kommt jemand wie Sie nicht durch ein berstendes Fenster geflogen oder über eine Fassade geklettert oder seilt sich durch den Kamin ab?«

»Nee, mit Fledermäusen hab ich nichts am Hut, und auch acht behaarte Beine …« Sie winkte mit einem raschelnden Blumenstrauß ab. »Mir reichen schon die beiden, die ich habe. Und der mit dem Kamin, dem weißen Bart und dem roten Mantel ist dick und war schon da.«

»Keinerlei Ähnlichkeit also. Mit keinem der drei.«

»Genau.«

»Wer sind Sie dann?«

»Sandra. Caros kleine Schwester. Ich soll hier etwas abholen und Ihnen das hier zurückgeben.« Sie hielt Hannah das Päckchen hin. »Und das ist als Entschuldigung gedacht.« Sie überreichte ihr den Blumenstrauß. »Auch dafür, dass die Filzpantoffeln die übereilte Flucht nicht überlebt haben.«

Hannah war so perplex, dass sie beides stumm entgegennahm. *Carolines kleine Schwester war Superwoman!*

Diese sah auch ohne Röntgenblick oder andere hellseherische Fähigkeiten, dass sich Hannah in einem Zustand hochgradiger Verwirrung befand, aus dem sie ohne ihre Hilfe nicht herauskommen würde. Sie seufzte. Irgendwie beeinflusste dieses bescheuerte Kostüm ihr Sozialverhalten erheblich. Sie drängte sich an Hannah vorbei und betrat die Wohnung, ohne ein weiteres Mal dazu aufgefordert worden zu sein.

»Darf ich fragen, wofür sie sich entschuldigen muss?«, fragte sie neugierig. »In welches Fettnäpfchen ist sie diesmal getreten?

Meine Schwester liebt Fettnäpfchen. Einmal wollten wir ins Kino und haben uns, als wir in der Schlange standen, über ihren Arbeitskollegen ausgelassen, den ich nur für einen Idioten halte, während sie ihn hemmungslos als arrogantes, sexistisches Arschloch bezeichnete, und die ganze Zeit stand er direkt ...«

»Ihre Schwester befand sich noch nicht einmal in der Nähe eines fettgefüllten Napfes. Ich war diejenige mit den glitschigen Schuhen.«

»Hört, hört. Das ist neu.« Sandra griff nach einem Apfel, warf ihn einmal kurz in die Luft und biss so kräftig hinein, dass ihr der Saft die Mundwinkel hinunterlief. Sie wischte ihn mit dem Handrücken weg und schaute Hannah abwartend an.

»Ich habe sie geküsst!«

Kaum hatte Hannah diese Worte ausgesprochen, geschahen drei Dinge fast gleichzeitig: Sandra fiel vor Erstaunen die Kinnlade nach unten, dann grinste sie breit und brach schlussendlich in schallendes Gelächter aus. »Das hast du nicht getan!?« Ihr liefen die Tränen die Wangen herunter. »Mutig! Todesmutig!« Sie rollte ihre glänzenden Augen theatralisch gen Zimmerdecke. »Oder sollte ich lieber von fahrlässiger Selbsttötung sprechen?« Sie ließ deutlich hörbar die Luft aus ihren Lungen, um gleich wieder danach zu schnappen. »Göttlich! Ein Frau, die meine Schwester küsst. Kamikaze ist nichts dagegen. Caro ist so was von stockhetero ...«

»Das habe ich gemerkt. Von der Ohrfeige, die sie mir gab, tat mir stundenlang die Wange weh. Ich schmeckte Blut und dachte, sie hätte mir einen Zahn ausgeschlagen! Aber ganz so schlimm war es nicht. Vier Wochen darf ich nur kleine Häppchen von vorzugsweise weichgekochten Speisen auf der rechten Seite kauen.« Neidisch schaute sie auf den Apfel in Sandras Hand. »Mein Zahnarzt meinte, dann sei Nummer 35, der vordere linke Backenzahn, wieder fest eingebettet.«

Als Sandra ihr Gesicht sah, das sich bei der Erinnerung schmerzvoll verzerrte, ging sie auf sie zu und streichelte ihr zärtlich über die Wange. »Du Ärmste!«

»Es ist die andere.«

Sandra streichelte auch ihre linke Wange. »Heile, heile Gänschen.« Ihr Atem roch nach Pfefferminz.

»Ist schon viel besser«, flüsterte Hannah, ohne Sandras Blick auszuweichen. »Muss an deinen magischen Kräften liegen.«

»Brust raus, Bauch rein«, sagte Sandra in zackigem Befehlston zu sich selbst, stellte sich aufrecht vor Hannah hin und deutete auf die gestickten Buchstaben. »›SW‹ steht für Superwoman.«
»Das habe ich mir fast gedacht.«
»Oder wahlweise für ›Steffis Wunderkiste‹. Hängt von der Situation und dem Einsatzort ab.«
Hannah blickte sie fragend an.
»Nun, hier und jetzt tendiere ich zu Ersterem, wenn ich aber in dieser Aufmachung durch die Altstadt düse, trifft wohl eher Letzteres zu. Ist ein Werbegag für den Secondhandladen einer Freundin. Als Elektrikerin verdient Frau zwar genug zum Leben, aber für alles andere zählt jeder Extra-Cent.« Sie trat vor den großen Spiegel neben der Eingangstür und betrachtete ihre Frisur und das Make-up. »Apropos ... von nichts kommt nichts. Ich muss los. So leid mir das tut.«
»Sehen wir uns wieder? Auf einen Kaffee? Eine Pizza? Wir könnten ins Kino gehen oder unten am Fluss spazieren. Ein Eis essen.«
»Du planst schon bis zum Sommer?«
»Eis schmeckt zu jeder Jahreszeit.«
»Das stimmt.«
Hannah war hinter Sandra getreten. Ihre Blicke trafen sich im Spiegel. »Ich würde mich auf jeden Fall freuen.«
Sandra lächelte sie an. »Ich muss wirklich los.«
»Ja, natürlich.« Sie griff neben die niedrige Kommode und zog eine große Plastiktüte hervor. »Hier, die Sachen deiner Schwester – frisch aus der Reinigung. Als kleine Wiedergutmachung für mein ... Fehlverhalten.«
»Du hast einfach dein Glück versucht. Da ist nichts Falsches dran. Du hast nur nicht die richtige Person vor dir gehabt.« Damit wandte sie sich zur Tür. »Also, vielleicht auf bald.«
»Das hoffe ich sehr.«
Unschlüssig blieb Sandra einen kurzen, zögernden Moment an der Tür stehen, entschied sich aber dann, diese zu öffnen und sie wieder hinter sich zu schließen, ohne Hannah noch einmal anzuschauen.

Diese stand wie angewurzelt in dem schmalen Flur und dachte immer noch angestrengt darüber nach, ob das eben tatsächlich passiert oder ihre blühende Fantasie mit ihr durchgegangen ist, als es erneut klingelte.

Sie hatte die Türklinke noch nicht vollständig nach unten gedrückt, als die Tür ungestüm aufgestoßen wurde und Sandra ihr entgegengestürzt kam – als sei sie nach einem wilden Flug relativ unsanft und mit viel zu viel Schwung direkt davor gelandet.

»Das mit dem Glück ist so eine Sache. Wie soll man wissen, ob es des Weges ist, wenn man es nicht hin und wieder herausfordert«, sagte sie außer Atem, drängte sich an Hannah und gab ihr einen Kuss, der keine Fragen offenließ. Hannah vergaß alles um sich herum. Sie küsste Superwoman. In ihr explodierte alles, und als sie Sandra aus ihrer Umarmung entließ, hätte sie am liebsten das Atmen eingestellt.

»Wow«, flüsterte sie nach Luft schnappend, »du küsst fantastisch.«

»Du bist aber auch keine Anfängerin.« Sandra nahm den Kugelschreiber, der auf der niedrigen Kommode neben der Eingangstür stand, und schrieb zwei Nummern auf Hannahs Handgelenk. »Meine Handy- und meine Festnetznummer. Damit du auch keine Ausrede hast, nicht anzurufen.« Sie schaute Hannah an, ihre Augen glänzender Onyx, poliertes schwarzes Gold. »Ich bin diejenige, die du küssen darfst. Nicht Caro. Von mir bekommst du garantiert keine Ohrfeige.« Sie wandte sich zum Gehen und drehte sich am Treppenabsatz noch einmal um. »Die Wohnung, die meine Schwester für dich ausgesucht hat, ist übrigens sehr schön. Kostet nur zwanzig Euro mehr im Monat, ist aber hell, hat hohe Räume, eine moderne Einbauküche, ein renoviertes Bad, Parkettfußboden ... und die Elektrik habe ich überprüft. Die ist in Topzustand. Da wird keine Sicherung ihren Geist aufgeben. Darauf kannst du dich verlassen!« Sie zwinkerte Hannah zu. »Und ich wohne gleich um die Ecke. Überleg es dir.« Damit streckte Superwoman einen Arm nach oben aus, legte den anderen an ihren Körper, die Plastiktüte fest im Griff, lächelte Hannah an und flog die Treppe hinunter.

Also so was. Heutzutage arbeiten Makler wirklich mit allen Tricks, dachte Hannah und betastete verwundert ihre Lippen, die eben noch Sandras Lippen berührt hatten. Keine Nanosekunde später beschloss sie, sich Umzugskisten zu besorgen und ihre Koffer zu packen.

Februar

Ein Schwarzweißfoto,
auf dem sich die Gebäude in einer Wasserpfütze spiegeln
– nicht grau und farblos wie ihr Original,
nein, bunt und unter einem ach so blauen Himmel.

Blatt zwei.

ein streifen blau
durchdringt das grau
der letzten tage

wirft kiloweise grün
dort wo die ersten blumen blühn
über die wiese

macht bäume braun
erschafft den raum
den so gebrauchten

in dem wir träume spinnen
die recht schnell verrinnen
bis zum sommer

träume von wärme und licht
farbigkeit spiegelt sich
in kleinen seen

das nächste wolkenband
zeichnet die wand
mit grauen schatten

vorbei der zauber
zurück die trauer
grau in grau

Ich wusste gar nicht, dass in dir ein Dichter steckt.

Februartag

»Hallo«, sagte sie und lächelte mich an.

Ich war etwas irritiert, denn eigentlich wollte ich nur auf die Toilette und hatte dabei in aller Hektik und Eile offensichtlich die falsche Tür erwischt.

»Kommen Sie doch her und setzen Sie sich zu mir.« Sie winkte einladend und nippte an ihrem Kaffee. »Ich kann Ihnen leider nichts anbieten. Meine Sekretärin hat schon Feierabend.«

Es war kurz nach vier.

Zögernd ging ich auf sie zu und setzte mich neben sie. Nach einem stundenlangen Meeting in einem überheizten Raum tat die frische Luft unerwartet gut. Aber es wehte ein kalter Wind, der mich frösteln ließ.

»Ich bin Laura«, sagte sie und betrachtete eingehend die Spitzen ihrer hochhackigen Lederschuhe.

»Was machen Sie hier?«, hörte ich mich lapidar fragen.

Sie beugte sich vertrauensvoll zu mir herüber, ihre Stimme nicht mehr als ein Flüstern, gehauchte Worte, die es allerdings an Nachdruck nicht fehlen ließen, als sie sagte: »Ich denke über mein Leben nach.«

Dieser Satz überraschte mich nicht wirklich. Welchen Grund sollte es sonst geben, sich an einem solchen Ort aufzuhalten, der perfekt schien, um ebendies zu tun. Die Gedanken konnten mit dem Blick über die Dächer schweifen, man konnte beobachten, ohne gesehen zu werden, konnte sich immer wieder wundern über die Schönheit und auch die ungelenke Hässlichkeit der Dinge.

Zum ersten Mal am heutigen Tag schaute ich bewusst zum Himmel hinauf und stellte mit Verwunderung fest, dass er bewölkt war. Stark bewölkt. Dunkle, gewitterschwangere Wolken wurden von einem kräftigen Wind vor sich her getrieben, versprachen Regen im Überfluss. Genug geregnet hatte es den ganzen Tag schon, als weinte die Welt im Einklang mit den Menschen, die sich eigentlich gen Ende eines so langen, trüben Winters nach Sonne sehnten, nach Wärme und nach Licht.

Gerade als ich den letzten Gedanken vollendet hatte, brach die Sonne durch eine klitzekleine Wolkenlücke, als hätte sie dahinter nervös und ungeduldig auf ihren großen Auftritt gewartet.

Und mit einem Mal schien alles, was uns umgab, wie verzaubert. In den kleinen, perfekt geformten Wassertropfen, mit denen der letzte Regenschauer alles Dingliche übersät hatte, spiegelte sich das Licht der späten Sonne plötzlich so glitzernd und leuchtend hell, als seien es Diamantsplitter, die uns zu blenden suchten.

In der dunklen, regennassen, tristen Straße unter uns, die sich unserem Blick öffnete wie ein gieriger Schlund, flatterte Unrat, der sich über den Tag in überfüllten Mülleimern gesammelt hatte, führte einen wilden Tanz auf mit dem Wind, der ihn umspielte. Tüten verfingen sich in Bäumen, die die Straße säumten, Menschen wichen Papierschnipseln, Pappbechern und Plastikfetzen aus, den ohnehin schon schnellen, unwirschen Schritt noch einmal beschleunigend. Absätze klackerten über den Asphalt. Hier und da das leise Gemurmel der sich miteinander Unterhaltenden. Autos hupten. Ein einsamer Saxophonist spielte undefinierbare Tonfolgen. Am Marktstand an der Ecke ging der Vorrat an Lebensmitteln zu Ende, und das letzte Grünzeug wurde lautstark angepriesen. Der faulige Atem der Straße trug all das zu uns hinauf und reduzierte diese kakophonische Vielfalt zu einem sanft an- und abschwellenden, fast eintönigen Rauschen, als hielte man der Stadt ein Stethoskop an die Brust.

Ich schloss kurz die Augen. Auch ich wäre lieber auf dem Weg nach Hause, wo nur mein Sofa auf mich wartete, ein Kamin, ein Glas Wein und ein gutes Buch. Ohne dass ich es wirklich wollte, kamen plötzlich Worte über meine Lippen. Leise, aber vernehmlich: »Ein interessanter Ort, den Sie sich dafür ausgewählt haben.«

»Oh ja, die frische Luft hier oben reinigt die Gedanken. Sie hilft mir, alles zu ordnen. Rauchen Sie?« Sie hielt mir eine fast leere Packung Zigaretten entgegen, und als ich dankend den Kopf schüttelte, zuckte sie nur mit den Schultern, fingerte sich selbst eine Zigarette aus der Packung und zündete sie mit einem Streichholz an. Als sie es wegschnippte und es hinunterfiel, zog es eine kleine, verblassende Rauchfahne hinter sich her. »Denken Sie auch hin und wieder über den Sinn und Zweck Ihres Lebens nach?«, fragte sie mit dem Anflug eines Lächelns.

Ich hob entschuldigend die Schultern und schüttelte verneinend den Kopf. »Eigentlich nicht. Ich habe keine Zeit dazu. Alles läuft gut momentan. Ich versuche einfach, zu leben, und lasse mich gerne treiben. Wie ein Stück Holz im Fluss des Lebens.« Ich lächelte und rollte mit den Augen. »Klingt ein bisschen pathetisch, ich weiß. Aber bis jetzt ging fast alles gut. Vielleicht wäre es anders, wenn ich vor einem Scherbenhaufen stünde.«

»Ein Scherbenhaufen – nett gesagt.« Sie legte den Kopf schief und sah mich prüfend von der Seite an, bevor sie fortfuhr. »Als solchen würde ich mein Leben nicht bezeichnen. Ganz im Gegenteil. Ich habe eigentlich alles erreicht, was ich mir vorgenommen hatte. Aber manchmal erkenne ich mich selbst nicht mehr, und mir scheint aus dem Spiegel eine Fremde entgegenzublicken.«

Sie massierte mit beiden Händen ihr Gesicht, rieb sich die Augen, hielt in der Linken die Zigarette zwischen Zeige- und Mittelfinger und ließ die Rechte über ihr Genick und ihren Hals wandern, bevor sie wieder bewegungslos in ihren Schoß fiel – neben die Asche, die unbemerkt von ihrer Zigarette gefallen war und einen kleinen braunen Brandfleck in ihrem Kostüm hinterlassen hatte.

Ein lauter Seufzer entrang sich ihrer Brust. »Ich bin müde. Schrecklich müde. Und jeden verdammten Morgen frage ich mich, warum ich eigentlich aufstehe.«

Sie blickte geistesabwesend vor sich hin, und ihre Stirn legte sich in tiefe Falten. Als sie an der Zigarette zog und das Nikotin tief ein- und langsam wieder ausatmete, entspannten sich ihre Züge.

Sie war eine schöne Frau. Vielleicht nicht im herkömmlichen Sinn, aber ihr energisches Kinn, die schlanke, leicht gebogene Nase und die dunklen, leuchtenden Augen verliehen ihr ein klassisches Profil. Um ihre Mundwinkel und Augen herum hatten sich die ersten leichten Falten gebildet, die sie noch interessanter aussehen ließen. *Kein junger Hüpfer, sondern eine erfahrene Frau.* Ich musste bei diesem Gedanken lächeln. Ihre Haare waren zu einem lockeren Knoten hochgesteckt, aus dem sich einzelne Strähnen befreit hatten, die ihr nun ins Gesicht fielen und die sie hin und wieder, mit einer unbewussten Geste, hinter ihre Ohren zu streifen versuchte. Der halblange Rock zeigte makellose Beine, und das Kostüm war von schlichter Eleganz. Der tiefe Ausschnitt der Bluse zeigte den Ansatz ihrer Brüste.

Ich wusste nicht, was ich erwidern sollte, und bevor ich über eine Antwort nachdenken konnte, fuhr sie auch schon fort.

»Ich denke oft über den Tod nach – und wie es ist, einfach hinüberzugleiten. Läuft das eigene Leben tatsächlich vor dem inneren Auge ab? Was glauben Sie?«

Keine Ahnung. Und sind Sie nicht viel zu jung für solch depressive Gedanken? »Das kann ich Ihnen nicht sagen. Ich habe noch keine Grenzerfahrungen gemacht.« Ich wägte meine nächsten Worte sorgfältig ab. »Eigentlich denke ich, dass es gar keinen wirklichen Tod gibt. Wissen Sie, es gibt viele Völker, die glauben, dass alles Lebendige eine große Einheit bildet. Wenn wir geboren werden, kommen wir aus dieser Einheit, und wenn wir sterben, kehrt unsere Seele in diese zurück. Ein Kreislauf, in dem Geburt und Tod nur Stationen einer größeren Wahrheit sind, die wir nicht immer und unbedingt verstehen. Es ist völlig irrelevant, in welchem Stadium unserer Entwicklung wir uns befinden. Wir sind!«

»Interessant.« Sie lächelte, blickte mich mit müden Augen an und drückte ihre Zigarette auf dem Blech aus, auf dem wir saßen – nur Zentimeter neben der zwischen uns abgestellten Kaffeetasse, die noch fast voll war. »Hat man auch das Recht, in diese Einheit zurückzukehren, wenn man den eigenen Tod herbeiführt?«

Na toll, Sabine. Da musst du jetzt durch. Hättest lieber mal gleich den Mund gehalten. Konntest doch ahnen, wohin dieses Gespräch führen würde. »Das ist völlig belanglos. Ich halte es da mit Hesse, dem ein bewusstes Fortgehen manchmal sinnvoller erschien als ein natürlicher Tod. Es soll Volksstämme geben, deren Mitglieder den Zeitpunkt ihres Todes selbst bestimmen. Sie setzen sich, wenn es so weit ist, einfach auf den Boden und schalten sukzessive ihre Körperfunktionen aus. Innerhalb von Minuten sind sie tot.«

»Was für eine Erlösung! Wie einfach das doch scheint. Warum lässt mir meine Religion nicht diese Freiheit? Ich bin sehr religiös erzogen worden, müssen Sie wissen, und der Suizid gehörte immer schon zu jenen Feigheitstaten, die die Hölle versprachen. VERDAMMT!«

Dieses letzte, mit Wut und Verzweiflung geschriene Wort ließ die Adern an ihrem Hals hervortreten und übertönte das noch in der Ferne liegende Grollen des herannahenden Donners. Ich zuckte leicht zusammen, überrascht und bestürzt über diesen plötzlichen Ausbruch, der aber Sekunden später schon wieder vorbei schien und sie mit dem traurigen, in die Ferne gerichteten

31

Blick zurückließ, der mich und meine Anwesenheit kaum registrierte.

»Wissen Sie, diese Leere in mir ist einfach zu groß. Ich blicke in mich hinein und sehe ... nichts. Ich blicke zurück, in meine Vergangenheit, und sehe so vieles, aber wenn ich in die Zukunft schaue, dann erkenne ich kein Ziel.«

»Muss man denn immer ein Ziel vor Augen haben?«

»Sie sind zu jung, um das verstehen zu können. Ich habe einfach Angst davor, mich eines Tages sagen zu hören: ›Das war's?‹ – ohne dass da wirklich irgendetwas gewesen wäre, etwas Wahres, etwas Gutes.«

Sie schlug die Beine übereinander und zog fröstelnd den Mantel enger, den sie sich über die Schultern geworfen hatte. Das warme Licht der untergehenden Sonne zauberte weiche Züge auf ihr verbittertes Gesicht, legte Schatten unter ihre Augen, die aus dem Dunkel wie schwarzer Samt schimmerten.

Unsere Blicke trafen sich, und ich hielt den ihren sekundenlang fest. Ich wollte ihn nicht loslassen, wollte ihre Augen erforschen, wollte sehen, ob es Hoffnung gab. *Hoffnung auf was, Sabine?*, tadelte ich mich selbst. *Worauf?*

Sie lächelte – ein sanftes, entspanntes Lächeln, das sie mit einem Mal wieder zu der jungen Frau machte, die sie vor vielleicht zwanzig Jahren wirklich einmal gewesen ist.

»Sie sind eine charmante, überaus attraktive Frau«, sagte ich, ohne sie anzuschauen. Dennoch registrierte ich, dass sie mich überrascht anblickte. Ihr Lächeln verriet, dass sie verstand. Und dass sie das Kompliment zu schätzen wusste.

»Ist Ihnen nicht kalt?« Sie versuchte, das Gespräch in eine andere Richtung zu lenken.

Ich schüttelte den Kopf und biss die Zähne so kräftig aufeinander, dass sie nicht klappern konnten. Ich fror erbärmlich. Nicht nur wegen des Windes, dem ich mit meiner dünnen Bluse kaum etwas entgegenzusetzen hatte. Und auch nicht nur aufgrund fallender Temperaturen, die die einsetzende Dunkelheit mit sich brachte. Ihre Verzweiflung ließ mich frieren, überzog meinen Körper mit einer Kälte, auf die ich nicht vorbereitet war, die mich psychisch und physisch frösteln ließ. Aber für diese Frau, die mich faszinierte wie schon lange keine Frau mehr – für sie würde ich auch durch die Hölle gehen.

»Wissen Sie, ich liebte die Malerei. Ob ich gut war oder nicht – keine Ahnung. Ich malte ohnehin eher für mich und nicht für die Öffentlichkeit, für die breite Masse.« Ihre Hände zeichneten Anführungszeichen in den Himmel. »Ich habe es geliebt. Wenn ich den Pinsel über die Leinwand führte, fiel alle Anspannung von mir ab. Ich befreite mich selbst – von allem, von Ängsten, von Zweifeln, von Enttäuschungen. Die Gedanken, die ich auf die Leinwand bannen konnte, spukten mir nicht mehr im Kopf herum.«

Ein Lächeln umspielte ihre Lippen.

»Ich hatte sogar ein paar Ausstellungen. Allerdings waren diese mehr oder weniger Zufallsprodukte. Bekannte und Freunde, die es gut mit mir meinten und vielleicht sogar davon überzeugt waren, dass ich ein gewisses Talent besaß, verhalfen mir dazu. Aber unter dem Druck, etwas Brauchbares herzustellen, malte ich Bilder, die nett waren, ankamen, gefielen.« Sie sprach die Worte mit Verachtung aus. »Völlig unbefriedigend für mich, denn was hatten sie mit dem zu tun, was ich eigentlich sagen wollte? Ich wusste es selbst nicht mehr, und irgendwann hörte ich einfach auf zu malen.«

Sie seufzte, legte die Arme um ihren Körper und beugte sich nach vorn, als hätte sie fast unerträgliche Magenschmerzen – ihr Gesicht eine entstellende Maske aus Wut, Schmerz und Enttäuschung.

»Ich hatte mich verloren – und mit mir alles, was mir lieb und teuer war.«

»Aber sind Sie nicht stark genug, Kraft aus sich selbst zu schöpfen?!« Sie fuhr ruckartig zu mir herum, Unverständnis und Anklage in ihrem Blick, sodass ich zu erklären versuchte: »Wir sollten uns nicht immer in Abhängigkeiten begeben – zu anderen nicht und auch nicht zu uns selbst. Abhängigkeit bedeutet immer Schwäche, und Schwäche macht verwundbar.«

»Ach Sie! Was wissen Sie schon!?«, sagte sie leise. »Sie haben ihr Leben noch vor sich. Sie sind jung. Leben Sie erst einmal, bevor Sie anderen gute Ratschläge geben!«

Ihr Blick war starr auf den Horizont gerichtet. Keine Gesichtsregung, die auch nur im Entferntesten diese Gedankengänge widerspiegelte, geschweige denn erahnen ließ.

»Aber Sie haben doch sich selbst!« Mein Versuch, sie zu trösten, erntete nur ein heiseres, bitteres Lachen.

»Mich selbst!? Was nützt mir das? Ich lebe in meiner kleinen Welt, in der alles, was ich mache, zu mechanischem Handeln degradiert wird. Als wäre ich eine Maschine – ohne Leben, ohne Ideen, ohne Herz. Zugegeben, das hat mich in der Berufswelt weitergebracht. Eine Frau ohne Skrupel und ohne Gewissen! Erfolgreich, ja, erfolgreich. Ich habe aufgehört, die Leichen zu zählen, die ich in meinem Keller vergraben habe. Ich habe noch nicht einmal bemerkt, dass ich selbst dazugehöre.«

Ihre Augen waren für einen Moment geschlossen, als müsste sie sich zu ihrem nächsten Gedanken zwingen. Sie richtete sich auf und atmete tief ein. Die Luft roch schon nach der bevorstehenden Nacht und war bereits so kühl, dass ihr Atem sichtbar wurde.

»Es fing alles so gut an: exzellentes Abitur, erfolgreiche Unikarriere, Doktorarbeit, guter Job. Und bei allem merkte ich nicht, dass ich mich immer mehr von mir selbst entfernte.«

Ich bin auch nicht immer bei mir, hätte ich ihr am liebsten gebeichtet. Aber wer ist das schon? Wer lebt konstant sich seiner selbst bewusst? Das schaffen doch die wenigsten. Zu sich zurückzukehren – das ist die eigentliche Kunst. Sich aus dem Sumpf der Alltäglichkeiten des Lebens hin und wieder hinauszuziehen, dem eintönigen Trott zu entfliehen, einfach tief ein- und wieder auszuatmen, Kraft zu tanken.

»Sie sollten wieder anfangen zu malen.«

»Nein. Ich glaube, dazu ist es zu spät.« Sie seufzte, und mit einem Schulterzucken fügte sie hinzu: »Meine beiden Kinder sind erwachsen, und mein Mann hat sich schon vor Jahren einer Jüngeren zugewandt. Ich bin wirklich müde. Des Lebens müde. Es ist alles gesagt.« Sie blickte ganz entspannt geradeaus, lächelte, den Kopf stolz erhoben, die durchgedrückten Arme an der Kante aufgestützt. »Ich bin am Ziel.«

Einer plötzlichen Eingebung folgend, wollte ich sie umarmen und festhalten. Aus dem Augenwinkel heraus sah ich, wie sich ihr Körper spannte. Sie atmete tief ein und setzte an zum Sprung.

Ich schloss die Augen. So fest, dass es dunkel um mich wurde und ich nur die Geräusche wahrnahm – das Kratzen auf dem Blech an der Dachkante, den Augenblick der Stille, als sei die Welt angehalten, ein seltsam schepperndes Geräusch, als sie vielleicht auf einem Autodach aufprallte, die Schreie der Passanten, die wahrscheinlich entsetzt nach oben schauten.

Dann setzte der Regen ein, der sich bereits angekündigt hatte, und die Tropfen trommelten in einem aufgeregten Stakkato auf das Blech.

In dieses Geräusch mischte sich das aufgeregte Pochen meines Herzens. Mein Blut rauschte so stark durch meine Ohren, dass ich fast ohnmächtig wurde und nicht wahrnahm, dass sich zu meinem Herzschlag ein zweiter gesellte – genauso schnell, genauso aufgebracht.

»Das war meine Lieblingstasse.« Laura weinte an meiner Schulter. Bittere Tränen der Enttäuschung, der Wut, der Verzweiflung. Tränen der Erleichterung.

Und ich hielt sie so fest ich konnte. Damit sie nicht sprang. Damit sie bei mir bleiben und mich nicht verlassen würde.

»Ich kaufe dir eine neue. Ich würde alles tun, um dich glücklich zu sehen.«

Langsam öffnete ich die Augen und sah zunächst nur verschwommene Dächer. Erst als sich Laura aus meiner Umklammerung löste, schob sich ihr Kopf in mein Gesichtsfeld, schwarze Schlieren verlaufener Wimperntusche im Gesicht, die aussahen wie Kriegsbemalung. Mein Atem beschleunigte sich. Ich lachte erleichtert auf. Und dann tat ich das Einzige, das mir in diesem Augenblick sinnvoll erschien. Ich nahm ihr Gesicht in meine Hände und küsste sie.

Ganz sanft und liebevoll und zärtlich. Sie zuckte nicht zurück, als sich meine Lippen auf die ihren senkten. Sie ließ mich gewähren, bis sie offensichtlich eine Entscheidung getroffen hatte, und plötzlich erwiderte sie meinen Kuss. Erst zögernd und unsicher, dann aber voller Verlangen und Ungeduld.

»Ich könnte deine Mutter sein«, sagte sie atemlos, als sie sich von mir löste.

»Aber nicht doch! Meine größere Schwester vielleicht! Ich bin älter, als es den Anschein hat. Und außerdem ist mir das vollkommen egal. Du bist wunderschön. Auch wenn du weinst.«

Sie umarmte mich, und wir kippten gemeinsam auf das Dach, lösten uns voneinander, lagen Schulter an Schulter, Hand in Hand, lachten und weinten gemeinsam und ließen den Regen unsere Kleider durchdringen.

»Was meinst du? Könnte das der Beginn einer gemeinsamen Zukunft sein?« Sie biss sich auf die Unterlippe und schaute mich aufmerksam prüfend an, voller Zweifel und Hoffnung zugleich.

Ich strich ihr eine nasse Strähne aus dem Gesicht und streichelte zärtlich über ihre Wange. »Wenn du dich traust!?«

Sie nickte, ohne zu zögern.

»Dann lass mich dich glücklich machen.«

März

Ein Foto.
Irgendwo auf der Welt.
Solche Geheimnisse gibst du nicht preis.
Eine weite Ebene, die sich dem Blick öffnet,
und ein unendlicher blauer Himmel,
gesprenkelt nur von weißen Wolken.
Wenn ich die Augen schließe,
spüre ich den Wind in den Haaren,
die Sonne auf der Haut,
und rieche den Duft der Wildblumen,
die zu meinen Füßen wachsen.
Erdachte Welt.
Auch Blatt drei ziert deine Schrift.

herrin der welt /

hügel fallen, übereinander stürzend ins tal hinab /
von schier endlosen wäldern grünblau gesäumt /
branden wie donnernde, fast übermächtige wogen /
an friedvolle städte, von menschen erträumt //

und über allem die fliehenden wolken /
in weiß und in grau und in blau eingetaucht /
geschwindigkeit hauchende zeugen des windes /
zerrissen, zerfleddert, in stücken ergraut //

die sonne durchbricht die decke der wolken /
die in taumelndem rausch dahinfliegt und eilt /
wirft tagneue, jungfräuliche, staunende blicke /
auf all das, was hektisch und atemlos weilt //

ich atme freiheit durch all meine poren /
spüre den wind, der mich sanft umdrängt /
die schönheit des augenblicks lässt unendlichkeit ahnen /
die herrin der welt, die schöpfung durchdringt //

so steh ich dort oben, ganz staunend gedanke /
mit ausgebreiteten armen meine welt erkannt /
als könnt ich erahnen den liebenden funken /
der mein schweres und trauriges herz hat entflammt/ /

Wie schön.

Traumpfade

Da war er wieder – der Traum.
 Sie war ein Vogel, der sich sanft durch die Luft bewegte, sich gleiten ließ und nur hin und wieder mit einem einzigen, kaum merklichen Schlag seiner Flügel die Flugbahn regulierte. Sie war ein Adler, musste es sein. Der einsame Jäger, sich seiner Stärke und Macht bewusst, unbesiegbar und majestätisch schön. Mit ihren Flügeln, die nur der Wind streifte, schien sie die Erde umfangen zu können. Ein unbeschreibliches Glücksgefühl. Die Sonne stand an einem wolkenlosen Himmel, und unter ihr raste eine atemberaubend schöne Landschaft dahin. Mal waren es steile, schroffe, fast schon abstrakt anmutende Felsen, mal sanft geschwungene, grün schimmernde Hügelketten, mal eine breite Flussebene, mal das Meer in seiner ganzen Unendlichkeit. Ihr Flug führte sie in Höhen, aus denen das Geflecht von Flüssen und Bächen aussah wie ein ausgeklügeltes System von Adern und Arterien, durch die das Leben der Erde pulsierte. Einzeln stehende Bäume waren nur noch kleine grüne Punkte, und die Lichtreflektionen auf den Wasseroberflächen, die sie überflog, woben sich zu einem breiten Band funkelnder Edelsteine. Sie liebte es, diese Schönheit, die ihr schon fast unverdient erschien, allein zu genießen, unbekümmert und schwerelos zu sein, selbst zu bestimmen, wohin sie flog. Das war für sie wirkliche Freiheit.
 Und dann, eines Tages, auf einem ihrer Streifzüge, gesellte sich ein zweiter Vogel zu ihr. Zunächst nur zögerlich und mit einem deutlichen Abstand, dann immer vertrauter, näher kommend, ihre Nähe suchend. Sie wusste nicht, ob sie das ertragen konnte, fragte sich, ob die Luft teilbar sei, zweifelte daran, dass ihre Jagdgründe Platz für zwei Raubvögel bieten würden. Aber es gelang mit der Zeit, und es entstand eine Vertrautheit zwischen ihnen, die sich durch nichts erschüttern ließ.
 Sie wurden unzertrennlich, und ihre wilden Schreie hallten über die Hügel und Täler. Ihr ungestümer Flug, die Balgereien, das einander Jagen – das alles machte beiden Spaß und wurde Ausdruck ihrer unbändigen Lebensfreude.
 Sie warfen sich gemeinsam in den manchmal stürmischen Wind und überwanden ...

»Kommst du?« Susanne zuckte zusammen, als die Tür des alten, schwarzen Rolls-Royce, den sie sich gemietet hatten, aufflog und Emily hereinblickte. »Was ist los mit dir, du Träumerin? Du willst doch nicht etwa kneifen?«

Emily, die schlanke, groß gewachsene Australierin aus Brisbane, die vor knapp drei Jahren in Susannes Leben getreten war, hatte ihre wilden roten Locken zu einem lockeren Knoten zusammengesteckt, aus dem sich bereits die ersten Strähnen lösten und ihr frech ins Gesicht wehten. In einer Hand die Blumen, die andere lässig in das geöffnete Fenster gelegt, lächelte sie und blickte Susanne auffordernd an. Sie trug ein eng anliegendes, ärmelloses, champagnerfarbenes Kleid, in dem sie unheimlich sexy aussah. Der tiefe Ausschnitt war für Susannes Geschmack viel zu freizügig, wirkte aber unglaublich verführerisch, und als sich Emily so tief zu Susanne hinunterbeugte, dass diese einen fast uneingeschränkten Blick auf Emilys Brüste hatte, hätte sie alles vergessen und sich besinnungslos in diese vertraute Zweisamkeit stürzen können.

»Susanne!« Da klang ein deutlich warnender und nervöser Unterton mit. »Come on. Alle warten auf uns. Wir kommen noch zu spät.«

»Entschuldige. Ich war gerade ... Ach, vergiss es einfach.« Sie fuhr sich mit der Hand durch ihr kurz geschnittenes Haar, stieg aus und überprüfte ein letztes Mal den Sitz ihres schwarzen Leinenkleides, das schon nach der kurzen Fahrt in diesem durchaus geräumigen Auto so faltig aussah, als hätte es noch nie ein Bügeleisen gesehen. Sie hasste Kleider, trug lieber weite Hosen und Hemden, die das Leben deutlich einfacher machten. Das Kleid trug sie nur für Emily. Diese hatte es ihr auf den Körper geschneidert – und wie hätte sie sie enttäuschen können?

»Du siehst wunderbar aus!« Emily hatte ihre Stimme zu einem kaum wahrnehmbaren Flüstern gesenkt, was Susanne eine Gänsehaut bescherte. »Hier, dein Strauß. Und nun ... einmal kräftig durchatmen, und los geht's.« Sie legte ihren Arm um Susanne und wollte sie mit sich ziehen, doch diese blieb einfach stehen.

»Warte! Ich ...«

»Kalte Füße?«

»Ich weiß auch nicht. Ich ... ich sollte vielleicht noch eines klarstellen. Egal, wohin uns der heutige Tag führen wird ...« Sie zog Emily zu sich und blickte ihr in ihre wunderschönen dunkelgrünen Katzenaugen, die im Licht der Sonne smaragdfarben leuchteten. »Ich liebe dich.«

»Das weiß ich doch, du Dummerchen! I love you too, my darling«, sagte Emily zärtlich und hauchte Susanne einen Kuss auf den Mund, den diese gerne erwidert hätte. Aber so schnell er gekommen war, dieser kurze Augenblick der Intimität, so schnell war er auch schon wieder vorbei. »Mit ein Grund, warum wir heute hier sind. Erinnerst du dich?«

»Du verstehst nicht. Ich liebe dich so sehr, dass ich manchmal explodieren könnte, weil mich die Gefühle für dich so vollständig ausfüllen, dass da kein Platz mehr ist für anderes. Du bist mein Leben ...«, sie strich liebevoll über Emilys Wange, »... und zuweilen habe ich das Gefühl, dass ich dich mit meiner Liebe erdrücke, dir die Luft zum Atmen nehme, dass ich dich zu sehr einschränke und dass unsere Beziehung gar nicht halten kann.«

»Sus, Sweetheart. Wäre ich hier in Deutschland, wenn ich dich nicht ebenso liebte? Würden wir hier stehen, ohne das Vertrauen, das wir uns entgegenbringen? Wir können nicht wissen, was kommt. Let's find it out together! Let's create our own world.« Sie küsste Susanne erneut, und nun wurde es der Kuss, den Susanne sich schon beim ersten Mal gewünscht hatte. Eng umschlungen standen sie da, und Emily flüsterte Susanne ins Ohr: »Was wir erträumen, werden wir auch erschaffen können. Die Wege, die wir in unserer Fantasie zusammen gehen, führen uns auch in eine gemeinsame Zukunft. Daran glaube ich. Ganz fest. Und ich vertraue dir. Ich weiß, dass wir das schaffen können, weil wir uns lieben. Weil auch ich dich liebe. More than I love my life.«

Susanne wollte etwas, sagen aber Emily gebot ihr Einhalt. »Ich komme vom anderen Ende der Welt und wäre nicht hier, wenn wir uns nicht kennengelernt hätten. Irgendeine schicksalhafte Macht hat uns zusammengeführt. Du bist die erste Frau, für die ich bereit war, mein Leben Down Under aufzugeben und an einem anderen Ort neu anzufangen. Und ich habe es bisher nicht bereut. Not one minute with you. In diesem meist kalten, verregneten, dicht besiedelten Land, in dem mir der weite Himmel mehr als alles andere fehlt, bist du zu meiner Welt geworden. Manchmal denke ich, das kann nicht gut gehen. Du hast so viel Verantwortung – für dich selbst und auch für mich. Ich möchte nicht mit dir tauschen.«

»Emily, ich …«

»Scht. I'm not done, yet.« Sie streichelte Susanne zärtlich über die Wange. »Dein unbändiges Wesen fasziniert mich, dein freier Geist, deine Fähigkeit, dich ganz zu geben, dich mit Leib und Seele für Dinge einzusetzen, die dir am Herzen liegen, rauben mir den Atem. YOU take my breath away! Mich dürstet nach deinem Körper, wann immer ich ihn zu lange nicht habe berühren dürfen. Ich liebe alles an dir. Deine dunklen Augen, deinen Mund mit diesen sinnlichen Lippen, deine seidige Haut, den Duft, den du verströmst.«

Während sie diese Worte aussprach, fuhr Emilys Zeigefinger langsam über Susannes Nase, ihren Mund und das Kinn bis hinunter in den Ausschnitt ihres Kleides. Diesen zog sie sanft, aber bestimmt zu sich, sodass sie einen tieferen Einblick erlangen konnte, und gab Susanne einen zärtlichen Kuss, der einen Hauch von Rot in ihrem Dekolleté hinterließ.

»Ich liebe dein Lachen, das mich alles andere vergessen lässt, ich liebe deine ausgelassene Lebensfreude, ich liebe deine Kreativität und Fantasie, ich liebe deine Treue und dein Vertrauen in mich, ich liebe es, mit dir zu schlafen, ich liebe es, mit dir schlafen zu gehen und neben dir aufzuwachen, ich …«

»Ist ja schon gut, schon gut.« Susanne lachte, legte einen Zeigefinger auf Emilys Lippen und brachte sie zum Schweigen. »Ich habe verstanden. Lass uns gehen.«

Emily blickte Susanne an. »Ja, ich will.«

»Ich auch.«

Und so fassten sie einander bei den Händen und gingen gemeinsam auf den Haupteingang des Rathauses zu, in dessen Festsaal bereits ihre Familien und Freunde auf sie warteten und wo sie eine knappe halbe Stunde später ihre Sträuße hinter sich werfen würden, um Schicksal zu spielen in dieser kleinen, aber für sie doch so liebenswerten Welt.

April

Paris.
Warum gerade diese Figur?
Ist Fleisch doch begehrenswerter als Knochen?
Sind Kurven schöner und lebendiger als gerade Linien?
Und diese Brüste!
Wundervoll.
Was sich Nicki wohl dabei gedacht hat?
Und dann dieser Wasserstrahl,
der steil nach oben aus der Rechten spritzt,
den aus der Linken in den Schatten stellend.
Nicht milchig weiß, wie man durchaus erwarten könnte,
sondern farblos, rein und klar.
Seltsam.
Nur ein Gedanke, der sich langsam formt:
Mutter.

mutterseelenallein

Liebe Mutter,

ich weiß, Du erwartest nichts von mir. Kein Wort, keine Geste, schon gar nicht diesen Brief. Aber ich fühle mich so ausgepowert, so leer und unglücklich, dass ich mir keinen anderen Rat mehr weiß. Du musst einfach wissen, wie ich mich fühle, und ich muss es mir von der Seele schreiben.

Es ist nicht so, dass ich mich entschuldigen möchte. Ich wüsste nicht wofür. Ich bin genauso geworden, wie Du mich immer haben wolltest: selbstständig, tolerant, selbstbewusst, erfolgreich, manche würden mich durchaus als attraktiv bezeichnen, andere als schön.

Du warst immer stolz auf Deine Tochter.

Deine Bridge-Damen konnten wahrscheinlich die ganzen Geschichten von dem erfolgreichen Töchterchen irgendwann nicht mehr hören. Von dem sommersprossigen, blond gelockten Liebling. Immer gute Noten, immer rechtzeitig von den Partys zurück, verlässlich, fleißig, allseits beliebt. Alles lief wunderbar.

Bis ich Dir meine erste große Liebe vorstellte.

Weißt Du noch? Dieser schreckliche Sommer am Meer. Du und Papa, Ihr habt ständig gestritten. Wie sollte auch in einem einzigen Urlaub wieder das zusammenwachsen, was zu Hause nicht mal mehr ein gemeinsames Schlafzimmer hatte. Ich war damals neunzehn und hatte das alles so satt.

Das Wetter war fürchterlich, und das Strandhaus, das wir gemietet hatten, war zu klein, um drei Wochen lang ständig aufeinanderzuhängen. Die Tagesausflüge von einem verregneten Strand in die eine oder andere verregnete Stadt konnten auch nichts mehr retten. Ihr wart so mit Euch beschäftigt, dass Ihr überhaupt nicht gemerkt habt, wie ich mich von Euch entfernte.

Die langen, einsamen Strandspaziergänge reinigten meine Seele. Ich hatte Euch und Eure Streitereien meist schon nach zehn ruhigen Minuten vergessen, konzentrierte mich auf die Wellen, den Wind in meinen mittlerweile kurzen und zerzausten Haaren, die Schreie der Möwen, den Sand zwischen meinen frierenden Zehen, auf mich.

Und dann, während eines solchen Spaziergangs in den Dünen, lernte ich Julia kennen.

Sie saß einfach da in ihrem gelben Friesennerz und malte ihre Aquarelle, die sich durch den Regen in jeder Sekunde seltsam veränderten, sich immer neu erschufen, als führten sie ein Eigenleben. Ich war total fasziniert. Nicht nur von ihrer Arbeit, sondern von Julia selbst. Ihre langen rehbraunen Locken, die seidige, leicht gebräunte Haut, das wunderbare Lächeln, die Leichtigkeit ihres Seins. Alles war neu, und das Gefühl einer unglaublich tiefen Zuneigung und Liebe zu dieser jungen Frau war sofort da und so präsent, dass es mich umhaute. Es nahm mir den Atem.

Noch nie hatte ich solche Gefühle für einen anderen Menschen gespürt, und ich war, ob Du es glaubst oder nicht, schockiert. Ich hatte Angst. Ich wusste nicht, wohin damit. Das passte so gar nicht in meine Welt. Aber es fühlte sich richtig an. Es fühlte sich wunderbar an. Ich hatte das Gefühl, fliegen zu können, war high, ohne auch nur an einer Droge geschnuppert zu haben. Mir war plötzlich klar, was in meinem Leben gefehlt hatte. All die kurzen, frustrierenden Affären, die ich mit diversen Jungen bis dahin gehabt hatte, fielen in die Belanglosigkeit, die ihnen zustand. Dort, in den Dünen, in genau jenem Augenblick, fühlte ich mich plötzlich vollkommen. Ich fühlte mich vollendet, als wäre das letzte Puzzleteil meiner Persönlichkeit gerade ergänzt worden. Und es war mir egal, was andere dachten, es war mir egal, was Du denken würdest. Ich war verliebt.

Ich genoss die Zeit mit Julia sehr. Versuchte mich auch an Aquarellen, lud sie auf Spaziergänge ein, wir aßen Eis im kalten Wind, gingen schwimmen, lasen uns in den Dünen, in denen wir ein kleines Zelt aufgeschlagen hatten, gegenseitig Geschichten vor, rezitierten unsere Lieblingsgedichte, kuschelten uns gemeinsam unter die Decke, wenn es zu kalt wurde, und erzählten einander die Geheimnisse unserer Kindheit und Jugend.

Und dann kam der Abend, an dem ich Julia zum Essen zu uns einlud. Papa war schon abgereist. Er war der Meinung, er könne seine Zeit besser verbringen, als in einer kleinen Hütte tagein, tagaus mit Dir zu streiten, und dementsprechend war auch Deine Laune. Es wurde kein angenehmer Abend, und als Julia gegangen war, hast Du in Deiner abfälligen Art über sie hergezogen. Und wie ich sie angehimmelt hätte. Das sei schon peinlich gewesen. Wer sie überhaupt sei, und wo ich sie ›aufgegabelt‹ hätte. Als könne man Menschen aufgabeln wie ein Stück Fleisch.

Ich wäre fast zersprungen. Es tat so weh. Jedes Deiner Worte zog mir eine Peitsche durchs Gesicht. Sie schienen mich zu durchbohren, verletzten mich, ließen blutende Wunden auf meiner Seele zurück. Ich konnte nicht fassen, dass es meine Mutter war, die dort vor mir stand. Meine Mutter, die ihre einzige Tochter eigentlich hätte lieben und verstehen sollen, die mir den Rücken hätte stärken können bei einer Zukunft, die vielleicht schwieriger werden würde, als wir es uns beide ausgemalt hatten. Eine Mutter, die vor der offensichtlichen Wahrheit mehr Angst hatte als ich.

Ich vermute es war Trotz, der mich zwang, mich Dir zu offenbaren. Ich kam nicht weit. Dein Blick und die Art und Weise, wie Du mir das Wort ›lesbisch‹ entgegengespuckt hast, ließen mich schweigen. Die Offenbarung, dass Du mich abgetrieben hättest, wenn Du auch nur eine Ahnung von meiner abartigen Neigung gehabt hättest, ließen mich Dich hassen. Mit einem Mal war ein Keil zwischen uns getrieben, den keine entfernen wollte, keine entfernen konnte.

Lass Dir sagen, dass Julia meine Gefühle für sie nie erwidert hat. Wir waren wirklich nur gute Freundinnen. Aber sie hat mir die Augen geöffnet. Sie hat mir gezeigt, wer ich bin. Sie war die erste Frau, die ich liebte.

Die Frauen, die folgten, zeigten mir, wo ich hingehöre. Sie eröffneten mir Welten, in die ich eintauchte wie ein hungriges Tier. Ich fand mich selbst, auch wenn ich Dich dabei verlor. Aber, Mama, das war Deine Entscheidung, nicht meine. Ich hätte gerne alles mit Dir geteilt, hätte Dir gerne erzählt, wie es mir dabei geht, ständig gegen Windmühlen zu kämpfen. Ich hätte Dich gerne helfend an meiner Seite gehabt, um die Höhen und Tiefen meines stürmischen Lebens zu überwinden.

Aber Du hast sämtliche Brücken, die ich zu schlagen versuchte, direkt wieder einstürzen lassen. Über all die Jahre warst Du so unnachgiebig, und ich beneidete jede Frau, die ich kennenlernte und die ein ungestörtes Verhältnis zu ihrer Mutter hatte. Ich habe Dich so vermisst.

Heute würde ich Dir gerne Leonie vorstellen. Wir haben uns vor fast fünf Jahren bei einem Workshop kennengelernt. Sie ist wunderbar und erinnert mich ein bisschen an Julia. Sie ist auch so ein Wildfang, und es ist herrlich, mit ihr zusammen zu sein. Jeder Tag birgt neue Überraschungen, und ich hoffe, dass das noch lange so bleiben wird. Wir denken auch daran, ein Kind zu bekommen. Dein erstes und vielleicht einziges Enkelkind, Mama, das Du nie sehen wirst. Eigentlich schade.

Ich kämpfe jeden Tag darum, dass die Welt mich so akzeptiert, wie ich bin. Ich kämpfe darum, dass sie mich nicht verändert. Dass sie mich mit den gleichen Augen sieht, mit denen ich mich sehe, und das sind verständnisvolle, liebende Augen. Keine verurteilenden oder strafenden Augen, wie ich sie von Dir in Erinnerung habe. Ach, Mama, könntest Du nur verstehen.

In Liebe
Paula

P. S.: Ich habe mich nie selbst als lesbisch bezeichnet. Mir reicht es, zu sagen, dass ich als Frau andere Frauen liebe. Daran bist Du schuld. Dein Blick damals sprach Bände, und seitdem lehne ich diese Kategorisierung einfach ab. Sie reduziert mich auf einen kleinen, wenn auch immens wichtigen Teil meiner Persönlichkeit, und das kann ich nicht zulassen. Ich bin so vieles, und ich bin auch lesbisch – aber so einfach möchte ich es niemandem machen! Auch Dir nicht.

Paula bückte sich und legte den Brief, den sie sorgfältig in den mit *Mama* beschrifteten Briefumschlag geschoben hatte, neben den Strauß rostroter Lilien, den Lieblingsblumen ihrer Mutter. Leonie stand eine Grabreihe hinter ihr und beobachtete sie, immer bereit, ihr bei diesem schweren Gang unter die Arme zu greifen. Sie sah, wie Paulas Schultern bebten, und wusste, dass sie weinte. Langsam ging sie auf Paula zu und stellte sich hinter sie.

»Lass uns gehen, Liebes.«

»Einen Moment noch.« Paula beugte sich hinunter und zupfte einen Büschel Unkraut aus, der sich zwischen den Grabstein und die Umrandung aus niedrigem Buchsbaum geschmuggelt hatte, und zündete die Kerze an, die sie mitgebracht hatte. Sie richtete sich auf und nahm Leonies Hand in ihre Hände, führte sie zu ihrem Mund und küsste sie. Sie drehte sich zu ihr um und blickte sie liebevoll an. Sie atmete tief ein, und ihre Augen leuchteten. Auf den Wangen glänzten die geweinten Tränen, und Leonie hob ihre freie Hand, um sie wegzuwischen. Paula schüttelte nur leicht den Kopf, und Leonie ließ ihre Hand wieder sinken.

»Mama, das ist Leonie, die Frau, die mein Herz erobert hat, die ich begehre mit jeder Faser meines Körpers. Das ist die Frau, die ich lieben und ehren werde.« Sie blickte noch einmal auf das Grab ihrer Mutter hinunter, nahm Leonie in den Arm, und beide gingen davon, ohne sich noch einmal umzudrehen.

»Ich bin stolz auf dich«, flüsterte Leonie Paula ins Ohr.

Paula lächelte. »Und ich liebe dich dafür!«

Mai

Kaffeeflecken.
Ein abgerissenes Notizblatt.
Hastig aufgeklebt und schwach graphitumrandet.
Deine krakelige Schrift, die ich erkenne unter Hunderten.

Und Du schreibst:
*legt mir keine fesseln an,
nur weil ich nicht in euer schema passe.
ich möchte kein ›aber‹ hören,
wenn ich von mir erzähle.
ich möchte keine verachtung spüren
für eine liebe, die nur in euren augen falsch scheint.*

*lasst mich die sein, die ich war.
lasst mich die sein, die ich bin.
lasst mich die sein, die ich werde.*

*wenn ich mich selbst wieder spüren kann,
wenn ich weiß, dass ich nicht unrecht habe,
wenn ich die sein darf, die ich bin,
dann werden meiner seele flügel wachsen.*

Hildegard

Die Musik war sehr dezent, und die sparsame Beleuchtung füllte den Raum mit unzähligen kleinen Lichtinseln. Niedrig hängende Lampen erleuchteten gerade mal die Tische, über denen sie angebracht waren, und ließen den Rest des noblen Lokals in einem gnädigen Halbdunkel, durch das man sich bewegen konnte, ohne wirklich aufzufallen.

Der Ober führte Jutta zu einem der hinteren Tische, und überrascht stellte sie fest, dass er für drei Personen gedeckt war. Sie war davon ausgegangen, dass es nur Hildegard und sie sein würden. Nun gut. Was immer es war, was so wichtig schien, konnte offensichtlich auch unter sechs Augen besprochen werden.

Sie hatte sich in Schale geworfen. Zumindest mal soweit der Arbeitstag und die drei Kinder ihr Zeit dazu gelassen hatten. Was bedeutete, dass sie ein Paar schlichte Sandalen trug, ihre beste Jeans, eine legere schwarze Bluse und den Diamantring, den Paul ihr zum Hochzeittag geschenkt hatte. Genau genommen den Diamantsplitter, den er opulent hatte fassen lassen. Jutta liebte ihn dafür.

Mehr war nicht möglich gewesen in der Kürze der Zeit. Keine Maniküre, kein Friseurbesuch und keine entspannende Massage, deren Wirkung das Gespräch mit Hildegard ohnehin in einer Nanosekunde zunichtemachen würde. So wie das gewöhnlich der Fall war.

Und natürlich war Hildegard – wie immer – zu spät. Wenn die Königin Hof hielt, hatten die Untertanen ihr Tribut zu zollen und ihr einen angemessenen Empfang zu bereiten. Sie würde immer die Letzte sein, die den Saal betrat.

Jutta seufzte, blickte auf die Uhr und warf einen verstohlenen Blick in die Menükarte. Bei all dem Stress war sie nicht zum Essen gekommen. Sie hatte Hunger, und ihr Magen meldete sich in zwar unregelmäßigen, aber immer geringer werdenden Abständen und mit immer vehementerer Dringlichkeit. Vielleicht könnte sie sich ja eine winzige Vorspeise bestellen, ohne dass Hildegard das als unverzeihlichen Affront interpretieren würde. Vielleicht ...

Gerade als sie sich dem Ober zuwenden wollte, erschien die ihr wohlbekannte Silhouette im Türrahmen, und ohne auch nur

den Hauch einer Unsicherheit zu offenbaren, schlängelte sich Hildegard zielsicher zu ihrem Tisch durch, gab Jutta ein zwar imaginäres, aber dennoch überschwänglich vertontes Küsschen auf jede Wange und ließ sich für ihre Verhältnisse recht unelegant und geräuschvoll auf den Stuhl gegenüber sinken.
»Ich hoffe, du wartest noch nicht allzu lange. Dieser Verkehr bringt mich noch um. Ich bin das einfach nicht mehr gewohnt. Das Landleben hat sicher auch Nachteile, aber der geringere Verkehr gehört definitiv nicht dazu. Ich bin fix und fertig. Ober! Hallo! Ober!!!« Sie fuchtelte wild mit den Armen. »Bringen Sie uns eine Flasche Wasser. Ich bin am Verdursten.«
»Guten Abend! Schön, dass du da bist! Und ja, mir geht es gut. Danke der Nachfrage.« Jutta zupfte pikiert an ihrer Serviette. Aber was war von einem eher Ich-bezogenen Charakter anderes zu erwarten.

Hildegard rollte mit den Augen. »Mein Gott. Sind wir empfindlich heute. Ich kann nichts dafür, dass du beruflichen UND familiären Pflichten nachkommen musst, die dir scheinbar über den Kopf wachsen. Dünn siehst du aus. Viel zu dünn. Das kann mir ja leider nicht passieren. Ein paar Kilo weniger wären nicht schlecht. Andererseits ...«, und dabei strich sie sich mit einer Hand über ihre Hüfte, »... gibt es ja auch Menschen, die etwas voluminösere Frauen lieben.«

Voluminös. »Pffftttt«. Jutta stieß einen verächtlichen Ton zwischen den zusammengepressten Zahnreihen hervor, die diesen zu einem langen Zischen werden ließen. V-o-l-u-m-i-n-ö-s. Hildegard war alles, nur nicht voluminös! Jutta zog ihre linke Augenbraue missbilligend nach oben.

Da saß sie.
Hildegard.
Mit knapp fünfzig. Ihres Zeichens Mutter zweier erwachsener Töchter, verwitwet, geschieden, geschieden und wieder verwitwet, und sprach von Rubensfiguren, wo sie doch, solange Jutta sie kannte – buchstäblich ein Leben lang – von Diäten, schlanken Oberschenkeln, flachem Bauch, straffen Brüsten und einem immer um mindestens eine Dekade jüngeren Aussehen besessen war.

Hildegard. Die Frau, die andere kritisierte, wenn sie ihres Erachtens auch nur ein Gramm zu viel auf den Rippen hatten, die zu Wellness-Wochenenden riet, zu Massagen, Peelings, Liftings ... das ganze Programm. Hildegard, die einen Kleiderschrank besaß, der andere blass werden ließ, und deren Schuhsammlung in kein Regal mehr passte und einen separaten kleinen Raum ihr Eigen nannte.

Hildegard saß ihr gegenüber und sah ... anders aus. Nicht so gehetzt wie sonst. Nicht so getrieben. Nicht so unstet und auf der Suche. Sie ruhte in sich. Leuchtete förmlich. Ihr Haar – nicht wie üblich toupiert und in irgendeine seltsam unnatürliche Form geföhnt – umrahmte in großen, geschwungenen, schulterlangen Wellen ihr lächelndes Gesicht, das nur den Hauch von Schminke zeigte. Sie war ganz in Schwarz gekleidet und nicht in eines ihrer so auffällig eleganten, manchmal bunt schillernden Kleider, trug Halbschuhe und nicht ihre Pumps, nicht die vielen Ringe, die normalerweise ihre Finger zierten, sondern lediglich einen einzigen schlichten Goldring ohne Stein.

Es traf Jutta wie ein Schlag. Sie saß einer zwar nicht mehr jungen, aber sehr natürlichen, schönen, attraktiven Frau gegenüber. Nie hätte sie auch nur geahnt, dass sie diese Adjektive jemals gebrauchen würde, um Hildegard zu beschreiben.

Das konnte nur eines bedeuten. Sie hatte einen neuen Freund. Jutta seufzte innerlich. Sie griff nach der Karte, öffnete sie und begann diese demonstrativ zu studieren.

»Lass mal. Ich bestelle für uns beide. Wie wäre es mit Fisch? Ich hätte Lust darauf. Einen Zander? Lachs? Wolfsbarsch? Oder hättest du lieber Fleisch? Wie wäre es mit einem Steak vom Kobe-Rind? Einer Lammkrone? Einem Schweinefilet?«

»Ich nehme einen Salat.«

»Na komm schon. Ich zahle.«

»Dann nehme ich die Fischplatte bretonische Art für vier Personen.«

»Jutta! Wie kannst du nur so ... so ...«

»Was? Glaubst du, ich könnte mir nichts anderes als einen Salat leisten? Du musst nicht für mich zahlen. Du musst mich nicht einladen. Du bist zu nichts verpflichtet.« Sie schaute Hildegard wütend an. *Du musst mir auch nicht deinen neuen Freund vorstellen und mich mit einem saftigen Steak, auf das ich wirklich Lust hätte, gnädig stimmen,* fügte sie in Gedanken hinzu.

»Das weiß ich doch. Aber unser Treffen heute war doch meine Idee! Ich weiß, dass ich dich nicht einladen muss. Aber ich möchte.« Hildegard schaute sie eindringlich, fast schon flehend an. »Bitte.«

»Also gut. Aber es wird nicht billig für dich!«

Hildegard lächelte. »Das nehme ich in Kauf.« Sie bedeutete dem Ober, dass sie bereit waren, zu bestellen. »Du zuerst.«

»Ich fange mit der Fischsuppe an. Dann nehme ich die Schweinemedaillons. Bitte mit Kartoffelgratin. Und dazu ein Glas Grauburgunder.«

»Für mich das Gleiche. Und bringen Sie uns doch bitte eine ganze Flasche Wein. Diesen hier.« Sie deutete mit einem schlanken Finger auf die Karte und lächelte den Ober an. Dieser nickte und entfernte sich.

»Also, was hast du mir zu sagen?« Jutta bereitete sich seelisch und moralisch auf das vor, was unweigerlich kommen würde.

»Wie kommst du darauf, dass das der Fall ist?«

»Die Einladung, das Lokal, das dritte Gedeck, du.«

Hildegard schaute sie fragend an.

»Du wirkst irgendwie anders. Vielleicht ein bisschen nervös. Aber selten habe ich dich so ... gelassen, so wenig prätentiös erlebt. Was ist los?«

»Wer möchte den Wein probieren?« Der Kellner bewahrte Hildegard vor einer Antwort. Sie blickte ihn dankbar an und deutete auf ihr Gegenüber.

Er schenkte Jutta ein wenig Wein in das Glas, sie roch daran, nahm einen Schluck, ließ ihn im Mund hin und her schwappen, was sie mit dem Wasser nach dem Zähneputzen auch tat, bevor sie es ausspuckte, zog Luft durch ihre zum Kussmund gespitzten Lippen und nickte zustimmend. Sie hatte keine Ahnung von Wein. Er schmeckte, oder er schmeckte nicht. Dieser war ausgesprochen schmackhaft und damit sicherlich auch gut und teuer. Sonst hätte Hildegard ihn nicht ausgewählt. Sie war die Expertin. Sie liebte Wein und konnte einen guten von einem schlechten unterscheiden, konnte die Preise auf wenige Cent genau bestimmen, indem sie nur daran roch. Sie amüsierte sich immer königlich, wenn Jutta diese Show abzog. Ein bereits so oft praktiziertes Spiel zwischen ihnen, dass Jutta es fast schon als lästig empfand, den Clown für Hildegard zu mimen.

Seltsamerweise musste sie feststellen, dass sie ihr diese kleine Freude von Herzen gönnte, denn Hildegard lächelte sie so offen, vergnügt und mit unverfälschter Freude an, dass Jutta für einen kurzen Augenblick ein Gefühl in sich aufflammen spürte, das sie verloren glaubte – in den Wirren des Alltags und der gemeinsamen Vergangenheit, die sich nicht immer einfach gestaltet hatte. Sie spürte Liebe.

»Zum Wohl.« Hildegard zwinkerte ihr zu. »Auf das Leben!«

Die zwei Weingläser produzierten einen hellen, klaren Ton, als sie aneinander stießen.

»Auf das Leben.« Jutta blickte die Ältere forschend an, doch bevor sie ihre Frage wiederholen konnte, brachte der Ober die beiden Suppen und etwas Brot und verschwand mit einem »Guten Appetit, die Damen« zum nächsten Tisch, um eine weitere Bestellung aufzunehmen.

»Mmmmhhh. Die ist köstlich. Eine gute Wahl.«

»Würdest du mir jetzt bitte den Anlass für dieses Treffen nennen?«

»Muss es denn für alles einen Grund geben?«

»Wir kennen uns doch lange genug. Wir wissen beide, dass du mich nicht grundlos einladen würdest und dass ich nicht aufhören werde, zu fragen, bis du mir ausführlich und zufriedenstellend geantwortet hast! Also. Leg los.«

»Können wir nicht wenigstens die Suppe …«

»Hildegard!«

Hildegard legte bedächtig den Löffel zur Seite und schaute Jutta direkt in die Augen.

»Ich bin verliebt. Wie noch nie in meinem Leben.«

»Wer hätte das gedacht!? Endlich mal was Neues. Wie lange ist Walter jetzt tot? Noch nicht mal ein Jahr?« Jutta tauchte ein Stück Brot in die Suppe, ließ es abtropfen und im Mund verschwinden.

»Na hör mal! Ich …«

»Ist er reich? Werdet ihr heiraten?«

»So siehst du mich?« Hildegards Entsetzen schien echt. »Das ist nicht fair. So bin ich nicht.«

»Entschuldige«, flüsterte Jutta kleinlaut.

Betretenes Schweigen legte sich über ihren Tisch, und für einen Moment waren nur die Musik und das leise Gemurmel der anderen Gäste zu hören.

Jutta nahm Hildegards Hand und betrachtete die Falten, die begannen, sich über die Knöchel hinweg auszubreiten. »Es tut mir wirklich leid. Das war gemein von mir.«

»Ja, das war es. Und nein, wir haben momentan noch keine Heiratspläne. Wir kennen uns erst seit drei Monaten.«
»Noch ist es also nichts wirklich Ernstes. Dann lass uns die Suppe beenden, bevor wir in die Details gehen. Deine wird ganz kalt, wenn du nicht weiterisst.«

Sie beendeten die Vorspeise schweigend, warteten, bis der Ober die leeren Teller abgeräumt und Wein nachgeschenkt hatte, und gaben sich der Betrachtung des fünfflammigen Kandelabers hin, der auf der niedrigen Fensterbank neben ihrem Tisch stand. Das flackernde Licht der Kerzen warf tanzende Schatten auf ihre Gesichter und ließ ihre Augen dunkel leuchten.

»Ich ...«, setzten beide wie aus einem Mund an und mussten lachen.

»Typisch«, ergriff Jutta das Wort. »Egozentrische Weiber. Da sind wir uns sehr ähnlich.«

Hildegard nickte. »Trotzdem hast du in einer Sache unrecht. Es ist etwas Ernstes. Sehr ernst sogar.« Jutta wollte etwas erwidern aber Hildegard gebot ihr Einhalt. »Du kannst dir nicht vorstellen, welch ein schönes, erfüllendes, unglaublich befriedigendes Gefühl es ist, einen Menschen so zu lieben. Es hat mich einfach umgehauen.«

»Es ist deine fünfte Beziehung. Von kleineren Affären abgesehen. Wie ...«

»Möchtest du ...«

»... ihn kennenlernen? Jetzt? Ich weiß nicht.«

»Du wirst mich verstehen, wenn du erst ...«

»Ist ja gut. Wo ist er? Sitzt er an einem der anderen Tische und beobachtet uns schon die ganze Zeit?« Jutta blickte sich suchend um. »Jetzt sag nicht, es ist der ältere Herr mit dem schütteren Haar. Der ist ja mindestens neunzig!«

Hildegard blickte auf ihre Armbanduhr. »Warte hier.«

»Wo soll ich denn hin?«, murmelte Jutta und nahm einen kräftigen Schluck Wein, während ihr Gegenüber aufstand und eilig aus dem Raum lief.

»Jutta?« Eine lächelnde Hildegard trat in ihr Blickfeld und hielt eine Hand, an die sich ein Handgelenk mit einem Armband aus kleinen Bernsteinperlen anschloss, ein Unterarm, eine Schulter, ein Oberkörper, der in einer schwarzen Seidenbluse steckte, ein Kopf mit dunklen langen Haaren und einem rot geschminkten Mund, der unsicher lächelte. »Darf ich dir Myriam vorstellen?«

Jutta war zu verblüfft, um nur annähernd intelligent zu schauen. Vielmehr hatte man den Eindruck, als könne sie nicht bis drei zählen, und tatsächlich brauchte sie einige Sekunden, bis sie zumindest in der Lage war, eins und eins zusammenzuzählen.

Eine Frau!? Hildegard und eine Frau!?

»Entschuldigt mich!« Sie legte langsam ihre Serviette auf den Tisch, erhob sich wie in Zeitlupe und steuerte auf die Damentoilette zu, den Schritt sukzessive beschleunigend.

Als die Tür aufflog, hing sie immer noch über dem Waschbecken und spritzte sich die dritte Ladung kalten Wassers ins Gesicht. Mühsam richtete sie sich auf, stemmte sich am Waschbeckenrand auf und betrachtete ihr Spiegelbild, das einen erbärmlichen Anblick bot. Nasse Haarsträhnen klebten auf ihren Wangen, das Make-up war verlaufen, und Wasser tropfte von Nasenspitze und Kinn und produzierte feuchte, dunkle Flecken auf ihrer Bluse. Sie machte keine Anstalten, sich das Gesicht abzutrocknen.

Hildegard stand dicht hinter ihr und wartete, die Arme vor der Brust verschränkt. Für wenige Sekunden trafen sich ihre Blicke im Spiegel, bis Jutta dem nicht mehr standhielt und den Kopf neigte.

»Eine Frau«, sagte sie leise, und es war keine Frage, sondern eine Feststellung.

»Bist du schockiert?«

»Ich weiß nicht, ob mich überhaupt noch irgendetwas schocken kann, was dich betrifft, aber ich bin mehr als überrascht.«

Hildegard schwieg.

Jutta blickte in den Spiegel. »Wie soll ich das Thomas und den Kindern beibringen?« Langsam drehte sie sich um. »Muss das sein? Du kannst doch nicht plötzlich ... lesbisch sein! Nur Männer in deinem Leben, und jetzt eine Frau? Ich verstehe das nicht. Ich ...«

»Jutta, Liebes.« Hildegard wollte ihr über die Wange streichen, doch Jutta drehte ihr Gesicht weg. »Lesbisch ... Keine Ahnung, ob ich das bin. Bi würde es doch wohl eher treffen. Aber ich weiß nicht, warum wir uns in der Diskussion über solche Begrifflichkeiten verlieren. Sie war einfach da. Tauchte in meinem Leben auf und stellte es auf den Kopf. Ich bin die Letzte, die mit so etwas gerechnet hat. Glaube mir.«

»Ich bin mir nicht sicher, ob ich das kann.« Jutta zog drei Papierhandtücher aus dem Spender und trocknete sich das Gesicht ab, versuchte, die schwarzen Schlieren von ihren Wangen zu entfernen. »Ich weiß auch nicht, ob ich das will. Vielleicht sollte ich dich als unzurechnungsfähig erklären lassen.«
»Wie redest du denn mit mir?«
»Wie sollte ich denn deiner Meinung nach reden mit einer ... Irren!?«
»Nun, wenn uns jemand zuhört, hält er uns jedenfalls beide für verrückt! Ein kleiner Trost.«
»Du ... du ... machst mich fertig!«
»Ich liebe sie. Ich liebe sie von ganzem Herzen. In ihrer Gegenwart bin ich ein anderer Mensch. In ihrer Gegenwart fühle ich mich frei! Ich weiß nicht, wie ich es beschreiben soll.«
»Dann lass es.«
»Ich möchte aber, dass du verstehst. Ich möchte, dass du es akzeptierst. Ich möchte ... dich nicht verlieren.«
»Das hättest du dir vorher überlegen sollen.«
»Jutta, Schatz, bitte. Kannst du dich nicht einfach für mich freuen? Ich lebe wieder. Ich atme und genieße es. Ich liebe ...«
»BITTE! Erspar mir die Einzelheiten.« Jutta warf die Handtücher in den Mülleimer und wandte sich zum Gehen.
Hildegard hielt sie am Arm zurück. »Ich werde das ausprobieren! Ich muss. Ich spüre, dass es gut und richtig ist. Egal, was du oder Thomas oder die Kinder von mir denken werden. Hier geht es nicht um euch. Es geht ganz allein um mich.«
»Wie immer. Das wird sich nie ändern.«
»Aber ICH werde mich ändern. Ich habe mich bereits verändert. Das hast du selbst gesagt.« Sie schaute Jutta herausfordernd an. »Und ich werde kämpfen. Für Myriam, für unsere Beziehung, für eine hoffentlich lang andauernde gemeinsame Zukunft. Gegen alles, was sich uns in den Weg stellt.«
»Soll das eine Drohung sein?« Juttas Gesicht war rot vor Zorn. »Lass – mich – los!«, sagte sie langsam und bestimmt.
Hildegard lockerte den Griff um ihren Oberarm.
Mit einer schnellen Bewegung hatte sich Jutta befreit. »War das alles, was du mir sagen wolltest? Dann werde ich jetzt gehen, und es wäre schön, wenn du mich nicht zurückhalten würdest. Du kannst nicht von mir erwarten, dass ich dir die Absolution erteile oder dir meinen Segen gebe. Du ...«

»... Ich?«, wollte Hildegard wissen. »Ich liebe dich. Auch wenn es nicht immer den Anschein hat. Ich habe einiges falsch gemacht, und im Nachhinein tut es mir schrecklich leid. So viel ist schiefgelaufen zwischen uns. Wenn du mir die Chance gibst, würde ich das gerne wieder in Ordnung bringen.«
»Mit dieser Myriam an deiner Seite? Ich glaube kaum, dass das eine gute Idee ist.«
»Lerne sie doch erst einmal kennen, bevor du sie aburteilst. Sie ist ein wunderbarer Mensch. Sie ...«
»... macht dich glücklich. Das sagtest du schon.« Völlig überraschend machte Jutta einen Schritt auf Hildegard zu und nahm sie in den Arm. »Das sagtest du schon«, wiederholte sie leise und immer noch ungläubig und küsste ihre Wange, drückte sie so fest an sich, als wäre diese Berührung auch ein Abschied.

Doch Hildegard würde sie nicht gehen lassen. Nicht so.
»Bleib noch ein bisschen. Rede mit uns. Du hast dir doch etwas zu essen bestellt.«

Aber Jutta schüttelte den Kopf. »Ich kann nicht. Es tut mir leid. Ich muss nachdenken.« Sie löste sich aus der Umarmung, öffnete die Toilettentür und ging zu ihrem Tisch zurück. Hildegard war direkt hinter ihr, und als Myriam sie kommen sah, stand sie auf und lächelte ihnen entgegen.

»Da seid ihr ja wieder. Ist alles in Ordnung?« Die ersten Worte, die sie sprach, und die letzten, die Jutta hörte.

»Ich muss los.« Sie reichte Myriam die Hand. »Es hat mich gefreut, Sie kennenzulernen. Glaube ich.« Als sie an Hildegard vorbeihuschte Richtung Ausgang, legte sie kurz ihre Hand auf Hildegards Arm und lächelte sie an. »Auf bald.«

Das Letzte, was sie sah, war die Hoffnung, die in Hildegards Augen aufleuchtete.

Dann war sie an der frischen Luft. Sie schloss die Augen und atmete ein paar Mal tief ein und wieder aus. Bis sie sich ein wenig beruhigt hatte, bis es still in ihr wurde, bis der Aufruhr sich gelegt hatte.

Wahrscheinlich saß Hildegard jetzt neben Myriam, streichelte ihre Wange, hielt ihre Hand, gab ihr einen zärtlichen Kuss und sagte etwas wie: »Lass sie. Das wird schon werden. Glaube mir. Es braucht nur etwas Zeit.«

Hildegard und eine Frau.

Jutta lächelte. Ein mildes, versöhnliches, liebevolles Lächeln.

Wie recht Hildegard doch hat, dachte sie. *Sie kennt mich nun mal am besten. Ganze neunundzwanzig Jahre. Meine Mutter! Immer für eine Überraschung gut.* Verwundert und ungläubig schüttelte sie den Kopf und winkte das erstbeste Taxi herbei, dessen Fahrer am Taxistand an der Ecke auf Kundschaft gewartet hatte.

Juni

Blatt sechs ziert ein zusammengefaltetes Stück Papier,
auf das du eine Warnung gekritzelt hast:
Achtung – hier gibt es eine ganz eigene Welt zu entdecken!
Vorsichtig auseinandergefaltet,
liegt eine Blumenwiese vor mir.
Dunkles Grün, ein bisschen Gelb und Blau und Rot.
Eine knallbunte Zeichnung.
Wachsmalstifte.
Kindlich, unbekümmert, expressiv.
Zwei Mädchen, die sich an den Händen halten,
inmitten einer Herde weißer Schafe.
Traumhaft schön.
In Jeans und himmelblauem T-Shirt eins der beiden,
das andere in einem bunten Sommerkleid.
Ein pochend rotes Herz
trägt jede deutlich sichtbar und am rechten Fleck.
Das breite Grinsen in den sommersprossigen Gesichtern
seligmachend glücklich,
als strahlten mir
zwei leuchtend gelbe Sonnen aus dem Bild entgegen,
die erhellen könnten selbst die dunkle Nacht.

Charly, ach, Charly!

Sonntag! Herrlich. Endlich mal ausschlafen. Meine Liebste lag in meinen Armen und atmete hörbar ein und aus. Andere würden das als dezentes Schnarchen bezeichnen. Ich fand es einfach nur süß!

Seit knapp fünf Monaten wohnten wir jetzt in unserem eigenen Haus. Alles lief gut. Die Nachbarn waren wirklich nett. Elke sowieso, und Mathis, ihr Mann, musste hin und wieder in seine Schranken verwiesen werden, wenn ihm wieder ein nicht so schöner Spruch über die Lippen rutschte.

Wir hatten eine Art ›Bestrafungssystem‹ entwickelt – von selbst gebackenem Kuchen über einen Spiele- und Grillabend bis hin zu einem selbst gekochten Drei-Gänge-Menü. Je nach Schwere seiner Untat. Das Angebot, uns seine mit Sicherheit befreienden sexuellen Dienste anzubieten, was er meist in angetrunkenem Zustand und – zu ihrem Leidwesen – in Anwesenheit von Elke tat, die dann beschämt tomatenrot anlief, war ein absolutes No-Go. Es wurde mit einem Kinobesuch und einem Abendessen im besten Restaurant am Platz geahndet. Nachdem Elke ihrem Mann mehrfach glaubhaft versichert hatte, dass sich solche Machosprüche zum einen nicht gehörten und sie zum anderen in den finanziellen Ruin treiben würden, ließ er sie sein.

Dennoch waren wir praktisch Dauergäste im Nachbarhaus und hatten schon den einen oder anderen feuchtfröhlichen Abend erlebt, denn im Grunde war Mathis ein großer, dicker, gutmütiger Bär, dem man nichts so richtig übelnehmen konnte.

Und dann der Frechdachs, den sie ihre Tochter nannten. Luisa. Gerade mal elf Jahre alt und unbezähmbar. Kurze, störrische Haare, eine Brille, ohne die sie blind wie ein Maulwurf wäre, die sie aber keck und unglaublich intelligent aussehen ließ, und eine Latzhose, die sie eigentlich immer trug. Nur nicht in die Schule.

Wenn ihre Freundinnen zu Besuch waren, die sie umschwärmten wie Motten das Licht, geschah es nicht selten, dass sie unser Herrschaftsgebiet stürmten und es für ihre Abenteuer nutzten. Immerhin hatten sie uns zuvor gefragt, ob sie das Baumhaus in der hinteren Ecke des Gartens weiter benutzen könnten. Schließlich hätten die Vorbesitzer es für ihre eigenen und die Nachbarskinder gebaut, und in einem Anflug von Naivität und nicht mehr mit Jugendlichkeit zu erklärendem Leichtsinn hatten wir es ihnen erlaubt – nichts ahnend von der Häufigkeit, in der sie unseren Garten okkupieren würden.

Meist waren sie eine Gruppe unerschrockener Piratinnen, die auf hoher See ihre Abenteuer erlebten, und wenn wir in unseren Liegestühlen dem Sonnenbaden frönten – nackt wie Gott uns geschaffen hatte –, dann mussten wir nicht selten als Belugawale herhalten, die eine opulente Mahlzeit versprachen, oder als bleiche Ungeheuer aus den Tiefen der Meere, die es zu erlegen galt. In solchen Momenten nutzte auch unser regenbogenfarbener Sichtschutz nichts mehr. Aus dem Baumwipfel konnten sie absolut alles sehen. Uns blieb also nichts anderes übrig, als uns zumindest einen Badeanzug überzuziehen, Oropax in die Ohren zu stopfen und in eine willkommene Stille einzutauchen, in der alles Schreien, Jubeln und Jauchzen zu einem dumpfen, an- und abschwellenden, fast schon beruhigenden Dauerton zusammenschmolz.

Hin und wieder beteiligten wir uns auch an den Spielen. Ein Mal durchbohrte ein Pfeil unseren Sonnenschutz. Das war zu viel. Charly sprang auf und stürzte sich mit einem Weidenzweig bewaffnet in die Meute der Angreiferinnen, ihr eigenes Leben riskierend. Und was sollte ich anderes tun, als ihr zu folgen. Ihre wilden Locken hüpften vor mir her, und ich wäre ihr überall hin gefolgt. Sie war ausdauernd, und die blutigen Kämpfe um Grund und Boden dauerten lange. Irgendwann waren alle Parteien zu erschöpft, um auch nur einen weiteren Angriff zu starten, und dann gab es Kuchen und einen großen Becher Kakao. Ich durfte meist das Schlachtfeld aufräumen und die Terrasse von den Spuren schlammverkrusteter Kriegerinnen reinigen.

Wir verstanden uns tatsächlich gut mit den Nachbarn.

Allerdings ging der Lärm, der an meine noch müden Ohren drang, eindeutig zu weit. Am heiligen Sonntag! Es war noch nicht einmal halb elf. Warum waren sie nicht in der Kirche?!

Stattdessen drangen Schreie und aufgeregte Jauchzer durch die immergrüne Thuja-Hecke, die unseren Garten vom Nachbargarten trennte.

Mein Bis-über-den-Mittag-hinaus-Schlafen konnte ich vergessen. Charlotte würde sich nicht stören lassen, aber ich hatte einen leichten Schlaf. Ich versuchte, mich auf schöne Dinge zu konzentrieren. Zum Beispiel auf die letzte Nacht. Doch so richtig gelingen wollte mir das nicht. Immer wieder wurden die Bilder, die vor meinem geistigen Augen dahinzogen, von Wortfetzen untermalt, die so gar nicht passen wollten. Und meine verzweifelten ›Ruuuheee!!!‹-Rufe aus unserem Dachfenster zeigten auch keinerlei Wirkung. Offensichtlich fühlten sich die Gören in keiner Weise angesprochen, zumal sie die Quelle der Rufe aller Wahrscheinlichkeit nach ohnehin nicht lokalisieren konnten.

Mir blieb also nichts anderes übrig, als entweder meinen Kopf unter das Kissen zu legen, um damit meine Ohren von äußeren Lärmquellen abzuschotten und leise zu ersticken, oder aber nachzusehen, was auf dem Nachbargrundstück geschah. Aufgrund der mir innewohnenden Neugier entschied ich mich für Letzteres, zog meine Jeans und ein T-Shirt über und bewegte mich langsam und schlaftrunken Richtung Garten, Charly in den aufgewühlten Laken zurücklassend.

Im Flur neben der Garderobe durchlebte ich einige Schrecksekunden, weil ich mich nicht gleich im Spiegel erkannte und in der Gefahr wähnte, jeden Augenblick von einer Fremden überfallen zu werden, die allerdings genauso überrascht schien wie ich.

Nun, wenigstens war ich danach wach und konnte mich auf leisen Sohlen unentdeckt bis zur Hecke schleichen, wo Luisa sich in tagelanger Kleinarbeit ein Guckloch gebastelt hatte, indem sie junge, dünne Zweige mit der Heckenschere entfernt und einen zu einer grobmaschigen Röhre gewickelten Hasendraht eingeführt hatte, der die Hecke bisher erfolgreich davon abhielt, das Loch wieder zu schließen. Dieses Guckloch war taktisch so klug angebracht, dass Luisa durch langsames Bewegen unseren kompletten Garten ausspionieren konnte.

Wir machten uns einen Spaß daraus, für Luisa ein bisschen zu schauspielern, damit sie nicht allzu enttäuscht war, und manchmal, wenn es auf der anderen Seite verdächtig raschelte, stellte ich mich geradewegs vor das Spionagerohr, sodass sie direkt in mein Auge blickte und auch Teile der heruntergezogenen Augenbraue sah. Ein Anblick, der sie kleine Schreie ausstoßen ließ, gefolgt von einem »Oh Menno!« und einem lauten Lachen. Ihr war nicht bewusst, dass dieses Rohr auch umgekehrt funktionierte, und so konnte auch ich mein Blickfeld in den nachbarlichen Garten derart variieren, dass mir nichts entging.

Zunächst fiel mein Blick auf den Stapel frisch gehackten und gespaltenen Kaminholzes, ruhte dann kurz auf dem Beil, das verlassen in dem Spaltklotz steckte, und signalisierte meinem noch schlafenden Gehirn, dass dies unmöglich der Grund für das immer lauter werdende Geschrei sein konnte. Also drehte ich mein Spionagerohr vorsichtig nach links, vorbei an der Sitzecke, in der Elke unter ihrem Sonnenhut ein Nickerchen machte. Das aufgeschlagene Buch war auf ihre Brust gesunken. An dem angebissenen Stück Apfelkuchen mit zerlaufenem Sahnehäubchen taten sich etliche Bienen und Wespen in stiller Eintracht gütlich. Ein wahrhaft idyllisches Bild. Ein Wunder aber, dass meine Nachbarin bei diesem Gekreische überhaupt schlafen konnte.

Ich drehte mein Spionagerohr weiter Richtung Süd-Süd-West, vorbei an dem adretten Gartenhäuschen mit den Blumenkästen üppig blühender Hängegeranien, vorbei an dem kleinen Teich, den ein spuckender Plastikfrosch konstant mit Frischwasser versorgte, bis hin zu dem blickdichten Lattenzaun, hinter dem sich der Komposthaufen befand, den wir zwar nicht sehen, aber an warmen, schwülen Sommertagen durchaus riechen konnten.

Ein Seufzer entrang sich meiner Brust! Verglichen mit dem Nachbargarten schien unserer eher der eines halb verfallenen und verwunschenen Spukschlosses zu sein. Charly tat, was in ihrer Macht stand, aber ich hatte zwei linke Daumen, von denen keiner grün war. Unsere Bemühungen, den Pflanzen möglichst viel Raum zur freien Entfaltung zu lassen, gipfelten in dem fast schon unbezähmbaren Wildwuchs von ehemals mühsam und eigenhändig in die Erde eingebrachten Kulturpflanzen – von dem üppig und kunterbunt wachsenden Unkraut ganz zu schweigen. Mit meinem ungeübten Blick und meinen mehr als spärlich vorhandenen gärtnerischen Kenntnissen und Fähigkeiten war es mir unmöglich, das eine von dem anderen zu unterscheiden. Irgendwann waren die Wurzeln so stark und fest im lehmigen Boden des Gartens verankert, dass wir die Pflanzen nur mit Mühe entfernen konnten. Da es aber viel angesagter war, einfach in der Sonne zu liegen – mit einem kühlen Getränk und einem guten Buch in den Händen –, erklärten wir den Garten als Renaturierungsgebiet und warteten auf die kalte Jahreszeit, in der die sterbenden, am Boden liegenden Halme und Stängel zuerst vom Laub der umstehenden Bäume und dann vom oft nur spärlich fallenden Schnee bedeckt wurden. Eisige Temperaturen – so sie sich denn einstellten – würden ihnen den Rest geben.

Ein langer, fast schon markerschütternder Schrei riss mich aus meinen Überlegungen, und ich entsann mich meines eigentlichen Vorhabens. Da ich im unteren Teil des Gartens keinen Grund für den Lärm entdecken konnte, schwenkte ich das Drahtrohr mit unendlicher Vorsicht und Langsamkeit in die entgegengesetzte Richtung und zum Haus hin – vorbei an dem blickdichten Lattenzaun, hinter dem sich der Komposthaufen befand, den ich zwar nicht sehen, jedoch an warmen, schwülen Sommertagen durchaus riechen konnte, vorbei an dem kleinen Teich, den ein spuckender Plastikfrosch konstant mit Frischwasser versorgte, vorbei an dem adretten Gartenhäuschen mit den Blumenkästen üppig blühender Hängegeranien bis hin zur Sitzecke, in der die Nachbarin unter ihrem Sonnenhut ein Nickerchen machte.

Das Buch war mittlerweile zugeklappt und unachtsam zu Boden gefallen, weil sich Elke offensichtlich zur Seite gedreht hatte. Ihr Mund war leicht geöffnet, und ihr regelmäßiger Atem schwoll zu einem leichten Schnarchen an. Der Hut stand in rechtem Winkel von ihrem Kopf ab und bot keinen Schutz mehr gegen die Sonne, die ihre rechte Gesichtshälfte schon gefährlich gerötet hatte. Das Beil steckte noch immer verlassen in dem Spaltklotz vor dem Stapel frisch gehackten und gespaltenen Kaminholzes.

Das Gejohle hatte mittlerweile sowohl in der Lautstärke zugenommen als auch in dem immer schneller werdenden Rhythmus, der aus einem Staccato aus »Hopp, hopp, hopp«- und anderen Anfeuerungsrufen bestand. Und dann, mit einem letzten kleinen Schwenk zur Nachbarterrasse hin, erblickte ich die Quelle allen Lärms! Luisa und drei ihrer besten Freundinnen knieten auf der Terrasse und beugten sich über etwas, das ich zunächst nicht erkennen konnte. Im Gegensatz zu einem handelsüblichen Fernglas besaß meine Drahtröhre keinen Ring zur Schärfeneinstellung, und so musste ich mir erst einmal den Schlaf aus den Augen reiben. Dennoch konnte ich kaum glauben, was ich sah.

Auf einer Art Tartanbahn, die aus zwei schwarzen, aneinander liegenden Stücken Dachpappe meines Erachtens maßstabsgetreu nachgebildet worden war, bewegten sich vier Schnecken unendlich langsam auf eine mit gelbem Bindfaden abgesteckte Ziellinie zu. Allerdings hatte ich diese Art von Schnecke noch nie zuvor gesehen. Zwar wusste ich, dass Luisa eine kleine Schneckenzucht betrieb und die kapitalen Exemplare an Klassenkameraden und Freunde verkaufte – was an sich schon ekelhaft genug war –, aber

Neuzüchtungen?! Ich weiß nicht, fallen die nicht unter irgendein Artenschutzgesetz? Bei genauerem Hinsehen glaubte ich, Weinbergschnecken erkennen zu können, deren Gehäuse aber recht seltsam anmuteten. Wie große Pocken schienen Geschwülste diese zu verunstalten. Aber nein! Halt! Das waren keine Gehäusewucherungen, sondern kleine, mit einer gelben Masse, hinter der ich Kaugummi vermutete, aufgeklebte Steinchen aus dem froschbespuckten Zierteich, mit denen wohl – und das konnte ich nur vermuten – versucht wurde, die unterschiedlichen Gewichtsklassen auszugleichen.

»Hopp, hopp, hopp!« Vier klatschende Paar Hände feuerten die steinbeladenen Ungetüme an, die mit ihren ›Pocken‹ auf den Gehäusen aussahen wie Monster aus grauer Vorzeit.

»Hopp, hopp, hopp!« In geduldiger Langsamkeit näherten sich die mit Kajalstift von eins bis vier nummerierten Schnecken der Ziellinie, eine schleimiger als die andere, die Fühler ausgestreckt, angelockt von einem glitschigen Klumpen Katzenfutter, der in einer kleinen Bierlache schwamm. Die schon getrockneten Schleimspuren reflektierten das Sonnenlicht und zogen sich wie Silberfäden über die nachtschwarze Dachpappe.

Meiner Brust entrang sich ein tiefer Seufzer, als ich an den Wissenschaftler denken musste, der in wer weiß wie vielen Jahren Versteinerungen ebendieser Schnecken finden würde. Falls Kaugummi eine halbwegs brauchbare Halbwertzeit besaß, so könnten tatsächlich irgendwann rudimentäre Reste einer völlig neuen und bis dato unbekannten Form der Gastropodae als Petrefakten gefunden werden!

»Hopp, hopp, hopp!« Die Rennstrecke war mit Kieselsteinen flankiert und mit kleinen Regenbogenfähnchen beflaggt, die mir entfernt bekannt vorkamen. Verzierten wir damit nicht immer unsere Party-Cupcakes!? Auch für Publikum war gesorgt: die Zinnsoldaten, wahrscheinlich aus der Sammlung von Mathis entführt, mussten dafür herhalten. Heute standen sich die Kavallerie der amerikanischen Südstaaten und das preußische Heer unter Bismarck gegenüber.

Die ›Rennschnecken‹ näherten sich der Ziellinie, und Nummer drei führte mit einer ganzen Körperlänge! Als sie nach einer kleinen Ewigkeit vollständig ins Ziel geschleimt war, schien die Nachbarstochter einer Ohnmacht nahe, strich das Preisgeld von vier Lutschern ein, die ich jetzt schon mal nicht verzehren könnte, klaubte die Siegerin, die sich mit einem schmatzenden Geräusch von der Tartanbahn trennen ließ, vom Boden auf, setzte sie als Belohnung auf ein frisches Blatt Salat und seufzte verzückt und mit einem Ausdruck tiefer, ehrfürchtiger Liebe in den Augen: »Charly, ach, Charly!«

So, so. Eine heimliche Verehrerin! Heutzutage sind zwanzig Jahre Altersunterschied ja kein Problem mehr. Ich würde Luisa im Auge behalten müssen. Lächelnd zog ich mich von meinem Beobachtungsposten zurück und schlich zurück ins Bett, kuschelte mich an meine immer noch schlafende Freundin und schloss die Augen. Aus dem Nachbargarten war leises Geschirrklirren zu hören. Die Damen gönnten sich wohl ein Stück Kuchen und eine große Tasse Kakao. Endlich kehrte Ruhe ein.

Juli

Was für ein Bild!
Kontraste, wohin das Auge schaut.
Hell-Dunkel, Warm-Kalt, Sichtbar-Unsichtbar,
Laut-Leise, Geschäftig-Ruhig, Tag-Nacht.
Du weißt, dass ich das Gemälde liebe.
Es strahlt so viel friedvolle Wärme und Gelassenheit,
so viel Laisser-Faire und Savoir-Vivre aus.

Und wenn ich die Augen schließe,
sich die Szene hinter meinen geschlossenen Lidern
neu zusammensetzt,
dann gesellen sich Sinneseindrücke hinzu.

Der Duft von frisch gebrautem Kaffee hängt in der Luft,
überdeckt das schwach wahrnehmbare Gemisch
aus Parfum und After Shave.
Irgendwo bereitet jemand Essen zu.

Meine Haut spannt, spürt noch die Sonne,
mit der sie der Tag beschenkte
und deren Wärme sie nur langsam ausatmet.

Das Gemurmel der Cafébesucher ist zu hören,
die die Hitze des Tages vergessen glauben
und die laue Sommernacht für ein Getränk
und einen Plausch nutzen,
leise Musik dringt aus den geöffneten Fenstern des Cafés,
Schritte von Langsam-vorbei-Flanierenden
hallen über das Kopfsteinpflaster.

Entschleunigte Zeit.

Und über allem der dunkle, nachtschwarze und doch leuchtende Sternenhimmel, der seine ganze Pracht und Schönheit,
von den Menschen scheinbar unbeobachtet,
über der Stadt entfaltet.

Nur Van Gogh schien es bemerkt zu haben ...
und ich nehme es wahr, fast anderthalb Jahrhunderte später,

schalte den Ventilator ein,
genehmige mir ein kühles Getränk,
setze mich auf die Fensterbank an das geöffnete Fenster,
betrachte das rege Treiben in der Straße unter mir
und hoffe, dass die Nacht etwas Abkühlung bringen wird.

Ich bin für solche Temperaturen nicht geschaffen.

Sie schlafen sehen

Die Süße und Schwere des Sommers hatten Einzug gehalten. Die Tage waren so heiß, dass man glaubte, in der Sonne leise verglühen zu müssen, und die warmen Nächte brachten auch keine Abkühlung. Der Asphalt schmolz jeden Tag aufs Neue, und jeder Absatz hinterließ tiefe Abdrücke seiner Anwesenheit, an Spuren prähistorischer Dinosaurier in einem ausgetrockneten Flussbett erinnernd, gut erhalten und für die Nachwelt präpariert. Wie bei einer Fata Morgana hatte man den Eindruck, als verlören die Dinge hinter einer flimmernden Wand aus Hitze ihre Konturen, als löse sich fest und sicher Geglaubtes vor aller Augen in seine Bestandteile auf. Die Luft schwirrte und schien in der drückenden Hitze leise zu brummen. Ein sonorer Grundton, der alles bremste, der jede Bewegung verlangsamte und auf das Wesentliche reduzierte. Das Leben schien wie ein träge dahinfließender Strom, der keine Anstalten machte, sein Bett zu verlassen, anzusteigen oder abzuschwellen, der noch nicht einmal den Elan und die Tatkraft aufbringen konnte, seine Oberfläche zu kräuseln. Stattdessen schenkte er den Promenaden und Häusern ein perfektes Spiegelbild, in dem die Zeit stillzustehen schien.

Sie hatten sich geliebt.

Während andere an den Flussauen den Schatten der alten Trauerweiden, Rotbuchen oder Platanen suchten, ihre Füße in den Brunnen am Markt tauchten oder ein Eis genossen, von dem sie sich in irgendeiner Form Abkühlung versprachen, hatten sie sich geliebt. Mal stürmisch begehrend, sich aneinander verbrennend, mal sanft und langsam und leise. Hatten in den kurzen Pausen, die sie sich gönnten, etwas gegessen oder von der Fensterbank aus dem Leben auf ihrer Straße zugeschaut, hatten gemeinsam gebadet, sich Gedichte vorgelesen oder einfach nur eng umschlungen auf dem Sofa im Wohnzimmer gelegen und die Decke angestarrt – schwitzend, glücklich und nach Atem ringend.

Nun lagen sie erschöpft nebeneinander in dem aufgewühlten Bett. Haut an Haut, Atem an Atem, pochendes Herz an pochendem Herz. Die Luft schien erfüllt von elektrischem Knistern, als liefe eine Hochspannungsleitung direkt durch den Raum. Es roch fast übermächtig nach Liebe. Ein intensiver, süßer, betörender Duft.

Martha lag auf dem Rücken, die Arme hinter den Kopf gestreckt, als wolle sie die Messingstangen des Bettes nicht loslassen, die ihr noch Minuten zuvor Halt und zugleich Widerstand geboten hatten. Die Blässe der verkrampften Finger war verschwunden, entspannt, fast zärtlich umfing Fleisch Metall.

Martha.

Der Name passte zu ihr. So schrecklich altmodisch, dass sie ihn fortwährend mit Leben zu füllen versuchte, manchmal so rasant, dass einem vom Zusehen schon schwindlig wurde. Martha. Ihre kurzen, lockigen Haare standen wirr vom Kopf ab. Die eine oder andere feuchte Strähne lag so eng an ihre Stirn und ihre Wangenknochen geschmiegt, dass Kathrin gern mit ihr getauscht hätte.

Marthas leises Schnarchen erfüllte den Raum. »Ich kann nicht mehr«, hatte sie erschöpft und mit rauer Stimme geflüstert und war mit diesen Worten auf den Lippen zufrieden lächelnd eingeschlafen. Langgestreckt, das linke Bein leicht angewinkelt, so entspannt, als könne niemand ihr etwas antun, als hätte sie weder Angst vor der Nacht noch vor bösen Geistern. Kathrin kannte niemanden, der so schlief wie Martha. Nackt und unbedeckt reflektierte ihre seidig glänzende Haut das fahle Mondlicht, das ungehindert durch das geöffnete Schlafzimmerfenster drang. Sie war wunderschön, nein, sie war vollkommen.

Kathrin lag neben ihr, ihren Kopf in die linke Hand gestützt, die langen blonden Haare mit der anderen fahrig aus der Stirn gekämmt, und wachte über den Schlaf der Geliebten. Sie beobachtete Martha und konnte kaum glauben, dass sie neben der Frau lag, die sie vom Augenblick ihrer ersten Begegnung an begehrt hatte. Es erschien ihr wie ein kleines Wunder, und sie neben sich schlafen zu sehen, erfüllte Kathrin mit einem fast übermächtigen Glücksgefühl.

Sie betrachtete Marthas Gesicht. Die ebenmäßigen Züge; die sanft geschwungenen, vollen, leicht geöffneten, unglaublich zarten Lippen, die sich selbst im Schlaf zu einem Lächeln formten; die Nase, die im oberen Drittel einen kleinen Höcker hatte; die Augen, die Kathrin mit diesem dunklen, unergründlichen Blau fast schon hypnotisierend anzogen und nun, da Martha schlief, geschlossen waren; die langen dunklen Wimpern; die dünne Narbe an der rechten Schläfe, die sich in einem langen Bogen am Wangenknochen hochzog und Marthas Augenbraue in zwei ungleiche Hälften teilte und die sie noch einzigartiger machte, als sie es ohnehin schon war. Sie dachte an den Unfall in den Bergen. Erinnerte sich daran, wie sie unter Weinkrämpfen versuchte, die Platzwunde zusammenzupressen, während Corinna und Lisa Hilfe holten.

Über eine Annonce in der Zeitung hatten sie zueinander gefunden. *Suche Frauen zum gemeinsamen Wandern in den Alpen.* Corinna suchte und fand. Zu viert waren sie unterwegs, hatten bereits vier anstrengende Tage und drei kurze Nächte in unterschiedlichen Hütten hinter sich, waren auf der letzten Teilstrecke, die eigentlich keine großen Schwierigkeiten oder Gefahren mehr barg. Aber müde waren sie alle vier. Und dann knickte Martha um, verlor den Halt und stürzte. Es gab nicht viel, was sich ihr in den Weg stellte. Der steinige, erdlose Hang hatte in Jahren des In-der-Sonne-Liegens kein Grün hervorgebracht, das Marthas Sturz hätte bremsen können, und als sie neben dem kleinen Bachbett aufschlug, lag da ein Gesteinsbrocken, den das sommerliche Rinnsal in jahrelanger frühjährlicher, wilder Kleinarbeit bis zu dieser Stelle transportiert hatte, wo er nun auf Marthas Kopf wartete. Sie enttäuschte ihn nicht.

Kathrin erinnerte sich daran, wie sie starr vor Schreck einfach zuschauten, wie sie scheinbar in Zeitlupe reagierten und den Hang hinunterstolperten, mit zitternden Fingern nach Marthas Puls tasteten und erleichtert feststellten, dass er, wenn auch schwach, vorhanden war. Sie hörte sich Befehle geben, erinnerte sich, wie sie die beiden anderen wegschickte, um Hilfe zu holen, weil sie selbst um nichts in der Welt von Marthas Seite hätte weichen wollen, und wie sie dann lange, schier endlose Minuten neben der bewusstlosen Frau kniete, in die sie sich auf Anhieb verliebt hatte und die nichts wusste von Kathrins Gefühlen, die einfach nur dalag und nicht mehr aufwachen wollte.

»Das mit der Narbe haben wir doch gut hinbekommen, oder? Man sieht fast nichts mehr«, flüsterte Kathrin und erntete einen tiefen Seufzer, dem ein kurzes heftiges Zucken folgte. Kathrin kannte das. Das Hinübergleiten in tiefere Schlafphasen wurde auch bei ihr durch dieses Muskelzucken begleitet. Sie lächelte. Wie ähnlich sie sich waren! Und doch im Grunde so verschieden.

Sie ließ ihren Blick über Marthas Körper gleiten, den sie mittlerweile so gut kannte, den sie auf diversen Expeditionen erforscht und lieben gelernt hatte. Im Mondlicht sah er aus wie eine sanft geschwungene, alabasterfarbene Landschaft von Hügeln und Tälern, die sich in stetig gleichem Rhythmus leise anhob und wieder senkte, und über die die Nacht den Schleier des Schweigens gelegt hatte.

Kathrin musste lächeln. Da gab es diese kleine, einladende Senke zwischen Marthas Schulter und ihrer rechten Brust, die wie gemacht schien für Kathrins manchmal so müden Kopf. Immer wenn sie das Gefühl hatte, dass das Leben sie auffraß, sie in kleinen, hektischen Bissen gierig verschlang, ihr die Arbeit über den Kopf wuchs, sie sich ständig behaupten, stark und unbesiegbar sein musste, dann war sie froh, nach Hause zu kommen mit der Gewissheit, Martha vorzufinden, in deren Umarmung sie zart und verletzlich sein konnte, deren Wärme und Geborgenheit sie wieder zu dem Kind werden ließen, das sie einmal war, aber nicht mehr sein durfte. Dann breitete Martha ihre Arme aus, und Kathrin sank hinein, glitt mit dem Kopf in eben jene Vertiefung, Schutzbefohlene und Geliebte gleichermaßen, und Martha wusste nur zu genau, dass es für Kathrin in jenen Augenblicken nichts anderes mehr geben konnte als ein erschöpftes Sich-Fallenlassen in hoffentlich süße Träume. Sie akzeptierte das. So stürmisch und verlangend sie sein konnte, so liebevoll und ruhig war sie in solchen Momenten, war der Geliebten Hafen und Heimat, Rast und Ruhe zugleich.

Kathrin legte ihre Hand auf genau diese Stelle und schloss die Augen. Sie dachte an jene Momente, in denen sie eng umschlungen einschliefen, genügsam ihre Nähe zueinander auskostend. Ihre eigenen letzten Wahrnehmungen bestanden dann aus dem Kuss, den Martha ihr sanft auf ihr Haar drückte, aus der Wärme von Marthas Körper und dem Duft, den dieser verströmte und den Kathrin unter Hunderten, unter Tausenden, immer und überall erkennen würde.

Sie hatte Martha geschmeckt, hatte so oft ihrer Zunge freien Lauf gelassen und Marthas Körper halb blind, halb sehend erkundet, hatte ihn vermessen und sich zu eigen gemacht, hatte ihren Duft wahrgenommen, der sich mit jeder Körperregion kaum merklich änderte, hatte das Salzige ihrer Haut geschmeckt, ihre Süße, hatte bemerkt, wie sich die feinen Härchen auf Marthas Haut ihren sanften Berührungen entgegenstreckten und die Gänsehaut ab- und anschwoll und sich wie eine um Bruchteile von Sekunden zeitversetzte Welle, mit ihrer Zungenspitze wetteifernd, über Marthas Körper zog, bis diese es nicht mehr aushielt und Kathrin um Erlösung bat von ihrer süßen Qual, die sich befreiend entladen würde, sobald Kathrin die richtige Stelle liebkoste.

Kathrin wischte sich bei diesen Erinnerungen eine Träne von der Wange und schickte ihre Hand auf Wanderschaft.

Die Hitze hatte einen dünnen Schweißfilm auf Marthas Haut hinterlassen, der sich hier und da zu kleinen Tropfen verdichtete, die wie Perlenschnüre den Bauchnabel oder die Oberlippe schmückten. Keine vier Stunden zuvor hatte alles damit begonnen – mit Marthas glänzender Haut und Kathrins unbändiger Fantasie.

Martha war erhitzt und atemlos in Kathrins klimatisiertes Büro gestürmt, und binnen Sekunden breitete sich eine Gänsehaut über ihren Körper aus. Kathrin starrte sie an und hatte nur ein Bild im Kopf, nur einen einzigen Gedanken. Dass die Feuchtigkeit auf Marthas Haut, die ihr Gesicht, ihre Schultern und Arme und auch ihren tiefen Ausschnitt bedeckte, sich in eine hauchdünne Schicht aus Eis verwandeln würde, auf der sie mit ihrer Zunge wilde Muster kreierte, so wie es ab und an ihr Finger an einer angelaufenen Scheibe tat.

»Oh mein Gott, ist das heiß«, glaubte sie Martha sagen zu hören, während diese sich mit den Händen durch ihre schier unbezähmbaren Locken fuhr, die sich, je heißer es wurde und je mehr sie schwitzte, immer kleiner und untrennbarer voneinander kringelten. Als Martha sich umdrehte, um die Tür zu schließen, bevor sich die köstliche Kühle ganz verflüchtigte, murmelte sie etwas von einem neuen Buchladen, den sie Kathrin unbedingt zeigen wolle, doch Kathrin hörte nicht hin, den Blick starr auf Martha gerichtet, den Stift in einer scheinbar leblosen Hand, die kurz zuvor noch über Blätter hin und her geflogen war, eifrig Notizen machend.

»Kathrin, was ist los mit dir? Geht es dir nicht gut? Kathrin?« Die Vehemenz und Lautstärke, in denen ihr Name ausgesprochen wurde, ließen Kathrin zusammenzucken, als sei sie aus einem Traum aufgeschreckt.

»So solltest du nicht herumlaufen«, brachte sie abwesend hervor, ohne ihren Blick von Marthas Brüsten zu wenden, deren

Brustwarzen gerade den Versuch unternahmen, die Stoffschichten des BHs und des Tops gleichermaßen zu durchstoßen.

»Warum? Gefällt es dir nicht?« Mit beiden Händen auf Kathrins Schreibtisch gestützt, beugte sie sich so tief hinunter, dass Kathrin im Funkeln von Marthas tiefblauen Augen Wissen um ihre Fantasie zu lesen glaubte. Sie fühlte sich ertappt und spürte, wie sich eine gleichmäßige Röte über ihre Wangen ausbreitete. Der Raum schien plötzlich vor erotischer Spannung zu knistern.

»Ganz im Gegenteil!« Sie stand auf und schloss die Lücke zwischen ihnen. »Dieser Anblick ist viel zu heiß!«

»Wie das Wetter! Es ist unerträglich«, hauchte Martha, genau wissend, dass sie Kathrin mit ihrer rauchigen, leisen Stimme erregte.

»Dann hat es nichts mit dir gemein!« Kathrin senkte ihr Gesicht in Marthas Ausschnitt und drückte ihr einen Kuss auf den Ansatz ihrer Brüste. Dabei hinterließen ihre Lippen einen kräftigen, dunkelroten Abdruck. Kathrin liebte das. Es gab für sie nichts Erotischeres als roten Lippenstift auf Marthas blasser Haut. Sie trug ihn nur für ihre Geliebte auf – wenn sie wusste, es ahnte oder auch nur hoffte, dass Martha sie zum Mittagessen oder nach der Arbeit abholen würde, wenn sie zusammen ausgingen, ins Kino, etwas essen, in die Disco, Freunde besuchen. Nur um auf Marthas Körper sichtbare Spuren ihres Verlangens zu hinterlassen. Und manchmal, so wie heute, war ein solcher Kuss der Beginn einer fantastischen Nacht. Der Buchladen hatte nie eine reale Chance gehabt.

Mit dem Zeigefinger fuhr Kathrin über Marthas Haut und zog eine trockene Spur hinter sich her, als teilte sie das glänzende Meer, als baute sie einen Damm in die salzige Feuchtigkeit, auf dem sich ihr Verlangen über Marthas Körper verteilen, ungehindert einmarschieren und ihn erobern konnte.

Ihr Blick fiel auf die verwischten, kaum noch zu erkennenden Spuren ihres Lippenstifts. Martha hatte fantastische Brüste, so groß, dass Kathrin sich darin verlieren konnte ... und sie wusste um ihre Wirkung. Sie trug Blusen mit tiefem Ausschnitt, eng anliegende Tops unter noch enger anliegenden Hemden oder dunkle Rollkragenpullover, die zwei Nummern zu klein schienen.

Kathrin blies sanft über Marthas rechte Brustwarze, die sofort darauf reagierte. Das liebte sie an Marthas Brüsten. Sie konnten so weich und glatt sein, ihre Brustwarzen nicht mehr als kleine, flach gewölbte Inseln, ruhig und geduldig im eigenen Meer schwimmend, und wenn dann Erregung und Verlangen Besitz von ihnen ergriff, warfen sich diese sanft geschwungenen Hügel zu Hochgebirgen auf, vollzogen sich Jahrmillionen Erdgeschichte innerhalb weniger Sekunden, bildeten sich Schluchten und steile Grate wie riesige Wellen eines Urmeeres, die es zu meistern galt und deren Überquerung doch nur ein Ziel hatte – die Konquistadorin auf den Gipfel zu führen, dessen Steilwände ein letztes Hindernis darstellten, dessen Überwindung allerdings Glückseligkeit verhieß.

Kathrin lächelte und verstaute auch diese Wahrnehmung in ihrer Schatzkiste, die sie, sicher vor fremden Blicken, im hintersten Winkel ihrer Erinnerung aufbewahrte. Sie fuhr zärtlich den Weg nach, den ihr ihre Augen beschrieben, und als sie begann, den Gipfel zu umkreisen, die Erregung zu spüren, ihre Handfläche über Marthas Brustwarze zu reiben, als sich ihr Mund und ihre Zunge zu ihrer Hand gesellten, kosteten, forderten, schmeckten – da ließen kleine Erdbeben die Landschaft erzittern.

Kontinentalverschiebung.

Stille.

Martha hatte sich zur Seite gedreht, wandte Kathrin den Rücken zu und schuf so einen dunklen Abgrund aus Hitze und schwüler Feuchtigkeit zwischen ihren Körpern, den Kathrin nicht zu überbrücken wagte. Nur ihre Hand legte sie sanft auf Marthas Hüfte, wartete, bis ihr Körper zur Ruhe kam. Sie lauschte auf Marthas Atem, der immer noch ruhig und gleichmäßig aus ihr hinaus- und wieder in sie hineinströmte. Welch eine Ruhe von ihr ausging, welch eine Zufriedenheit mit sich und der Welt. Die Beine angewinkelt und den Kopf in ihrer eigenen Hand ruhend, lag sie da wie ein schlafendes Baby, dessen Schicksal Kathrin in ihren Händen hielt. Sie war sich ihrer Verantwortung durchaus bewusst.

Durch das offene Fenster sah sie den Mond an einem dunklen, sternenklaren Himmel stehen. Gemurmel drang zu ihr nach oben, Gelächter, die leisen Stimmen der Nachtschwärmer, die die Straßen zu bevölkern begannen. Sie saßen vor Restaurants und Kneipen, tranken ein Bier, rauchten, unterhielten sich, genossen die warme Sommernacht, ließen den Tag ausklingen, ohne ihn wirklich loslassen zu wollen – jetzt, da er endlich erträglich wurde, weil die Hitze sich verflüchtigte und man wieder atmen konnte, ohne Gefahr zu laufen, die Atemwege zu entflammen.

Von irgendwoher drang Musik an Kathrins Ohr. Ein Straßenfest vielleicht, eine Party oder einfach nur Hintergrundmusik aus einem der Lokale. Eine leise, getragene, fast schon traurige Melodie, die eine Erinnerung in ihr wachrief, ein Bild, das sich unaufhaltsam in ihr Bewusstsein drängte. Sie sah Martha vor sich, wie sie ihr in einer dunklen, nur von flackerndem Kerzenlicht erhellten Ecke in dem gemütlichen, weinumrankten Garten des kleinen portugiesischen Restaurants zwei Straßen weiter gegenübersaß. Ein romantisches Abendessen für zwei. Martha war ganz in Schwarz gekleidet, und ihre Bluse stand so weit offen, dass, immer wenn sie sich vorbeugte, Kathrin einen tiefen Blick in ihr Dekolleté werfen konnte.

»Du machst mich noch wahnsinnig.« Kathrin hatte ihre Schuhe ausgezogen und streifte mit ihrem nackten Fuß langsam an Marthas Schienbein entlang.

»Möchtest du den Fisch probieren?« Martha hielt Kathrin eine volle Gabel hin, von der die Tomatensoße auf die Papiertischdecke tropfte. Kathrin schüttelte den Kopf. Sie selbst kämpfte mit einem Steak, das gut und gerne auch für zwei Personen gereicht hätte.

»Hörst du mir zu?«

»Nein.« Martha lächelte. »Ich versuche, mich auf das Essen zu konzentrieren.«

»Könntest du die oberen zwei Knöpfe schließen?«

Martha schaute Kathrin lange an. Ihre Augen umspielte ein Lächeln. »Warum?«

»Das weißt du ganz genau!« Sie ergriff Marthas Hand und küsste sie, fuhr mit ihrer Zunge zwischen Zeige- und Mittelfinger und biss ihr sanft in den Knöchel.

»Ich glaube, du solltest nicht so viel Fleisch essen. Irgendwie bekommt dir das nicht.«

»Du liebst es doch. Dieses animalische, dieses wilde Verlangen.« Kathrin warf ihre Haare zurück und lachte heiser. »Und ich liebe dich!«

In diesem Moment trat Pietro, der Besitzer des Restaurants, an das Mikrofon und teilte den Anwesenden mit, dass die Band, die für den Abend angekündigt war, nicht auftreten würde, dass er aber für Ersatz hatte sorgen können. Kathrin und Martha blickten fast gleichzeitig zu dem Podest, das für die Live-Acts errichtet worden war, und sahen eine kleine, stämmige Frau die Bühne betreten, begleitet von zwei Gitarristen. Sie war geschätzte achtzig bis hundert Jahre alt, und die wettergegerbte, faltige Haut ihres Gesichts erinnerte Kathrin an das Bild einer Indianerin, das sie erst kürzlich in einem Magazin entdeckt hatte. Ihre dunklen Haare waren zu einem strengen Dutt zurückgekämmt, und sie trug eine bunte, farbenfrohe Stola über dem schwarzen, bodenlangen Kleid. Als ihre zittrigen, gichtgekrümmten Finger nach dem Mikrofon griffen, glitt dieses aus seiner Halterung und fiel mit einem lauten Knall zu Boden. Pietro musste es ihr aufheben, weil sie selbst sich nicht bücken konnte. Peinlich schien es ihr nicht zu sein. Sie lächelte und sagte etwas auf Portugiesisch, das wohl eine Entschuldigung sein sollte.

»Das wird wohl nichts mit dem Tanzen heute«, sagte Kathrin und zog ihren Geldbeutel aus der kleinen Umhängetasche, die sie an solchen Abenden immer bei sich trug. »Lass uns gehen.«

»Ich bin mit meinem Fisch noch nicht fertig. Bist du schon satt?« Kathrins Teller war fast unberührt. »Schmeckt dir das Fleisch nicht?« Martha stieß ihre Gabel in ein Stück, das Kathrin zuvor abgeschnitten hatte, und steckte es in den Mund. »Ich finde es gut.«

»Es ist nicht das Fleisch, nach dem mich hungert!«, hauchte Kathrin, und ihre Augen glänzten im Kerzenschein.

»Ach, Kathrin. Ich liebe dich auch. Mehr als alles andere auf der Welt.« Sie klopfte neben sich auf die Bank, auf der sie saß. »Komm zu mir.« Kathrin gehorchte, schmiegte sich neben Martha, die sie in den Arm nahm und zärtlich küsste. »Wir bestellen uns jetzt noch ein Glas Wein und genießen den Abend. Es ist so mild, und die Luft ist voller Duft und Magie.« Im Hintergrund beendeten die Gitarrenspieler gerade das zweite Solo. »Und die Musik ist doch auch nicht so übel.«

»Also gut. Aber nur ein Glas.« Kathrin ergab sich seufzend in ihr Schicksal und lehnte ihren Kopf an Marthas Schulter, nahm den Duft des Parfums wahr, das Martha aufgelegt hatte. Und während diese genüsslich die letzten Stücke Fisch verzehrte, beobachtete Kathrin die anderen Gäste, die sich leise miteinander unterhielten, aßen oder, wie sie selbst, eng umschlungen in einer ungestörten Ecke saßen und den Abend genossen.

Plötzlich ertönte eine Stimme, die dunkler und melodischer nicht hätte sein können, und wie auf Kommando schienen alle in dem innezuhalten, was sie taten, und ihren Blick zur Bühne zu richten. Aus dem bebenden Körper dieser kleinen Frau drang eine Stimme voller Intensität und Leidenschaft, getragen von einer tief empfundenen Wehmut und Trauer. Es war faszinierend, ihr zuzuschauen. Ihre Hände, das Gesicht, die Körperhaltung – sie alle unterstützten den Eindruck, den ihre Stimme hinterließ. Klagend hob sie ihre Hände zum Himmel, die knotigen Finger theatralisch gespreizt, ihre dunklen Augen waren geschlossen, der schmale, dunkelrot geschminkte Mund fast schon zu einer Grimasse verzogen, die Falten, die ihr den Ausdruck von Schmerz auf die Stirn schrieben, waren tief, und das langsame hin und her Wiegen des Körpers strahlte eine enorme Ruhe aus.

Kathrin, die ihr gebannt zuhörte und ihren Blick kaum abwenden konnte, spürte plötzlich, wie Marthas Griff um ihre Schulter fester wurde und ihr Körper zu zittern begann. Und als sie sich ihr zuwandte, sah sie, dass Martha weinte. Sie hatte ein so warmherziges, ansteckendes Lachen, konnte fröhlich sein und unbändige Energie ausstrahlen, aber sie konnte auch weinen, als spürte sie die Traurigkeit der ganzen Welt. Nicht laut schluchzend, sondern leise und still, ohne jede weitere Regung. Nur die großen feuchten Augen und die Tränen, die ihre Wangen hinunterkullerten, verrieten sie.

Nun lehnte sie, die kurz zuvor noch so bestimmend und über alles erhaben war, ihren Kopf auf Kathrins Schulter und gab sich ihren Gefühlen und dem emotionalen Chaos, das die Musik in ihr hervorrief, ganz und gar hin. Kathrin nahm sie einfach nur in den Arm, versuchte, sie zu beruhigen, und küsste ihr die Tränen einzeln von ihren Wangen.

»Willst du mir etwas sagen?«, fragte sie zärtlich und spürte, dass Martha den Kopf schüttelte. »Dann lass uns tanzen!«

»Ich glaube, das ist keine gute Idee«, sprach Martha in Kathrins ohnehin schon durchnässte Bluse. »Niemand tanzt.«

»Seit wann hält dich das denn davon ab?«

»Diese Musik. Ich habe keine Ahnung, wie ich dazu tanzen soll.«

»Du spürst sie doch schon in dir! Zeig mir, was du fühlst.«

»Ich bin nicht in der Stimmung.«
»Na, komm schon. Bitte.« Kathrin wischte Martha mit ihrer Serviette die verlaufene Wimperntusche von der Wange.
Sie gingen oft gemeinsam tanzen. Am liebsten Salsa oder Tango. Martha führte fantastisch, und Kathrin ließ sich gerne führen, fühlte die Stärke und Souveränität, die von Martha ausging, liebte es, wenn sich ihre Körper gemeinsam im Rhythmus der Musik bewegten. Sie stand auf und hielt Martha ihre Hand hin, die diese zögernd ergriff. Mit einem kräftigen Ruck zog sie Martha von der Bank und zu sich hoch, eins ihrer Beine zwischen denen von Martha, ihr Griff fest um Marthas Hüfte, ihre Augen erwiderten ruhig Marthas flackernden Blick.

Diese begann, sich langsam und zunächst noch unsicher zu bewegen, strich mit dem Zeigefinger ihrer linken Hand sanft über Kathrins Lippen, die leicht geöffnet waren, und mit der rechten streifte sie wie zufällig ihre Brust. Sie musste lächeln. Wie sehr eine zarte, wie zufällig hingehauchte Berührung Kathrin erregen konnte. Diese trug ein tailliertes, eng anliegendes Hemd, das nicht in der Lage war, zu verbergen, was sie empfand.

»Lust«, flüsterte Martha und löste sich aus Kathrins Umarmung. Ihre Körper bewegten sich voneinander weg, bis die Berührung der Fingerspitzen die einzige Verbindung darstellte.

Angst. Marthas Lippen bewegten sich, aber es kam kein Laut heraus, als wolle sie nicht aussprechen, was sie dachte. Kathrin aber verstand, drehte sich zweimal um sich selbst, ohne dabei Marthas Hand loszulassen, und wenige Augenblicke später kollidierten sie miteinander wie zwei Asteroiden, die sich überall in ihrem Universum hätten aufhalten können und doch nur dieses eine Schicksal hatten, nur für diesen einen Augenblick des miteinander Verschmelzens existierten. Eine einzige fließende Bewegung.

»Meine Rettung«, hauchte Kathrin in Marthas Ohr und erntete einen tiefen Seufzer.

»Erfüllung.«

»Ja, auch das.« Kathrin warf ihren Oberkörper zurück, sich sicher in Marthas Armen wissend, und ihre Haarspitzen berührten den Boden.

»Vertrauen«, murmelte Martha als sie ihren Mund in Kathrins Ausschnitt senkte und mit ihrer Zunge den Ansatz ihrer Brüste liebkoste. Kathrin fuhr hoch, richtete sich zu voller Größe auf, ihr Blick den Blick Marthas suchend, ihre Münder nur Millimeter voneinander entfernt, jede den schweren Atem der anderen spürend.

»Erregung.« Sie wollte Martha küssen, aber diese entwand sich ihren Armen.

»Geduld, meine Schöne. Geduld.« Martha umrundete Kathrin, zog ihre Hand um Kathrins Hüfte, als hielte sie einen unsichtbaren Faden, der ihr den sicheren Weg zurück garantierte. Sie berührte Kathrins Po, ihre Oberschenkel, ihren Rücken, ihre Schultern, ihr Gesicht, schaute mal kühl und gelassen an Kathrin vorbei, als hätte sie ein fernes Ziel vor Augen, dann wieder war ihr Blick so voller Verlangen, dass Kathrin das Gefühl überkam, Martha wolle sie ausziehen – mitten auf der Tanzfläche und vor aller Augen.

»Feuer.«

»Leidenschaft.«

»Begierde.«

»Begierde.« Martha nickte. Sie waren sich einig und spürten es gleichermaßen. Dieses Hin-und-Her, dieses Auf-und-Ab der Gefühle ließ sie nach Atem ringen und sich nach der Nähe und dem Körper der anderen verzehren.

Sie legten Pietro ein paar Scheine auf den Tisch und waren aus dem Lokal verschwunden, bevor das Lied seinen melancholischen Höhepunkt fand.

»Begierde«, sagte Kathrin leise und lächelte. Sie presste ihren Körper sanft gegen den Körper Marthas, jeden Quadratzentimeter Haut bedeckend. »Ich liebe dich.«

Eine Gänsehaut breitete sich aus und ließ Kathrin erschauern. Sie wollte Martha spüren, wollte sie nicht nur sehen, sondern sich ihrer Anwesenheit auch körperlich bewusst sein, wollte ihre Wärme und Nähe, ihre sanfte Haut an der eigenen auskosten, wollte ihr zeigen, dass sie sie liebte und dass sie dankbar dafür war, dass Martha ihr Leben mit ihr teilte. Sie küsste sie, biss ihr leicht in die Schulter. Marthas Hals und Nacken dufteten noch schwach nach ihrem Parfüm, und ihre Haare kitzelten in Kathrins Nase. Am liebsten wäre sie in diesem Duft versunken und nie wieder aufgetaucht. Sie stöhnte leise.

»Hörst du die Musik, Martha? Lass uns tanzen, als wäre es unser letzter Tanz.«

Ihre Hand fuhr von Marthas Hüfte über den Oberschenkel bis fast zum Knie hinunter, strich sanft über ihre kräftigen, makellosen Beine und fand den Weg zurück zur Hüfte über die Rückseite des Oberschenkels und den Po, den Martha in unzähligen Sport- und Gymnastikeinheiten zu einem Kunstwerk geformt hatte. Kathrin liebte es, diesem Po im Vorübergehen einen kräftigen Klaps zu versetzten, mit dem sie jedes Mal ein lautes »Macho« von Martha erntete.

Martha regte sich, und Kathrin hielt in der Bewegung inne, zog ihre Hand zurück und wich zur Seite, als Martha sich wieder auf den Rücken drehte und unverständliche Dinge murmelte. Kathrin wollte sie nicht wecken, sie wollte sie nicht stören in ihrem kostbaren Schlaf ... aber sie konnte auch nicht verhindern, dass ihre Hand sie unaufhörlich berührte, dass ihr Körper den Kontakt suchte, dass sie sich nach Marthas Berührung verzehrte. Sie konnte nicht von ihr ablassen, konnte nicht genug von ihr bekommen. Manchmal war sie einfach unersättlich.

Ihre Hand bewegte sich über Marthas Bauch, kreiste um ihren Bauchnabel und folgte langsam der Linie, die als blasser Streifen Beine und Bauch voneinander trennte. Ein geheimer, nur ihr bekannter Weg, der sie zu ihrem Ziel führen sollte. Der dunkle, feuchte Schoß lockte. Wie eine Blinde tastete sie sich voran, kämpfte sie sich durch wohl bekanntes und doch immer wieder neues Gebiet, erkundete sie, tauchte sie ein in die ersehnte süße Nässe.

Was ihre Hand erzählte, war Kathrin aber nicht genug. Konnte sie glauben, was sie spürte? Sie wollte ihre Geliebte riechen, wollte sie schmecken, wollte ihren Duft in sich einsaugen und auf immer bewahren. Sie beugte sich über Martha, küsste erst ihre geschlossenen Augen, dann die Lippen, zog eine Spur von Küssen über ihren Hals, ihre Brüste, ihren Bauchnabel und dann, endlich, senkte sie mit einem tiefen, begehrenden Seufzer ihren Kopf zwischen Marthas Beine, überließ ihrer Zunge die Regie.

Und Marthas Körper reagierte. Kathrin spürte, wie er zu zucken begann und Martha ihren Schoß öffnete, die Beine spreizte, soweit sie konnte. Sie krallte ihre Hände in das ohnehin schon verschwitzte Laken.

»Kathrin, nicht. Was tust du denn? Ich kann wirklich nicht mehr.« Die Reaktion ihres Körpers strafte ihre schlaftrunkene Stimme Lügen, und Kathrin setzte ihre Arbeit fort, schob ihre

Hände unter Marthas Po und hob ihr Becken sanft an. Martha stöhnte auf, als Kathrins Zunge tief in sie stieß. »Du machst mich verrückt!«

Plötzlich spürte Kathrin Marthas Hände an ihrem Kopf, spürte, wie sie ihr durch die Haare fuhr und sanft daran zog, als wolle sie Kathrins Kopf dorthin führen, wo sie ihre Berührungen am meisten brauchte. Martha ließ die Bewegungen ihres Körpers in Kathrins Rhythmus einstimmen, bäumte sich auf und streckte ihr ihre Hüfte entgegen.

Kathrin hielt inne, ließ von ihrem Tun ab und hob den Kopf.

»Was ...?« Marthas Stimme war rau, und die Erregung war ihr anzumerken. »Warum hörst du auf?«

»Ich dachte, du seiest zu erschöpft.«

»Das war vor zwanzig Sekunden.«

»Und jetzt?«

Martha räusperte sich. »Jetzt bin ich hellwach und ... und ...«

»... und kannst dir nichts Schöneres vorstellen, als gemeinsam mit mir zum Höhepunkt zu kommen.«

»Genau!«

Kathrin lächelte und blickte in Marthas geöffnete Augen.

August

Vielen Dank für die Blumen!,
lese ich auf dem Kalenderblatt.
Das Wort *Blumen* ist aus Dutzenden vollständig erhaltenen
oder bis zu Kleinstteilchen zerkrümelten,
aber immer bunten,
getrockneten Blütenblättern zusammengeklebt.
Es ist mit einem Stern versehen.

Unter dem Kalendarium steht:
* *Ohne Deine Blumen hätte ich nicht so lange durchgehalten.*
Sie brachten Leben in mein tristes Krankenzimmer
und mich auf andere Gedanken.

Ich lächle.

Zugfahrt

»Einsteigen, bitte! Türen schließen selbsttätig! Vorsicht bei der Abfahrt!«

Da war tatsächlich noch ein Platz frei – und das ohne Reservierung! Als hätte er auf Carola gewartet! Nur auf sie! Aber warum starrte diese Frau so unverblümt in ihre Richtung? Hatte sie vergessen, ihre Gesichtsmaske zu entfernen, bevor die Haustür hinter ihr ins Schloss fiel? Klebte ihr eine Gurkenscheibe an der Nase? Lief sie noch im Pyjama herum? Ihre Zähne waren doch im zarten Alter von zehn Jahren gerichtet worden, und ihre dicke Brille hatte schon vor langer Zeit den Kontaktlinsen weichen müssen!

Hoffentlich saß sie wenigstens in Fahrtrichtung! Nicht dass ihr übel wurde, wenn sie nicht in Fahrtrichtung saß, doch dann sah sie wenigstens, wohin sie fiele, wenn der Zug eine Notbremsung machte. Ob sie ihren Flug dann kontrollieren könnte?! Oder würde sich ihre Masse durch das Zusammenspiel allgemeingültiger Beschleunigungs-, Gravitations- und Fliehkräfte einfach in Bewegung setzen? Wahrscheinlich! Wie hieß es so schön: der Geist ist willig, aber ... ABER!

Der Typ drei Reihen vor ihr sah aus, als könne er nicht bis drei zählen, und glotzte in ihre Richtung – oder hielt er ihr nur einen Spiegel vor? Selbstreflexion mit entgleisten Gesichtszügen! Ihr Psychiater wäre begeistert! Mannweib! Weibmann! Seltsames Wort!? Auf jeden Fall. Zutreffend? Nicht immer. Auf sie? Mag sein.

Da saß sie nun und wurde bestaunt! Hoffentlich warfen sie nicht mit Erdnüssen! Aber nein – schließlich waren sie doch nicht im Zoo! Dennoch liefen die Buchstaben als Leuchtziffern über die blanken Stirnpartien sich wundernder Mitreisender: *Ist sie sie – ist er er – oder sie er – oder etwa er sie – eine – einer!?*

»Hey, Leute! Seht ihr nicht eure qualmenden Ohren, hört ihr nicht das leise Knacken eurer Schädel, wollt ihr euch nicht über etwas anderes den Kopf zerbrechen?! Wie ihr zum Beispiel heute Abend eure Kinder ernährt, oder wieso der Osterhase Eier bringt, die er zwar nicht selbst gelegt – das wäre biologisch nun reinweg unmöglich –, aber mit unendlicher Sorgfalt künstlerisch gestaltet hat, oder wie man die USA trotz allem dazu bewegen kann, ihren Beitrag gegen die fortschreitende globale Erwärmung zu leisten!«

Zugegeben, die einfachen, banalen, fast möchte man sagen unnötigen, weil unwichtigen Gedanken über die Ausprägung ihres Geschlechts waren einfacher zu bewältigen! Aber, und das musste sie sich ehrlich eingestehen, sie konnte ihnen dabei nicht weiterhelfen.

»Wisst ihr, für mich ist es ein Spiel. Mein Psychiater hat lange gebraucht, um mich davon zu überzeugen, dass IHR es seid, die es spielen wollt – nicht ich. Und dass ich nicht mitspielen muss, wenn ich keine Lust dazu habe!«

»Hey, Nick.« Das war ihr Psychiater. »Warum will fast jeder ein so doofes Spiel mit mir spielen?«

»Weißt du, Kleines ...‹«, so nannte er Carola, seit sie sich kennengelernt hatten, und das, obwohl sie zwei Köpfe größer war als er, »... mach dir doch darüber keine Gedanken! Sei einfach du selbst!«

»Einfach du selbst!‹ Ha! Und was ist, wenn ich nicht weiß, wer ich bin?«

Also, Carola selbst wusste das schon. Aber die anderen stellten das immer wieder infrage! Und das schon seit ihrer Kindheit! Kein Wunder, dass auch ihr da hin und wieder Zweifel kamen! Aber immerhin war sie mittlerweile siebenundzwanzig und wusste, wie sie mit Blindheit umgehen konnte. Nicht jeder Blinde trug einen Stock vor sich her und stocherte damit auf dem Boden herum! Oh nein, es gab auch jene, welche sehen konnten, indes nicht sehen wollten, weil ihre Vorstellungskraft nur bis zu den retuschierten Covergirls der Hochglanzmagazine reichte. Da paarte sich dann Blindheit mit Dummheit! Und dann wurde es gefährlich!

»Sind Sie ...?«

»Ja, ich bin! Ich war, ich bin, ich werde sein – auf immer – das, was ich will!« Aber das war schwer! Sehr schwer! Denn die fragenden Blicke, die sich bewegenden Münder und die blanken, auf sie zeigenden Finger machten es nicht leichter!

Wow! Wie die Häuser vorbeirasten! Und die Bäume! Wenn sie die Augen auf unscharf stellte, indem sie einfach ein bisschen schielte, dann verlor sich alle Form, und nur die Farben blieben: changierendes Grün, Weiß, Rot, Blau, Gelb, Braun – oh, sie könnte Seiten füllen mit den Farben, die sie sah.

Wenn nun alle Menschen Farbkleckse wären!? Gäbe es dann auch eine grobschlächtige Mehrheit, die vorschrieb, wer ein dicker und wer ein dünner Farbklecks zu sein hatte? Wer würde entscheiden, ob hier nur rote und dort nur blaue Kleckse in ihrer kleinen, beschränkten Welt leben dürften?! Müßig, darüber nachzudenken! Menschen waren nun mal keine Farbkleckse, sondern Wesen aus Fleisch und Blut!

»Sind Sie ein Mann oder eine Frau?«

Et voilà, nun war sie raus, Carolas Lieblingsfrage, die sie immer wieder in Abgründe stürzte! Biologisch gesehen einfach zu beantworten!

»Willste mal anfassen?!« Oh nein, soweit konnte sie sich nicht erniedrigen!

»Da bleiben dir nur zwei Möglichkeiten – entweder du antwortest, oder du bleibst die geheimnisvolle Unbekannte.«

»Danke, Sarah – aber so weit war ich auch schon!« Sarah war Carolas beste Freundin.

Sie und Peter wohnten schon lange in ihr. Zuerst waren sie nur zu Besuch, wollten sich um Carola kümmern, bis es ihr besser ginge. Aber daraus wurde eine tiefe und innige Freundschaft, und sie waren immer noch bei ihr. Bedeutete das, dass es ihr auch noch nicht besser ging? Nun, das konnte man so nicht sagen. Was sie sagen konnte, war, dass sie lieber die große Unbekannte spielte, die ihre Geheimnisse für sich behielt. Und außerdem genoss sie es manchmal sogar, die Leute an ihren Nasen herumzuführen. »Kommt auf meine Stimmung an« oder »Oh, da bin ich überfragt« lauteten ihre irrelevanten Antworten auf diese ebenso irrelevante Frage. Sie hastete dann nach Hause, zog ihren Zweireiher an, kämmte sich die Haare mit Gel an den Kopf, achtete darauf, dass der Schlips korrekt saß, und zog unerkannt von dannen.

Manchmal tippte ihr jemand von hinten an die Schulter. »Hallo! Schön dich …! Oh, Entschuldigung, ich habe Sie mit jemandem verwechselt!«

Carola konnte dann nur schwach lächeln und ging einfach unbeirrt weiter! Noch nicht einmal Bekannte blickten hinter die Verkleidung. Am nächsten Tag hörte sie dann nur Aussagen wie: »Stell dir vor. Gestern hab ich einen Mann mit dir verwechselt!« »Ach, tatsächlich. Wie konnte das denn geschehen?« Und dann tranken sie weiter ihren Kaffee, und sie konnte es kaum erwarten,

wieder allein zu sein. Manchmal glaubte sie, die Menschen wollten einfach verarscht werden. »Ups, sorry, was für ein hässliches Wort!« Aber es entsprach wohl auch der Wahrheit. »So wahr mir Gott helfe!«
Gerade hatte ihr eine Frau zugelächelt. Eine Französin. Zumindest las sie ein Buch mit französischem Titel. Sie kam vom Klo und auf Carola zu. Irgendwie taten dies zwangsläufig alle, die gegen die Fahrtrichtung unterwegs waren, denn Carola saß in der Behindertenreihe ganz außen und damit in der Mitte des Ganges. So viele Leute waren schon auf sie zugekommen – aber nur die Französin lächelte! Vielleicht war sie auch ein bisschen verrückt. Hatte das falsche Ticket für den Zug gelöst! Und wie sie angezogen war! Ultramarinblaue Strümpfe, eine Bluse in der gleichen Farbe und dazu einen kurzen, schwarzen Rock mit weißen und blauen Punkten! Schon ein bisschen verrückt! Und natürlich schaute der Typ, der Carola schon so angeglotzt hatte, auch ihr hinterher. *Konnte nicht jeder so cool sein wie er!*
Weibmann – Mannweib – das Spiel! Die einzige Möglichkeit, zu ertragen, was sie war. Okay, es mochte sein, dass ihr bescheidener Bartwuchs zur Verwirrung beitrug. Mit ein paar Hormonen wäre dem abgeholfen, doch sie wollte keine Hormone nehmen, nur weil drei Haare ihre Oberlippe und das Kinn zierten! Vielleicht waren es auch die Haare an ihren Armen und Händen – von denen an den Beinen und Füßen ganz zu schweigen. Immerhin hatte sie mehr Haare auf dem kleinen Finger als ihr Vater! Und bestimmt mehr als manch anderer auf den Zähnen.
Was hatte sie nicht schon alles versucht! Abgenommen hatte sie, die Haare hatte sie sich wachsen lassen, sogar Röcke hatte sie getragen!!! »Da schau her, was für ein schlanker Mann. Die langen Haare hält er wohl für modisch!? Na so was, ein Crossdresser, eine Fummeltunte!«, hörte sie die Leute hinter ihrem Rücken tuscheln. Nein. Dann schon lieber mit einem Mann verwechselt werden! Aber sich breitbeinig in den Schritt fassen musste sie nicht, oder?
Höchstwahrscheinlich lag es tatsächlich an den einhundertsiebenundachtzig Zentimetern, die sie vom Scheitel bis zur Sohle maß und die sie größer machten als die meisten Männer – aber sollte sie sich deshalb Knochenteile aus den Beinen entfernen lassen? Die fünf Zentimeter würde sie mit ihrer Gesundheit bezahlen müssen. Carola schüttelte gedankenverloren den Kopf.

Die Welt musste sich an ihren Anblick gewöhnen – und sie sich an die Blicke der Welt.

»Entschuldigung! Bin ich Ihnen auf die Füße getreten? Ja, ja, ich weiß. Wo ich hintrete, da wächst kein Gras mehr! Aber wieso ist der Rasen hinter meinem Haus dann so grün?« Der Zug fuhr aber auch unruhig! Kein Wunder, dass sie nur schwankend den Gang entlanggehen konnte. Wenn sie nicht auf die Toilette müsste, wäre sie nicht unterwegs!

In einer kleinen Geschichte, die ihr mal eine Freundin erzählte, hieß es, dass Gott noch zwei Gaben zu verteilen hatte, nachdem er mit der Schöpfung fertig war. Sowohl Adam als auch Eva sollten je eine erhalten. Die erste, die er aus seiner Umhängetasche zog, war die Fähigkeit, im Stehen zu pinkeln, die Adam durch fast schon lästiges Betteln und Evas Großzügigkeit erhielt. Die zweite Gabe, die Gott in seiner unendlichen Güte Eva zudachte, war Verstand!

Da stand sie nun auf der Zugtoilette, versuchte, mit möglichst flachen Atemzügen den Geruch, der ihr entgegenschlug, zu ignorieren, überlegte, ob sie sich mit den zwei ihr zur Verfügung stehenden Händen die Ohren zuhalten sollte – wegen des ohrenbetäubenden Lärms in der Kabine –, oder ob es geschickter sei, mit der einen das Toilettenpapier bereitzuhalten, während sie sich mit der anderen an einem möglichst sauberen Stück Wand abstützte. Bei dem Geruckel und Gewackel war es schier unmöglich, freihändig über der Klobrille zu schweben, vor deren Anblick sie die Augen schloss! Über dem Sitz schwebend, musste sie an die Geschichte von Gott und seinen zwei Gaben denken, fluchte leise, und hätte sie ein Blatt Papier und einen Stift dabeigehabt, sie hätte einen Aushang an der Toilettentür gemacht: *Tausche kurzzeitig Verstand gegen die Fähigkeit ...!*

Zweihundertvierzig Stundenkilometer – eine Wahnsinnsgeschwindigkeit. Wenn der Zug sich nun um einen Brückenpfeiler wickeln würde, wäre alles schnell vorbei, aber das Problem an sich wäre wohl nicht gelöst.

Sie spürte die Blicke. Deutlich, überdeutlich. In ihrem Rücken, von der Seite, von überall. Verdammt noch mal! Sollte sie sich vor den anderen die Kleider vom Leib reißen?

»Da, schaut her! SCHAUT HER! SCHAUT MICH AN!!!«

»Bitte aussteigen, der Zug endet hier!«
Vielleicht war das nicht das Einzige, was endete! Vielleicht sollte sie einfach ein Stück die Gleise entlanggehen! Ihren Koffer könnte sie auf dem Bahnsteig stehenlassen. Den brauchte sie nicht mehr. Sie könnte einfach ein Stück geradeaus gehen, an den Gleisen entlang, ein Bein behaart und männlich forsch schreitend, ein Bein rasiert und weiblich zaghaft den festen Tritt suchend. Hoffentlich beobachtete sie niemand! *Ach, verdammt!* Die spitzen Steine stachen durch ihre abgetragenen italienischen Ledersohlen. Sie brauchte neue Schuhe.
Wo die wohl hinführten, die Gleise? Carola führten sie nicht viel weiter. Sie war ja auch schon ein ganzes Stück gegangen, und sie war müde! Endlich. Da war eine schöne Stelle. Fast so verrostet wie sie! Diese Gleise und sie passten gut zusammen – wenn auch ihr Nacken etwas schmerzte und sich die Kanten der Schienen in ihrem Fleisch abdrückten! *Wie es wohl sein wird?! Kurz und bündig hoffentlich, ohne große Schmerzen.*
Sie blinzelte in die Sonne, sah den Schwalben zu und atmete tief durch. Sie schloss die Augen. Endlich machte sie mal was richtig. Endlich führte sie etwas konsequent zu Ende. Sie war stolz auf sich, und das Warten machte ihr nichts aus. Ein herrlicher Tag! Kaum eine Wolke am Himmel und warm. Der erste warme Tag nach einem langen, kalten Winter und einem verregneten Frühjahr. Durst hatte sie. Das Warten machte durstig! Wie lange wartete sie nun schon?! Eine Stunde, zwei, drei? Ohne Uhr schwer zu sagen, und außerdem war das ohnehin unwichtig.
Die Sonne war weit gewandert. In wenigen Minuten würde sie hinter den Bäumen verschwinden. Es war auch schon deutlich kühler geworden. Warum musste sie so lange warten?! Warum kam der erlösende Zug nicht?! Hieß es nicht ›Die Bahn kommt‹? Fragte sich nur wann. Und warum wuchsen hier so viele Blumen auf den Gleisen? Hübsche Blumen!
Die würden gut ins Wohnzimmer passen. In die blaue Vase auf dem Tisch. Meine Lieblingsvase, dachte Carola. *Oh Gott, bin ich steif! Ich kann mich ja kaum noch bewegen! Vielleicht pflücke ich doch nicht so viele Blumen heute. Nur ein paar. Nur die gelben. Die wilden Sonnenblumen. Für die blaue Vase auf meinem Tisch im Wohnzimmer!*

September

Ein Herz.
Herausgerissen aus dem Geschenkpapier,
das ich so liebend gern verwende.
Der Text spiralförmig und immer größer werdend
um die gleichmäßig schlagende Mitte.
Zum Lesen drehe ich den Kalender, bis mir schwindlig wird.

Die Liebe!

Mal verbindet sie, mal trennt sie.
Mal geht sie, ohne dass die Liebenden es merken,
mal kommt sie so wuchtig,
dass sie dich umhaut und dir den Atem nimmt.
Sie fordert dir Dinge ab, die du ohne sie niemals erdacht,
geschweige denn getan hättest.
Sie kann dir so viel geben, aber auch nehmen,
bis das angeschlagene Herz zu brechen droht.

Die Liebe!

Ist nicht jeder auf der Suche nach der Liebe?
Liebe, die dich aus der Spur werfen,
die dich aber auch verändern, dich glätten kann,
die dich glücklich machen und erfüllen kann,
die in der Lage ist, dich zu versöhnen – mit dir selbst und mit der Welt.

Und wenn wir endlich der Liebe begegnen,
wenn wir die Person finden, die das eigene Lebenspuzzle vollendet,
sollte es dann nicht egal sein, wen wir lieben
– in dieser mitunter grausamen, gewalttätigen, hasserfüllten
und doch wunderbaren Welt?

Weiterlesen könnt' ich lange noch,
aber mehr hast du mir an dieser Stelle nicht zu sagen.
Schade. Eigentlich.

Anitas letzter Wille

»Keine große Sache«, sagte Ed mit einem leicht verwunderten Kopfschütteln. »Wir leben hier schon seit ewigen Zeiten und haben wahrlich größere gesehen als dieses Exemplar!« Er grinste breit in seiner für ihn typischen Art und Weise, indem er die Zungenspitze zwischen seine beiden Gebissreihen schob, um dadurch seine oberen Zähne an Ort und Stelle zu halten. Seine Pfeife war angezündet und verbreitete den süßlichen Duft rosengetränkten Tabaks. Bei jedem Zittern seiner Hand fiel etwas Asche auf seine zerschlissene, fadenscheinige Hose, die offensichtlich mal grün gewesen war, die aber durch das Einwirken unzähliger Brandlöcher aussah, als sei sie von einer Flechte befallen. Seine Augen funkelten, als er mich durch seine dicke, braune Hornbrille anschaute, das Grau seiner Augen beschattet von der Krempe eines speckigen alten Lederhuts.

Ich war immer noch in einem akuten, wenn auch abklingenden Zustand ungläubiger Schockstarre. Wie konnte sich eine solch große Schlange unbemerkt dem Haus bis auf wenige Meter nähern? Sie hätte mich bestimmt gebissen, wenn da nicht Josie gewesen wäre, die alte einäugige Labradorhündin der Familie, die die Schlange durch Knurren und Bellen vertrieben hatte. Zufrieden mit sich, war sie nach der Aktion auf ihren dreieinhalb Beinen in den Schatten am Fuß der Veranda zurückgehumpelt und hielt dort nun eingerollt und leicht schnarchend ihren wohl verdienten Mittagsschlaf.

»Weißt du, Leute, die so alt sind wie wir, haben viele Dinge gesehen, von denen du vielleicht nie etwas erfahren wirst.« Er lächelte Anita an, seine Frau, die in dem Schaukelstuhl aus Redwoodholz saß, klein und faltig, ihren Gehstock haltend, der nicht mehr als ein dicker Ast war, den sie vor ein paar Jahren von einem Baum auf ihrem Grundstück abgesägt hatten, den Ansatz eines Seitenasts als Handgriff nutzend. Ihr Kleid war das beigebraune mit dem grünvioletten Blumenmuster, das ich schon so oft an ihr gesehen hatte, und die blasslila Bandana, die sie um ihren Kopf trug, bedeckte ihr gelblich braunes Haar, das, durchzogen von weißen und grauen hauchdünnen Linien, hin und wieder eine Dauerwelle verpasst bekam.

»Oh ja, das stimmt.« Ihre Stimme war ein leises Zittern, und ich musste mich anstrengen, überhaupt zu verstehen, was sie sagte. »Du weißt doch, dass wir jetzt schon fast siebzig Jahre verheiratet sind, und, Mädchen, lass dir eines gesagt sein: das ist eine verdammt lange Zeit.«
»Aber sind wir nicht gut miteinander ausgekommen? Meistens jedenfalls?!«
»Das ist wohl wahr.« Sie warfen einander verliebte Blicke zu – als hätten sie sich tags zuvor erst kennengelernt.
»Ich kann mich noch gut an den Tag erinnern, an dem wir uns zum ersten Mal trafen. Es war im Sommer 1939, oben in Iowa.« Seine obere Gebissreihe löste sich bei jedem Öffnen des Mundes und fiel mit einem leisen Klappern auf die untere. Also versuchte er, den Mund während des Sprechens nicht allzu weit zu öffnen, und machte es mir fast unmöglich, sein Gemurmel zu verstehen, was ich schade fand, denn diese Geschichte hatte er in all den Jahren, die wir uns kannten, noch nicht zum Besten gegeben. »Sie veranstalteten eines jener sonntäglichen Grillfeste unserer Gemeinde. Ich hing mit einigen Freunden herum, an einer Whiskeyflasche nippend, die wir halb leer im Bücherregal meines Onkels gefunden hatten. Versteckt hinter der Bibel!« Die Erinnerung zauberte ihm ein Lächeln aufs Gesicht. »Weißt du, als Jugendliche durften wir natürlich keinen Alkohol trinken, und du hättest damals auch in unserem Haus keinen gefunden. Aber er schmeckte verdammt gut an jenem warmen Spätsommernachmittag. Es war, wie von verbotenen Früchten zu kosten. Die Aufregung und die Angst, erwischt zu werden, waren größer als unser Entzücken. Wir waren die ganze Zeit am Kichern und Lachen und Lästern über die Mädchen, die schüchtern in Zweier- oder Dreiergruppen zusammenstanden oder -saßen und darauf warteten, zum Tanzen aufgefordert zu werden – in ihren schönsten Sonntagskleidern und mit vor Aufregung geröteten Wangen. Und dann kam sie in den Raum. Eine schüchterne, ganz in Rosa gekleidete Schönheit, und ich wusste sofort, dass ich mit diesem Mädchen den Rest meines Lebens verbringen wollte.«

Er fasste nach der Hand seiner Frau, berührte sie sanft, betrachtete liebevoll ihre alten, verkrüppelten und von Gicht gezeichneten Finger, während ihm Tränen in die Augen schossen, als er sich an die Vergangenheit erinnerte. Er schluckte und räusperte sich vergeblich. Seine Stimme brach. Es schien ihm offenbar schwerzufallen, weiterzusprechen. Seine Pfeife war ausgegangen, und er fingerte in der Brusttasche seines Hemdes nach Streichhölzern, um sie mit zitternden Händen wieder anzustecken.

»Meine Eltern und ich waren gerade erst nach Iowa gezogen.« Mit einem beunruhigten Blick auf ihren Mann ergriff sie das Wort und wandte sich dann wieder mir zu. »Mein Vater war auf der Suche nach Arbeit. Er hatte in einer Stahlfabrik in Virginia gearbeitet und so wie tausend andere seine Arbeit verloren, als diese geschlossen wurde. Mit sechsunddreißig Jahren war er zu jung, um in Rente zu gehen. Es war damals mein erstes Kirchenfest, und ich brannte darauf, die Leute dort kennenzulernen. Meine Mutter hatte mir ein rosafarbenes Kleid genäht, und da war ich nun, mitten unter diesen neuen Nachbarn und jenen Jungen, die mich anstarrten, als sei ich vom Himmel gefallen und wie durch ein Wunder in ihrer Gemeinde gelandet. John war der hübscheste von ihnen, und er kam direkt auf mich zu und fragte mich, ob ich tanzen wolle.«

Während sie sprach, spielte sie mit ihrem Stock, ließ ihn von einer Hand in die andere gleiten und blickte mich seltsam traurig, fast schon melancholisch an.

* * *

Ich wusste, dass sie beide noch blutjung waren, als sie sich begegneten und sofort ineinander verliebten. Sie war fünfzehn, er gerade mal siebzehn. Lediglich drei Wochen standen ihnen zur Verfügung, um sich näher kennenzulernen. Dann musste er in den Krieg nach Europa, der ihn Jahre später schwerverletzt aus seinen brutalen Klauen entließ.

Sie war da für ihn, pflegte ihn, päppelte ihn wieder auf, und noch im gleichen Jahr heirateten die beiden. 1944 war ein ereignisreiches und aufregendes Jahr für sie, während die Welt sich in Schutt und Asche legte. Sie verloren vier Geschwister im Krieg, mussten vier geliebte Menschen zu Grabe tragen, und die Trauer schweißte sie noch mehr zusammen.

Kinder hatten sie keine. Ihr Körper war zu schwach. Vielleicht war auch er es, der keine Kinder mehr wollte, nachdem er all die jungen Männer hatte fallen sehen. Letztendlich sprachen sie nie darüber.

Stattdessen adoptierten sie mich. Na ja, adoptieren ist wohl zu viel gesagt. Sie nahmen mich auf, boten mir ein Dach über dem Kopf, als sich die ganze Welt gegen mich zu richten schien, behandelten mich, die Nachbarstochter, wie ihr eigenes Kind, gaben mir Rückhalt und Geborgenheit, als ich beides am dringendsten brauchte. Meine Eltern hatten mich vor die Tür gesetzt, verstoßen, aus ihrem Leben verbannt, als sie herausfanden, dass mir Jungen vollkommen egal waren und ich ein reges, sexuelles Interesse an anderen Mädchen und jungen Frauen entwickelte. In der Schule wurde ich als Lesbe beschimpft, als homosexuelle Schlampe, und gemobbt, wo es nur eben ging. Ich fand Bilder von muskelbepackten Männern, sich küssenden Mädchen und schlammcatchenden Frauen an meinem Schließfach, das ständig mit unschönen Wörtern besprüht war. Liebesbriefe von Mädchen, die mich angeblich anschmachteten, wurden mir zugesteckt, Mitschüler – Mädchen wie Jungen – steckten die Köpfe zusammen, wenn ich an ihnen vorbeiging, und bedachten mich mit obszönen Gesten, die mir jedes Mal die Röte ins Gesicht trieben. Obwohl das Wort ›Mobbing‹ damals noch nicht wirklich in Mode war, hatte ich damit zu kämpfen. Ich war todunglücklich, und wenn Ed und Anita nicht gewesen wären, dann hätte man mich irgendwann an einem Baum hängend oder zerfetzt auf den Bahngleisen gefunden, die mitten durch unser verschlafenes Nest verliefen.

Sie aber förderten mich, schickten mich an eine andere Schule, bezahlten mein Studium, und als mir ein Job in San Francisco angeboten wurde, drängten sie mich, diesen anzunehmen. Das sei doch das richtige Pflaster für mich, meinten sie. Und sie hatten recht. Immer mal wieder kamen sie mich besuchen und waren gern gesehene Gäste. Auch bei meinen Freundinnen und Freunden, die sich nicht sattsehen konnten an dem skurrilen, altmodischen Paar aus der südtexanischen Provinz, die aussahen wie das Ehepaar in Grant Woods Gemälde *American Gothic*. Ed ließ allerdings seine Mistgabel auf der Ranch zurück, wofür ich ihm dankbar war.

In Texas hatten sie auch all dieses wunderschöne Land, das sie nach Jahrzehnten der Viehzucht und Verpachtung als Jagdgrund zu nichts anderem mehr nutzten, als in ihrem windschiefen Haus darauf zu leben und hin und wieder Gäste zu empfangen. Auch mich.

Meist hatte ich keine Zeit, war beruflich so eingebunden, dass an freie Tage oder sogar eine Reise nicht zu denken war. Aber hin und wieder brauchte ich einfach eine Auszeit und nahm sie mir dann auch. So wie jetzt.

Ich brauchte Abstand. Zu allem. Mein Leben war aus den Fugen geraten, und ich war nicht in der Lage, mich auf etwas anderes zu konzentrieren, als meine zersplitterten Teile zusammenzukehren und mich mühsam wieder zusammenzusetzen. Und das nur, weil Jessy mich verlassen hatte.

Nach vier Jahren einer meines Erachtens durchaus glücklichen Beziehung war sie von einem Tag auf den anderen der Meinung, dass sie weiter müsse, Neues entdecken, Abenteuer erleben, und dass das Leben mit mir nicht alles sein könnte. Es sei eine schöne und aufregende Zeit gewesen, aber sie brauche etwas Abwechslung. Sie könne sich nicht vorstellen, ewig mit mir zusammen zu sein.

Aber was bedeutete schon ewig? Wer hielt eine Stoppuhr in der Hand? Ein paar weitere Jahre hätten mir gereicht. Ihre Worte verletzten mich, und für mich brach die Welt in sich zusammen. Mir war schlecht, ich fühlte mich ausgenutzt und einfach fallengelassen. Das tat weh. Dabei dachte ich, dass vor allem unser Sexleben als durchaus lustvoll und intensiv bezeichnet werden konnte. Wir hatten so viel miteinander unternommen, hatten immer über alles geredet, hatten diskutiert, gestritten, gemeinsam gelacht und uns wieder versöhnt. Alles deutete auf ein ganz normales Leben zu zweit hin. Mit Höhen und Tiefen. Vor allem Letzteres war nicht von der Hand zu weisen. Dennoch. Ich liebte sie. Heiß und innig.

Und dann stieg sie eines Morgens einfach aus dem gemeinsamen Bett, duschte wie jeden Tag und zog sich an. Dann tat sie etwas, das überhaupt nicht ins Bild passte. Sie kramte zwei Koffer aus der Abstellkammer und fing an zu packen.

»Was machst du da!?«, fragte ich fassungslos. Ich konnte mir keinerlei Reim darauf machen.

»Ich packe. Das siehst du doch.«

»Ja, aber ...«

»Ich möchte nichts. Du kannst alles behalten.«

Wie großzügig! »Was meinst du damit?« Ich war vollkommen begriffsstutzig.

»Dass ich nichts möchte. Was ist daran nicht zu verstehen? Du darfst sogar die Dildosammlung behalten, wenn du möchtest. Obwohl ich die vermissen werde.«
Und mich würde sie nicht vermissen!? Diese blöden bunten Dinger konnte sie gerne mitnehmen. Die waren ohnehin mehr ihr Vergnügen als meines. *Und überhaupt ... Was meinte sie mit ›vermissen‹?*
»Und die CD-Sammlung wird mir abgehen. Aber ich habe meine Lieblings-CDs auf den Stick überspielt.«
Wie bitte? Ihr Abgang schien von langer Hand vorbereitet! Ich traute meinen Ohren nicht. »Seit wann weißt du, dass du gehst?«
»Ach, Chris, komm schon. Wir haben von Anfang an gesagt, dass es ein Versuch sein wird.«
»Ich würde vier Jahre schon als Langzeitexperiment bezeichnen.«
»Auch die gehen früher oder später zu Ende.« Ihr Gesicht zeigte keinerlei Regung. Sie schien wie versteinert.
»Ganz offensichtlich.«
Sie hob ihre Koffer vom Bett und trug sie zur Eingangstür. Unser Bungalow war klein. Zwei Zimmer, eine große Küche und ein Bad.
»Bringst du mich zum Busbahnhof?«, fragte sie, als sie ihre Jacke anzog.
»Du meinst es wirklich ernst!?« Ich war entsetzt.
Sie nickte.
»Aber ich liebe dich!«
»Ich liebe dich auch, Schatz. Aber unsere Zeit ist einfach vorbei. Vier Jahre. In diesem Rhythmus wechselt mein Leben. Regelmäßig. Seit ich achtzehn bin.«
»Hättest du mir das nicht früher sagen können? Dann hätten wir vieles anders gemacht.«
»Du vielleicht. Ich nicht.«
Mir fehlten die Worte. Dafür kamen die Tränen.
Jessy kam auf mich zu und wollte mich in den Arm nehmen, doch ich schlug ihre Hände weg.
»Lass mich.« Ich wollte nicht, dass sie mich weinen sah, wollte nicht schwach sein, verletzlich wirken. Ich wollte ihr nicht zeigen, wie gedemütigt ich mich fühlte. »Ich rufe dir ein Taxi.«
»Christine!«
»Du hast deine Entscheidung ja schon gefällt! Und ich kann und möchte nicht darüber reden.« Ich kehrte ihr demonstrativ

den Rücken zu und blickte durch das Wohnzimmerfenster in den verwilderten Garten. Jessy hatte sich darum kümmern wollen, aber über den Vorsatz hinaus war nie etwas geschehen. »Du findest den Weg nach draußen?«

»Möchtest du mir zum Abschied nicht wenigstens einen Kuss geben?«

»Hätte ich gewusst, dass wir heute noch nicht einmal mehr gemeinsam frühstücken werden, hätte ich auch auf den Sex der letzten Nacht verzichtet.«

»Wie kann man nur so nachtragend sein!«

Als sie aus der Tür war, brach ich weinend zusammen und verließ die nächsten Tage nicht das Haus, ernährte mich von Konserven und Tiefkühlprodukten, ignorierte die Telefonanrufe meiner Chefin und der Arbeitskolleginnen und versank in meinem Kummer.

Knapp eine Woche war das her, und die einzige Möglichkeit, meinem depressiven Dasein zu entkommen, bestand darin, in meine alte Heimat zu reisen, Ed und Anita zu besuchen, um mit ihnen zu reden und mir vor allen Dingen eine perfekte Beziehung zu vergegenwärtigen. Die beiden würden mir Hoffnung vermitteln und den Glauben daran, dass alles irgendwie gut werden könnte. Ich durfte die Flinte nicht ins Korn werfen. Irgendwann würde auch ich eine Frau kennenlernen, mit der ein dauerhaftes gemeinsames Leben möglich war. Ich hoffte mal, dass das nicht allzu lange dauern würde.

Nun stand ich bis zur Hüfte im träge dahinfließenden Wasser, das sich kalt und frisch anfühlte. Es war Mitte September und immer noch sehr heiß. An den Hängen der Hügel grasten Hirsche und Rehe, und ein paar Gürteltiere jagten sich gegenseitig in wildem Spiel am Flussufer entlang. Riesige Schmetterlinge saugten den letzten Saft aus den Blüten, und wilde Truthähne bevölkerten die Bäume.

Der Guadeloupe schlängelte sich friedlich und ruhig durch das einsame Tal, von Bäumen und Büschen gesäumt. Die einzigen fremden Geräusche waren das Surren der Spule beim Abrollen meiner Angelschnur und das leise ›Plopp‹, ›Plopp‹ des Köders und des Schwimmers, als diese kurz hintereinander auf die Wasseroberfläche aufschlugen und kleine konzentrische Kreise entstehen ließen. Hier und dort sprangen Fische aus dem Wasser oder dümpelten, hin und wieder nach Luft schnappend, an seichten Stellen des Flusses.

Ich fühlte mich beinahe als Eindringling, nicht dieser Ruhe zugehörig und dennoch willkommen. Meine neuen Jeans, die nun wirklich nicht geeignet waren für diese Art des Fischens, hatten sich binnen weniger Sekunden voll Wasser gesogen und klebten tonnenschwer an meinen Beinen. Dennoch empfand ich die Nässe nicht als unangenehm, ließ sie mich doch teilhaben am Lauf des Wassers, ließ mich Teil der Natur sein.

Ich genoss die Ruhe und den Frieden, die mich umgaben. Sie übertrugen sich auf mein aufgewühltes, schmerzendes Herz, und es wurde leicht in mir, als sei mit einem Mal alle Last von mir genommen. Diese Wirkung hatte das Erleben purer Natur stets auf mich. Sie wirkte wie ein Miniatureffekt auf meine Sorgen und Probleme, ließ sie schrumpfen oder sogar ganz verschwinden. Darauf hatte ich gehofft. Jessy rückte in weite Ferne. Es gab nur mich im Hier und Jetzt. Keine Gedanken an Vergangenheit oder Zukunft. Nur der Moment zählte.

* * *

»Hättest du gerne ein Glas Wasser?«

Ich wäre vor Schreck fast vom Stuhl gefallen. Eine sanfte, brüchige Stimme schwang sphärisch durch die Küche, drang so sacht in mein Bewusstsein, als spräche ein Geist zu mir, und ich brauchte ein paar Sekunden, um zu realisieren, dass es Anita war.

»Also, Kleines! Wo habe ich dich denn hergeholt? Worüber hast du nachgedacht?«

Ist das nicht lustig? Da bin ich vierunddreißig und fast eins achtzig, und sie nennt mich immer noch ›Kleines‹. Ich erzählte ihr vom Fischen im Fluss und dass ich die friedvolle Stille als heilend empfunden hätte. Genauso wie das Wasser, das mich buchstäblich durchströmt und vom Schmutz und Dreck befreit hatte, der mir anhaftete.

»Ach, Kind. Du wirst darüber hinwegkommen. Glaube mir. Wir überleben fast alles. Da muss es schon härter kommen als eine gescheiterte Beziehung.« Ihrer zarten Stimme mangelte es nicht an Nachdruck und Ernsthaftigkeit. »Irgendwann wirst du die Frau finden, die es wert ist, dass du dich ihr hingibst, die Frau, die du vorbehaltlos lieben kannst und die diese Liebe erwidern wird.« Sie schaute mich prüfend an und sah, dass ich Tränen in den Augen hatte. »Möchtest du darüber reden?«

Ich schüttelte verneinend den Kopf. Ich wollte nicht über Jessy sprechen. Ich war noch nicht so weit. »Wie seid ihr zu eurem Land gekommen?«, versuchte ich einen kläglichen Ablenkungsversuch, und sie war großzügig genug, darauf einzugehen.

»Mein Vater kaufte es 1943, bevor wir von Iowa hierhergezogen sind. Gerade mal vier Jahre hatten wir dort gelebt und waren gezwungen, wieder wegzuziehen. Meine Mutter war bei der Geburt meines jüngsten Bruders Billy gestorben, und der Staat wollte ihn und meine beiden jüngeren Brüder daraufhin in ein Waisenhaus geben. Sie waren der Meinung, dass mein Vater nicht in der Lage sei, sich allein um seine Kinder zu kümmern. Meine älteren Brüder kämpften in Europa, und ich war mit meinen neunzehn Jahren schon zu alt. Mich konnten und wollten sie ihm nicht wegnehmen. Wahrscheinlich konnte ich ohnehin nicht mehr an eine andere Familie vermittelt werden.«

»Und deshalb musstet ihr eure Heimat verlassen?«

»Ja. Aber wir fanden hier eine neue. Das war okay. Wir waren jung. Das alles war ein großes Abenteuer für uns. Und außerdem waren Ed und ich ja praktisch schon zusammen. Das gab mir Halt. Einundzwanzig war er, als er aus dem Krieg zurückkehrte. Und er kam direkt hierher. Er wollte keinen Tag, keine Minute mehr ohne mich leben.«

»Wie habt ihr es nur geschafft, so lange zusammenzubleiben?«

»Ed gab mir Freiheiten, die ein anderer Mann nicht akzeptiert hätte.« Sie blickte mich erschrocken an, entsetzt über die eigenen Worte, als wollte sie nicht glauben, dass ihr eine solch kryptische Andeutung herausgerutscht war.

Und ich ... ich brauchte meine Frage nicht zu formulieren. Sie las sie in meinen Augen und schüttelte den Kopf.

»Tut mir leid. Mehr kann ich dir dazu nicht sagen. Ich habe noch nie jemandem davon erzählt. Es ist eine Sache zwischen Ed und mir.«

»Anita. Bitte. Du kannst mir vertrauen. Niemand wird etwas erfahren.«

»Indirekt hat es auch etwas mit dir zu tun.«

»Das hat es?«

»Was glaubst du, warum wir dich zu uns nahmen?«

Ich zuckte mit den Schultern. »Ihr hattet Mitleid mit mir?«, versuchte ich etwas zu erklären, worüber ich mir noch nie Gedanken gemacht hatte.

»Nein, kein Mitleid, Kleines. Es war Verständnis. Ich wusste genau, wie du empfindest.«

Ich begriff nicht.

»Nun, eine der Freiheiten, die mir zugestanden wurden, waren Affären ... Affären mit ... Frauen.«

»Anita!« Ich konnte nicht glauben, was ich da hörte.

Sie nickte. »Es waren nur drei im Laufe der Jahre, aber ohne diese Liebesbeziehungen wäre ich hier draußen eingegangen. Ich wäre verkümmert. Und Ed, mein großherziger, toleranter Ed, den ich von ganzem Herzen liebe, hat das verstanden. Er hat erkannt, dass ich nur so bei ihm bleiben, dass ich nur durch das Fremdgehen immer wieder zu ihm zurückkehren konnte.«

»Aber ... das ist ... ich bin sprachlos.«

»Und als du dann vor unserer Tür gestanden bist, vollkommen aufgelöst, verunsichert und zutiefst verzweifelt, haben wir dich aufgenommen. Ich habe dich aufgenommen ... und Ed hat diese Entscheidung akzeptiert und mitgetragen. Er liebte mich. Und ich liebte ihn. Immer. Auch während ich mit fremden Frauen im Bett lag.«

»Gab es nie das Verlangen, ihn zu verlassen und irgendwo neu anzufangen – mit einer Frau an deiner Seite?«

»Nein, dieser Gedanken kam nie auf. Zumindest kann ich mich nicht daran erinnern. Die Zeiten waren ohnehin schon hart genug damals ...« Sie zögerte. »Ich genoss die andere Art der Liebe, habe meine Freundinnen nie darüber im Unklaren gelassen, dass es für mich nicht mehr war als ein Seitensprung, und sie haben es akzeptiert. Das war mein Glück. Wir wussten immer, dass es nur ein Abenteuer war – ein aufregendes, erotisches, tief bewegendes Abenteuer – aber eben auch nicht mehr, und dass ich wieder zu Ed zurückkehren würde. Im Nachhinein weiß ich nicht wirklich, wie das hat funktionieren können.«

»Wieso habe ich davon nie etwas mitbekommen?«

»Ach, Kind. Das war alles vor deiner Zeit. Als du bei uns eingezogen bist, waren meine wilden Jahre längst vorbei, und Ed und ich hatten uns arrangiert, hatten die Trassen ausgelegt, auf denen wir unser Leben in eine gemeinsame Richtung führen wollten.«

»Und da habe ich dazu gepasst? Eine homosexuelle, vollpubertäre Teenagerin, die nicht wusste, wohin mit ihren Gefühlen?«

»Für mich war das perfekt. Ich hatte jemanden, um den ich mich kümmern konnte.« Sie streichelte mir über die Wange. »Du warst anstrengend, so voller negativer Energie, die dich zu zerstören drohte. Aber ... steter Tropfen höhlt den Stein. Wir haben dich nie aufgegeben, und irgendwann floss deine Energie in die richtigen Bahnen. Und dann gab es kein Halten mehr. Wir waren mächtig stolz auf dich! Sind es noch!«

»Warum erzählst du mir das alles erst jetzt?« Ich ergriff ihre Hand, betrachtete für ein paar Sekunden die schlaffe, faltige Haut, die vielen Altersflecken, die seltsam verkrümmten Finger, deren Spitzen in unterschiedliche Richtungen abstanden, und küsste sie.

»Besser spät als nie, oder? Und wer weiß, wie lange ich überhaupt noch dazu in der Lage bin. Alles hat seine Zeit. Die unsere ist vergangen, die deine liegt noch in der Zukunft. Interessant, wie sich unsere Wege immer wieder in der Gegenwart kreuzen.« Sie lächelte wehmütig.

»Dafür bin ich unendlich dankbar. Im Grunde verdanke ich euch das Leben, das ich heute führe.«

»Das mag sein. Vielleicht wärst du aber auch ohne uns an den Punkt gelangt, an dem du dich jetzt befindest. Immerhin hast du nur sechs Jahre mit uns unter einem Dach verbracht!«

»Niemals.« Ich schüttelte vehement den Kopf. »Das waren sechs der schönsten Jahre in meinem Leben.«

»Dann lass dir gesagt sein, dass es uns ... dass es mir ein ausgesprochenes Vergnügen war!« Sie stand langsam und beschwerlich auf, ergriff ihren Stock und schlürfte ins Wohnzimmer, wo Ed Fernsehen schaute. Damit war für sie das Gespräch beendet.

Ich aber musste nachdenken, brauchte ein paar Minuten für mich selbst. Ich ging hinaus und setzte mich auf die Schaukel auf der Veranda, öffnete eine Flasche Bier, streifte die Schuhe von den Füßen und blickte hinaus in die Dunkelheit, in der sich die Dinge pechschwarz von dem nachtblauen Himmel abhoben, der Milliarden von Sternen über der Erde ausgoss.

* * *

Es war ein herrlicher Nachmittag Ende Oktober. Eine leichte, warme Brise wehte aus Westen. Kleine Wolken bevölkerten den Himmel wie weiße Punkte in scheinbar endlosem Blau. Die Blätter der Bäume bewegten sich sanft im Wind. Ed, der auf der Veranda saß, seine Pfeife rauchend, ließ ein Bild fallenden Regens in seinen Gedanken entstehen, suggeriert durch das Geräusch von aufeinander schlagenden Blättern. *Das ist perfekt*, dachte er und fügte laut hinzu: »Anni, ich glaube, es ist Zeit. Hol die Flasche und die Stühle.«

Anita, die in der Küche arbeitete, trocknete ihre Hände, breitete das Handtuch über einer Stuhllehne aus, ergriff ihren Stock und ging hinaus zu ihm.

»Glaubst du?« Sie sah prüfend zum Himmel hinauf.

Ein Reh bewegte sich langsam über den Rasen vor ihrem Haus. Plötzlich hob es den Kopf und blickte Richtung Veranda, direkt in Anitas Augen. Nach ein paar Sekunden ging es wieder seiner Beschäftigung des Äsens nach und ließ Anita mit dem geheimen Wissen um Herbst und Winter zurück, die sie riechen, fühlen und schmecken konnte. Sie seufzte leise und bekam eine Gänsehaut.

»Ja, du hast recht. Wir sollten gehen. Ich hole alles aus dem Haus, was wir brauchen, und du fährst den Wagen aus dem Schuppen.« Sie sprach diese Worte nicht laut aus – zumindest konnte sie sich nicht daran erinnern, sie laut ausgesprochen zu haben –, aber Ed nickte, stand auf und ging auf wackeligen Beinen langsam zu der kleinen alten Scheune, die sie seit mehr als sechzig Jahren als Garage für diverse Autos nutzten.

Sie beobachtete ihn, wie er sich schwankend, mit einer Hand in der Hosentasche und in der anderen die Pfeife haltend, über den Hinterhof bewegte, vorbei an einem Sammelsurium an verrosteten und verrottenden Landgeräten, leeren Farb- und Öldosen und den Traktoren, die bereits vor knapp zwanzig Jahren ihren technischen Zenit überschritten hatten. Hin und wieder verscheuchte er eins ihrer vier Hühner, das gackernd seinen Weg kreuzte. Er atmete schwer und musste auf halber Strecke kurz innehalten. Das Gesicht der Sonne zugewandt, stieß er einen tiefen Seufzer aus.

Oh Gott, ich liebe diesen Mann. Habe ihn immer geliebt und werde ihn immer lieben! Sie ging ins Haus, packte den selbst geräucherten Schinken, das frisch gebackene Brot und zwei Flaschen Bier ein, kramte zwei Klappstühle aus ihrer Abstellkammer, von denen sie einen als kleine, gefährlich schwankende Leiter nutzte, um an die Flasche heranzukommen, die sie seit einigen Monaten in ihrem Wohnzimmer aufbewahrten – hinter der zweitobersten Reihe Bücher. Als sie wieder in den Sonnenschein hinaustrat, wartete er schon im Auto. Es war der alte Chevy, den sie neunundachtzig gebraucht gekauft hatten, und wie durch ein Wunder fuhr er immer noch, sich lautstark beschwerend, wenn Ed mal zu stark aufs Gaspedal trat oder die alte Lady einen Berg hinauf musste.

Ist es nicht faszinierend, wie die Dinge mit dir alt werden können, dachte sie bei sich, legte die Sachen in den Kofferraum und stieg ein. Während Ed die sandige und vom Wind gepeitschte Schotterstraße entlangfuhr, die sich in sanften Kurven über die Hügel ihres Besitzes schlängelte, langte sie zu ihm hinüber, streichelte mit ihrem Handrücken zärtlich seine Wange und flüsterte: »Ich liebe dich!«

Seine Augen hatten immer noch das ungewöhnlich helle Grau, das sie so anziehend gefunden hatte. »Ich weiß. Ich liebe dich auch!«

Sie blickten stumm geradeaus und auf die Straße, die auf jenen kleinen Hügel hinauf führte, der seit jeher Teil ihres Besitzes war. Sie fuhren vorbei an der immer noch saftig grünen Weide, wo sie ihren Besuchern die grasenden Rehe zeigen konnten; überquerten den Guadeloupe, an dem sie so oft fischen waren, dass sie irgendwann aufgehört hatten, zu zählen; fuhren über die schmale hölzerne, vor Jahrzehnten selbst gebaute Brücke, ohne das glänzende Wasser unter ihnen wahrzunehmen.

In Gedanken lauschten sie den Liedern, die sie immer gesungen hatten, während sie wandern und jagen gingen, erinnerten sich an die kalten, klaren Nächte, in denen sie warm eingepackt in ihre Decken auf der Veranda saßen, den schier endlosen Nachthimmel betrachteten, und sie schienen den süßen Geruch ihrer Liebe wahrzunehmen, der sie umgab, wann immer sie sich in warmen Sommernächten unter den texanischen Eichen geliebt hatten.

Benommen von all den Erinnerungen, die sie überkamen, konnten sie viele ihrer Gedanken gar nicht zu Ende denken. Sie sprachen kein Wort, und dennoch wussten sie genau, was der andere dachte. Schließlich hatten sie ihr Leben gemeinsam verbracht, hatten fast jeden Moment miteinander geteilt, seit sie sich an jenem Tag im Juli vor vierundsiebzig Jahren kennenlernten. Bis auf die wenigen Ausnahmen, die Tage und Stunden, die Anita in den Armen einer anderen Frau verbrachte – Glücksmomente, die sie nicht missen wollte, die sie nie bereut hatte, die sie in ihrer Erinnerung wie Schätze gehütet, von denen sie gezehrt hatte, wenn es mit Ed mal nicht so gut lief. Aber im Vergleich zu ihrer gemeinsamen Zeit nahmen diese Affären, die für sie so elementar wichtig waren, die sie Gefühle entdecken ließen, die sie nicht kannte, und die ihre Ehe erst ermöglichten, einen vernachlässigbaren Zeitraum ein. Und nun waren sie auch bereit, den letzten Weg gemeinsam zu gehen.

Sie erreichten den Hügel, der kahl und nackt war wie der haarlose Kopf eines alten Mannes, ohne jedwedes Zeichen von Vegetation, nur jahrhundertealter, verwitternder grauer Kalkstein, dessen Oberfläche durch den Einfluss von Regen, Wind und Sonne über die Jahre erstaunlich glatt geworden war. Sie nahmen ihre Stühle aus dem Kofferraum und trugen sie die letzten Meter hinauf auf den Hügel, gingen zurück und nahmen das Essen und Trinken und die Flasche. Sie spürten, wie die warme Luft mit jedem Atemzug ihre Lungen füllte, pressten sie wieder hinaus und nahmen einen Schritt nach dem anderen den Hang hinauf. Alt wie sie waren, schien es eine kleine Ewigkeit zu dauern, alles vorzubereiten, aber letztendlich ließen sie sich in ihren Stühlen nieder, fassten sich bei der Hand und blickten in die Sonne.

* * *

Wir verstreuten die Asche der beiden an meinem fünfunddreißigsten Geburtstag. Auf den Tag genau. Ich war ein paar Tage zuvor aus Frisco angereist, um die Formalitäten zu erledigen, die Beerdigung vorzubereiten und mir die Zeit zu nehmen, um die beiden zu trauern. Ich wanderte zu dem Hügel, wo die Nachbarn sie in den Stühlen gefunden hatten, saß stundenlang auf den Felsen und betrachtete einfach nur die Landschaft, träumte vor mich hin, den Wind in den Haaren, und hielt Zwiesprache mit mir selbst, ließ es zu, dass Erinnerungen mich durchfluteten, und versuchte, Abschied zu nehmen.

Sie hatten sich ganz bewusst eine alte verkrüppelte Eiche als letzte Ruhestätte ausgesucht. Dieser Baum passe zu ihnen, ließen sie über ihren Anwalt mitteilen. Er stand einsam auf einer kleinen

Anhöhe über dem Fluss, und von dort konnten sie ihr Land betrachten, hatten das Haus im Blick, in dem die kleine Trauerfeier stattfand, konnten beobachten, wer kam und ging.

Zu der Beerdigung erschienen etwa zwanzig Personen. Die meisten waren genauso alt wie Ed und Anita, wohnten im gleichen Ort oder auf einer der umliegenden Ranchen, und fast alle kannten die beiden beinahe doppelt so lange wie ich.

Nur eine einzige Person war etwa in meinem Alter – eine schlanke, dunkelhaarige Frau, ganz in schlichtes Schwarz gekleidet, die mir vage bekannt vorkam. Ihre Haare waren kurz geschnitten und zeigten die ersten grauen Strähnen. Ihre schwarze Brille, der dunkelrote Lippenstift, ihre kräftigen Hände, an denen die Adern hervortraten, ihr wiegender Gang, ihr Lachen, wenn sie sich mit anderen unterhielt, ihre leuchtenden Augen – das alles faszinierte mich, und ich versuchte, sie so unauffällig wie möglich zu beobachten, während ich Getränke und ein paar Häppchen unter den Anwesenden verteilte.

Dass sie früher oder später meinen Blick erhaschen würde, war zu erwarten, und dennoch errötete ich und schaute ertappt zu Boden, als sie lächelnd auf mich zukam.

»Hallo. Du musst Christine sein«, sagte sie mit einer dunklen Stimme, die ich als sehr erotisch empfand, und hielt mir ihre Hand entgegen. »Angenehm. Ich bin Melissa. Eine der Nichten.«

»Kennen wir uns?«

»Nun, ›kennen‹ ist vielleicht ein wenig übertrieben. Wir haben hier mal gemeinsam die Ferien verbracht.«

Ich dachte angestrengt nach, konnte mich aber beim besten Willen nicht erinnern.

»Ich scheine ja einen kolossalen Eindruck hinterlassen zu haben!«

»Entschuldige.« Ich stellte die Platte mit den Schnittchen zur Seite, reichte ihr eine Flasche Bier und führte sie hinaus auf die Veranda. »Könntest du mir einen Hinweis geben?«

»Pferd.«

»Das soll ein Hinweis sein?«

»Gebrochenes Bein!?« Sie blickte mich abwartend an. »Na, fällt der Groschen?«

Ich überlegte, und plötzlich drängten sich mir Bilder auf, Erinnerungsfetzen, bruchstückhaft, aber bunt und lebhaft. »Lissy!«

Sie nickte.

»Wir sind ausgeritten. Haben Cowboy gespielt ...«, sagte ich langsam.

»... und Eds Rindern einen Heidenschrecken eingejagt.« Wir mussten beide lachen.

»Ja. Die armen Tiere«, seufzte ich mit gespielt reuigem Blick.

»Jetzt sag nicht, sie taten dir leid. Das habe ich ganz anders in Erinnerung. Hast du nicht zwei der Rinder erfolgreich mit dem Lasso eingefangen und in die Knie gezwungen?« Sie schaute mich nachdenklich an. »Du warst ein ganz schöner Wildfang mit einer unbändigen Energie, und ich hatte Mühe, dir zu folgen. Eine gute Reiterin war ich nie.«

»Und dann hast du versucht, dein Pferd über diesen Zaun springen zu lassen! Ein Bild für die Götter, als es abrupt abbremste und einfach stehen blieb. Dieser sture Gaul!«

»Tja. Immerhin habe ich in jenem kurzen Moment das Gefühl des freien Flugs erleben dürfen. Und das ganz ohne Flügelschlagen!« Sie zuckte mit den Schultern. »Gut, nur vier Meter weit, aber immerhin.«

»Deine Landung hätte nicht eleganter sein können. Leider kam dieses unschöne Geräusch von brechenden Knochen hinzu.«

Sie schaute mich an und lächelte. »Du hättest dein Gesicht sehen sollen. Du warst leichenblass. Ich dachte schon, du kippst um. Dann hätten wir beide im Sand gelegen, und niemand hätte uns gefunden. Wir hätten unentdeckt und einsam unser Leben ausgehaucht, wären verendet wie waidwunde Tiere.« Sie nippte an ihrem Bier. »Stattdessen hast du mir deine Jacke unter den Kopf gelegt, hast dein Hemd mit dem Wasser aus unserer Wasserflasche getränkt und es mir vorsichtig über das verletzte Bein gelegt.«

Ich nickte langsam. »Dann habe ich dich geküsst und bin wie der Teufel zum Haus zurückgeritten, um Hilfe zu holen.«

»Der Kuss hat mich auf deine schnelle Rückkehr hoffen lassen.« Sie legte ihren Arm um meine Hüfte und zog mich an sich, nur um mich gleich wieder loszulassen. »Meine Lebensretterin.«

Ihr herbes Parfüm stieg mir in die Nase. Es passte gut zu ihr. »Und auf dem Weg ins Krankenhaus habe ich deine Hand gehalten und inständig gehofft, dass du überleben wirst.«

»Das stand doch außer Frage. Mein Bein war gebrochen. Sonst nichts.«

»Das konnten wir nicht wissen.«
»Nein, das stimmt.«
Wir sahen auf die Reihe von Autos, die vor dem Haus standen, und ich erkannte Melissas Wagen an der Mietplakette in der Frontscheibe. Außerdem waren alle anderen unterschiedlich große und mit Sicherheit liebevoll getunte Pickups, unter die sich zwei Traktoren verirrt hatten.
»Ein Mietwagen? Du lebst also nicht in dieser Gegend?«
»Gott bewahre, nein. Ich komme aus Sausalito. Hier ist es viel zu hinterwäldlerisch. Ich könnte keine Woche unbeschadet in dieser Einöde verbringen. Es sei denn ...«
»Es sei denn ...?«
»Ich wäre in der richtigen Begleitung und von all dem hier abgelenkt.«
Sie schaute mich mit ihren dunklen, leuchtenden Augen so geheimnisvoll und voller Verheißung an, dass ich alles um mich herum vergaß – auch, dass wir gerade eine Beerdigung hinter uns hatten –, und stellte eine absolut sinnfreie Frage: »Warum bist du dann hier?«
»Anita und Ed haben mir einen Brief zukommen lassen. Über ihren Anwalt. Und mir darin mitgeteilt, dass ihre Beerdigung heute sei. Ich empfand das als sehr seltsam. Alles schien akribisch geplant zu sein. Als ich sie anrief, ging schon niemand mehr ans Telefon. Also machte ich mich auf den Weg. Noch seltsamer ist, dass nur ich benachrichtigt wurde. Sonst niemand aus der Familie.« Sie schüttelte den Kopf, als wolle sie einen unschönen Gedanken loswerden. »Die meisten hätten ohnehin weder Lust noch Zeit gehabt. Die wenigsten konnten damals verstehen, warum die beiden dich bei sich aufgenommen haben. Und Texaner vergessen selten etwas!«
»Aber du bist gekommen!«
»Auch wenn ich nicht allzu oft hier war, mochte ich die beiden sehr. Es schien ihr ausdrücklicher Wunsch zu sein, mich hierzuhaben. Den konnte ich doch nicht ignorieren. Außerdem teilten sie mir in einem Nebensatz mit, dass du heute Geburtstag hast. Herzlichen Glückwunsch.« Sie beugte sich zu mir und gab mir einen Kuss auf die Wange, den ich unter anderen Umständen durchaus als zärtlich bezeichnet hätte. »Darf ich ehrlich sein?«
Ich nickte.

»Ich habe lange darüber nachgedacht und werde das Gefühl einfach nicht los, dass ich ihr Geschenk für dich sein soll. Ich hätte mir eine rote Schleife ins Haar binden sollen.«
Ich schaute sie mit hochgezogener Augenbraue fragend an.
»Nun, korrigier mich, wenn ich falsch liege, aber, wir lieben beide Frauen, wir sind beide – natürlich nur vorübergehend – Single, und ich, für meinen Teil, bin redlich bemüht, diesem Zustand ein Ende zu setzen. Wenn auch die letzten Versuche kläglich gescheitert sind«, gab sie zögernd zu und schaute mich prüfend an. »Dass wir uns hier treffen, ist kein Zufall. Dessen bin ich mir sicher. Ganz im Gegenteil. Anita ist ... war wohl der Meinung, dass wir zwei es miteinander versuchen sollten. Wie ich sie kenne, hatte sie bestimmt ihre Gründe.«
Ich wusste nicht, was ich erwidern sollte. Ich war so perplex, dass mir die Worte fehlten. Dass Anita auch früher schon hin und wieder versucht hatte, mich zu verkuppeln, stand außer Frage. Aber dass sie das auch über ihren Tod hinaus versuchen würde ...
»Ich bin mir nicht sicher, ob mir der Gedanke gefällt«, riss mich Melissa aus meinen Gedanken. »Also nicht, dass ich dich nicht attraktiv fände. Ganz im Gegenteil. Aber ich fühle mich gerade sehr unter Druck gesetzt. Von einer Toten und ihrem offensichtlich letzten Willen! Das ist schon fast unheimlich!«
»Mir geht es genauso«, gab ich zögernd zu. »Allerdings habe ich gelernt, dass wir die Chancen ergreifen sollten, die uns das Leben ungefragt offenbart. Warum auch nicht? Wer weiß schon, was die Zukunft für uns bereithält? Ab und an sollten wir ins kalte Wasser springen und Dinge einfach ausprobieren – egal, wie verrückt sie klingen mögen.«
»Ach ja?«
Ich nickte und lächelte sie an. »Wir wohnen doch gar nicht so weit voneinander entfernt. Wie wäre es also mit einem gemeinsamen Essen oder einem Museumsbesuch? Wir könnten zusammen ins Kino gehen, tanzen, reiten?!« Ein schelmisches Grinsen legte sich auf mein Gesicht, ohne dass ich es hätte verhindern können.
Sie knuffte mich in die Seite. »Wenn du Letzteres von der Liste streichst, bin ich für alles zu haben.«

»Okay. Aber ich muss dich warnen. Ich war schon immer gut im Pläneschmieden. Nur an der Durchführung hapert es bisweilen.«

»Dafür hast du ja jetzt mich. Ich werde dich an jeden einzelnen Punkt erinnern.«

»Dann kann ja nichts mehr schiefgehen.« Wir stießen die Bierflaschen gegeneinander, prosteten einander zu, lächelten uns zaghaft an und tranken einen kräftigen Schluck. Dabei fiel mein Blick wie zufällig in Richtung der alten Eiche, unter der Anitas Asche neben der von Ed verstreut lag. Und ich hätte schwören können, dass ich einen Schatten hinter dem Baum verschwinden sah.

Oktober

»Es gibt nichts Schöneres als Buchen im Herbst.«
Das waren immer deine Worte.
Blatt zehn beweist es.
Ein Buchenwald.
Gerade graue Stämme, in die Verliebte ihre Namen
und die heftig schlagenden Herzen geschnitzt haben,
ragen meterhoch in den wolkenlosen Himmel.
Der Boden ist bedeckt von herrlich eingefärbtem Laub.
Die letzten Blätter hängen in den Zweigen.
Der tiefblaue Himmel intensiviert die Leuchtkraft
der Farben ins Unerträgliche.
Ich atme kräftig ein und wieder aus.

Ich atme Herbst.

Doppelaxt

»Das muss aller Voraussicht nach nur genäht werden, wenn auch mit mehr als nur ein paar Stichen.« Die Ärztin blickte auf ihre Notizen und die Formulare, die Michi in der Notaufnahme hatte ausfüllen und unterschreiben müssen. »Das entscheidet der Arzt, der sich Ihre Hand morgen genauer ansehen wird. Bis dahin legen wir sie erst einmal ›auf Eis‹.«

Michi schaute sie fragend an. ›Dr. Simon‹ stand auf dem Namensschild, das sie an dem Revers des weißen Kittels trug.

»Ich werde die Wunde untersuchen, säubern und neu verbinden. Dann kümmern wir uns um Ihren Fuß und suchen Ihnen ein hübsches helles Zimmer, in dem Sie den restlichen Sonntag verbringen werden.« Frau Doktor las weiter und hob überrascht eine Augenbraue. »›Arbeitsunfall‹? Am Wochenende? Müssen wir eine entsprechende Meldung machen?«

»Na ja, Arbeitsunfall ist wohl etwas übertrieben. Ich habe gearbeitet. Aber nicht im herkömmlichen Sinne. Eigentlich schon. Und doch ...«

»Könnten Sie sich etwas klarer ausdrücken? Ich verstehe leider kein Wort.« Sie setzte sich auf einen Stuhl und rollte neben die Liege, auf der Michi Platz genommen hatte. »Legen Sie sich bitte hin.« Sie schob einen niedrigen Tisch neben die Liege und positionierte Michis Hand so auf einer sterilen Unterlage, dass sie sich den Schnitt in Ruhe anschauen und sorgfältig untersuchen konnte. Schicht um Schicht trug sie den blutdurchtränkten Druckverband ab, den der Notarzt angelegt hatte, bis die klaffende Wunde frei lag, die ohne den Verband sofort wieder zu bluten begann. Die Ärztin war wenig beeindruckt und tupfte vorsichtig eine klare Flüssigkeit auf das rohe Fleisch.

Michi zuckte zusammen und schloss die Augen. Hinter den Lidern schien ein Urknall für die explosionsartige Bildung eines ganzen Universums verantwortlich zu sein. Sie sah Hunderte von blinkenden Sternen, die genauso schnell wieder verschwanden, wie sie sich gebildet hatten, als sie vorsichtig wieder die Augen öffnete.

Die Ärztin schien von diesen überaus dramatischen, elementar-physikalischen Vorgängen nichts mitbekommen zu haben.

Lapidar fragte sie: »Sie können die Finger und den Daumen noch bewegen?«

Da Michi immer noch die Zähne zusammenbiss, um den Schmerz besser in den Griff zu bekommen, war sie nicht in der Lage, eine sinnvolle Antwort zu formulieren. Also nickte sie.

»Würden Sie mir das bitte bestätigen?«

Michi verzog das Gesicht vor Anstrengung. Es tat höllisch weh, aber es funktionierte.

»Schön. Damit scheint an den Muskeln und Bändern schon mal keine wirklich ernste Verletzung vorzuliegen. Auch die Röntgenaufnahmen zeigen keinerlei Knochenverletzungen. Alles sieht nach einer einfachen, wenn auch unschönen Fleischwunde aus. Sie haben unglaubliches Glück gehabt. Das hätte auch ins Auge gehen können.« Sie zog eine Spritze mit einer klaren Flüssigkeit auf und lächelte Michi an. »Sie sind ja scheinbar eine echt Taffe, aber ohne Betäubung werden wir hier nicht auskommen.« Sie setzte die Spritze an fünf verschiedenen Stellen an, und keine halbe Minute nach dem letzten Stich begann eine angenehme Taubheit sich der Hand zu bemächtigen. Jeder Schmerz war verflogen. Und während die Hand ihr wie ein Fremdkörper erschien, der dem Schlaf des Gerechten frönte, war sich Michis restlicher Körper durchaus der Nähe der Ärztin bewusst.

»Sie wollten mir erzählen, wie es passiert ist.«

»Ich bin auf jeden Fall nicht von meinem Bürosessel gekippt.«

»Danach sieht es auch nicht aus.« Sie betrachtete die schmutzige Jeans und das verdreckte T-Shirt, das Michi trug. Ihre Ellenbogen waren mit einer dicken Kruste getrockneten Schlamms beschmiert, und ein paar Streifen dunkler Erde verliefen quer über ihr Gesicht, als hätte sie Kriegsbemalung aufgetragen. Das rechte Hosenbein war bis zum Knie aufgeschnitten, und der Fuß steckte in einem Verband. Einer ihrer Sicherheitsschuhe stand unter der Liege, so starrend vor Dreck, dass man die Originalfarbe kaum erkennen konnte. »Also?«

»Ich habe Holz gehackt. Meine Eltern sind im Urlaub, und ich wollte sie überraschen. Sie sind ja beide nicht mehr die Jüngsten. Und der Herbst steht vor der Tür. «

»Und anstatt den Holzscheit zu treffen, haben Sie sich fast die Hand amputiert?« Ungläubig den Kopf schüttelnd, reinigte und desinfizierte die Ärztin die Wunde.

»Nein, nein.« Michi lächelte. Es tat überhaupt nicht weh! »Eigentlich verlief alles nach Plan. Ich hatte die Kettensäge zur Seite gelegt und die ersten Holzklötze gespalten. Leider gehöre ich zu den eher faulen Menschen ...«

»... das hätte ich jetzt nicht vermutet«, sagte die Ärztin mehr zu sich selbst, voll und ganz auf die Versorgung der Wunde fixiert.

»Tja. Man sollte nicht in den falschen Momenten Faulheit an den Tag legen. Auf jeden Fall lag um den Spaltklotz herum schon eine Unmenge an Holzscheiten, die ich hätte wegräumen können. Stattdessen hieb ich auf den nächsten Klotz ein und den nächsten ...«

»... und den nächsten.«

»Genau. Ich wusste, Sie verstehen mich. Irgendwie arbeite ich mich beim Holzhacken immer in eine Art Rausch. Kennen Sie das?«

»Rauschhaftes Arbeiten? So würde ich mein Tun nicht bezeichnen. Und Holz habe ich noch nie gehackt.«

»Es ist geil!« Sie blickte ihre Ärztin entschuldigend an. »Sorry. Ein treffenderes Wort fiel mir gerade nicht ein. Aber wenn Sie auf einen kompakten Klotz wunderschönen Holzes einhacken, und das Spaltbeil fährt in die Jahresringe, trennt die Fasern voneinander, lässt das Holz knacken ... fantastisch. Manchmal schlage ich nur einmal zu und halte dann mein Ohr an die Rinde, höre, wie sich der Spalt durch den Klotz vorarbeitet, diesen leise berstend. Es gibt nichts Aufregenderes.« Michi hielt kurz inne, um sich dann zu verbessern: »Also, beim Holzhacken gibt es fast nichts Besseres. Außer ich treffe den Klotz so perfekt, dass er – egal, wie groß er ist – einfach auseinanderfällt!«

»Aha!«

»Plötzlich ging alles ganz schnell. Ich wollte einen neuen Klotz spalten, trat einen Schritt zurück, um den richtigen Abstand zu haben, stolperte über einen Scheit, knickte um und fiel hin. Leider befand sich dort, wo ich mich abstützen wollte, die frisch geschärfte Axt.«

»Hatten Sie diese nicht in der Hand?«

»Das war das Spaltbeil. Nicht die Axt!« Michi rollte ungeduldig mit den Augen. Wie konnte man als studierte Person nur so schwer von Begriff sein. Den Unterschied zwischen Spaltbeil und Axt kannte ja wohl jeder!

Der Blick der Ärztin zeugte von Unverständnis. »Und wer hat Sie gefunden?«

»Niemand. Ich robbte durch den Garten zur Veranda, wo meine Jacke und das Handy lagen, und wählte den Notruf.«

Sie sah den Blick der Ärztin, der ihren Körper hinunterwanderte, und lächelte. »Nach dem Regen der letzten Tage war der Boden matschig und aufgeweicht. Entschuldigen Sie. Unter anderen Umständen würde ich mich so niemals einer Frau wie Ihnen zeigen. Glauben Sie mir.«

Frau Doktor fühlte sich ertappt und konzentrierte sich wieder auf die Wunde. »So, jetzt ist zumindest mal die Gefahr einer Entzündung auf ein Minimum reduziert. Noch ein frischer Verband, und wir sind mit der Hand fertig.« Sie deutete auf Michis Handgelenk. »Sie haben Ihr Hobby verewigt!? Macht nicht jede. Ich gehe davon aus, dass Sie sich das Tattoo neu stechen lassen müssen. Die Narbe wird genau zwischen den Äxten verlaufen. Hat natürlich auch etwas Reizvolles, wenn man bedenkt, wie sie entstanden ist.«

Michi schaute sie fragend an. »Mein Hobby? Verewigt?«

»Na, diese beiden Äxte hier.«

Michi musste lächeln. »Meine Mutter hat das immer als unverzeihliche Jugendsünde bezeichnet. Wie könne man sich nur mit einem Tattoo verunstalten!? Das hätte sie auch gesagt, wenn meine Wahl auf eine Rose gefallen wäre. Die Doppelaxt habe ich mir mit neunzehn stechen lassen. Zu meiner Sturm- und Drangzeit. Damals hatte ich noch keine Ahnung davon, welch einen Spaß man mit einer Axt haben kann.« Sie schaute auf ihre Hand. »Meistens jedenfalls.«

»Mmmhhhh«, kommentierte Frau Doktor Michis Ausführungen, während sie ihre hübsche Stirn in Falten legte und mit zarten, feingliedrigen Fingern versuchte, die teilweise fast vollkommen abgetrennten Haut- und Fleischfetzen möglichst passgenau auf die Wunde zu legen und mit nicht wenigen Stichen so zu nähen, dass die Narbe nicht allzu auffällig werden würde. Ihre Zunge spitzelte ein wenig zwischen den ungeschminkten Lippen hervor.

Diese waren ausdrucksstark, voll und geschwungen, und Michi stellte sich für einen viel zu flüchtigen Augenblick vor, wie sie diese Lippen küssen würde. Erst nur ganz sanft und zärtlich und zögernd, dann mit immer mehr Verlangen und Nachdruck.

Was soll's, dachte sie. *Versuch dein Glück.* Sie räusperte sich. »Die Doppelaxt hat nichts mit meinem Hobby zu tun – zumindest mal nichts mit dem Holzhacken.«

»Ach, nein!?« Die Ärztin war mit ihrer Arbeit offensichtlich sehr zufrieden, denn sie hob kurz den Kopf, um Michi anzulächeln.

»Nein. Die stehen für meine sexuelle Orientierung.«

»Ich verstehe nicht.«

»Ich liebe Frauen.«

Für einen kurzen Moment schauten sie sich schweigend an. Große, überraschte rehbraune Augen, die in offene, herausfordernde blaue blickten. Frau Doktor löste sich zuerst aus dieser stillen Art der Konversation und widmete sich wieder ihrer Arbeit.

»Sind Sie schockiert?«, wollte Michi wissen.

»Nein. Eher überrascht. Sie sehen nicht aus wie eine ...«

»Lesbe?«

»Ja. Wie eine Lesbe. Diese Einschätzung scheint eindeutig auf einem Vorurteil meinerseits zu basieren, aber irgendwie stelle ich mir unter einer Lesbe eine etwas männlichere Frau vor, kurze Haare ...«

»... vor allem auf den Zähnen.«

»Das haben Sie gesagt. Burschikoser, irgendwie erkennbarer. Ach, ich weiß auch nicht. Sie sind so feminin mit Ihren langen Locken und der figurbetonten Kleidung.«

Michi beugte sich vertrauensvoll zu ihrer Ärztin, blickte sich ausgesprochen auffällig in alle Richtungen um, als hörte ein imaginärer Feind mit, und flüsterte: »Ich bin Undercover unterwegs. Ein Geheimauftrag. Das Holzfällerhemd, die Latzhose und die Cowboystiefel habe ich zu Hause gelassen.«

Frau Doktor knuffte Michi auf den Oberarm, der durchaus muskulös war, wie sie nicht ohne Neid feststellte. »Machen Sie sich nicht lustig über mich!«

»Das würde ich nie wagen. Schließlich hängt mein Leben von Ihrem Können und vor allem von Ihrem Wohlwollen ab.«

»Sie übertreiben.«

»Höchstens ein klein wenig.« Sie zögerte. »Sie sind übrigens genau mein Typ.«

»Tatsächlich?«, fragte sie, während sie begann, die Wunde zu verbinden.

»Ich stehe auf reifere Frauen.« Michi zuckte zusammen, als Frau Doktor kräftig an der Bandage zog, und ohne dass sie es wirklich wollte, rutschte ihr ein langgezogenes »Auuuuaaa!« heraus.
»Seien Sie froh, dass Sie nicht ›ältere‹ gesagt haben.« Sie lockerte den Verband ein wenig. »Entschuldigung. Aber Sie machen mich nervös.«
»Das freut mich. Ich heiße übrigens Michi.«
»Dann stimmen aber die Angaben auf Ihrem Krankenblatt nicht. Dort steht Michelle. Ist wohl zu weiblich für Sie?!«
»Wow. Ich liebe Frauen mit dieser Art von Humor. Darf ich Sie zum Essen einladen?«
»Sie vergeuden wohl keine Zeit?«
»Nein. Nie. Das Leben ist viel zu kurz. Lieber gefragt und ein ›Nein‹, als sich Vorwürfe zu machen, nicht gefragt zu haben.«
»Das stimmt.«
»Also, gehen wir essen? Ich kenne da einen kleinen Chinesen im …«
»Nein. ICH kümmere mich jetzt um den nächsten Patienten, und SIE lasse ich zum Röntgen bringen.«
»Dort war ich doch schon. Hand und Fuß. Die sind von der schnellen und gründlichen Sorte!«
Die Ärztin blickte irritiert. »Dann schicke ich Ihnen Dr. Paulus. Er ist der Experte für Füße.«
»Gibt es das? Einen Experten für Füße?«
»Unser Krankenhaus ist bekannt für dieses Spezialgebiet. Knöchel, Sprunggelenke, Zehenknochen. Sie werden begeistert sein.«
Michi war skeptisch. »Das glaube ich kaum. Könnten nicht Sie …?«
»Nein. Ich …« Frau Doktor stand so abrupt auf, dass sie den Beistelltisch ein wenig zu schwungvoll zur Seite schob und dieser mit einem lauten, scheppernden Geräusch gegen die Wand prallte. Der Hocker, auf dem sie gesessen und den sie beim Aufstehen umgestoßen hatte, schlug keine Sekunde später krachend auf dem Boden auf. Sie schaute sich hektisch um und schien von der Situation absolut überfordert. »Ich muss dann mal los.« Fahrig strich sie sich eine ihrer blonden Haarsträhnen hinters Ohr. »Viel Glück weiterhin.«

»Werden Sie denn nicht nach mir schauen? Was ist, wenn sich mein Zustand rapide verschlechtert?«

»Das wird er nicht!«, murmelte sie, als sie eilig aus dem Zimmer stürzte und die Tür mit einem schmatzenden Geräusch ins Schloss fiel.

Das Zimmer, das sie ihr gegeben hatten, war hell und freundlich. Sonnengelbe Wände, ein großes Fenster, von dem man über die ganze Stadt blicken konnte, ein zweites Bett, das allerdings noch nicht belegt war, ein kleiner Fernseher, der eingeschaltet, indes tonlos vor sich hinlief.

Dr. Paulus hatte sich zuerst die Röntgenaufnahmen angeschaut und dann den Fuß, hatte diesen, Michis Stöhnen und leise Schmerzensschreie geflissentlich überhörend, in alle Richtungen gedreht, gedehnt und angewinkelt, hatte mit einem enttäuschten Seufzer einen Satz in Michis Krankenakte notiert und dann mit ein paar schnellen Handgriffen einen Salbenverband angelegt.

»Sie scheinen sich zwar Mühe gegeben zu haben, aber es ist lediglich eine Verstauchung und leichte Bänderdehnung. Ein paar Tage Schonung, und der Fuß ist wie neu. Kann ich sonst noch etwas für Sie tun?«

»Sie könnten Frau Dr. Simon sagen, dass ich im Sterben liege.«

Er schaute sie verständnislos an.

»Vergessen Sie's. War ein Witz.«

»Ein schlechter noch dazu. Passt nicht wirklich an einen Ort wie diesen!« Damit hatte er seinen Arztkittel ausgebreitet und war wie ein aufgeregter Vogel durch die Tür geflattert.

Vier Stunden war das jetzt her, und Michi wusste nicht genau, warum sie noch im Krankenhaus lag. Ein verstauchter Fuß war nun wirklich nicht die Welt. Allerdings durfte sie nicht auftreten, und Krücken konnte sie nicht benutzen, weil ihre Hand den Dienst verweigerte. Eine durchaus verzwickte Situation. Sie sollte auf jeden Fall noch Elias Bescheid sagen. Irgendjemand musste doch ihre Katze füttern und ein paar frische Sachen zum Anziehen vorbeibringen. Diese mintgrünen Laibchen, die hinten offenstanden, waren nun wirklich nicht der letzte Schrei und eindeutig als fast schon inakzeptable Zwischenlösung einzustufen. Sie fühlte sich damit beim Auf-die-Toilette-Hüpfen absolut nackt.

Schlimm genug, dass sie sich von einer Schwester hatte waschen lassen müssen.

Sie griff nach ihrem Smartphone und wollte gerade die Nummer wählen, als es leise an die Tür klopfte.

Eine blonde Frau trat herein, die Michi nicht sofort erkannte. Sie war ganz in Schwarz gekleidet, trug Stiefel, Strumpfhosen, einen kurzen Baumwollrock und einen eng anliegenden Rollkragenpullover. Der Trageriemen ihrer Umhängetasche spannte sich quer über den Brustkorb, eine kurze Lederjacke hielt sie über dem Arm. Erst als sie aufblickte und die offenen Haare mit der Hand zurückstrich, erkannte Michi Frau Doktor und musste lächeln.

»Das ist aber eine Überraschung. Mit Ihnen habe ich nicht mehr gerechnet.«

»Wie geht es Ihnen?« Sie kam vorsichtig drei Schritte auf das Bett zu und hielt inne – ganz so, als wolle sie einen ihrer Meinung nach ausreichenden Sicherheitsabstand wahren.

»Ganz urplötzlich geht es mir sehr gut. Danke der Nachfrage.« Sie schaute ihr Gegenüber entschuldigend an. »Leider kann ich Ihnen nicht viel anbieten, außer einem Glas Wasser.«

»Das macht nichts. Ich bin ohnehin auf dem Sprung. Feierabend!«

»Und was wird gefeiert?«

»Dass ich einen weiteren stressigen Tag überstanden habe, dass ich ausnahmsweise mal pünktlich aus dem Krankenhaus komme ...«

»... dass Sie vielleicht die Frau Ihres Lebens kennengelernt haben?!«

Frau Doktor blickte zu Boden.

»Spaß beiseite«, lenkte Michi ein. »Ich kann nicht hier bleiben. Auch wenn mir das Zimmer ausgesprochen gut gefällt – was man von der bereitgestellten Haute Couture nicht sagen kann«, fügte sie hinzu und erntete damit ein zaghaftes Lächeln. »Ich muss nach Hause. Meine Tigerin wartet auf ihre Fütterung.«

»Sie haben eine Raubkatze?!« Ihre Augen weiteten sich vor Erstaunen.

Michi nickte. »Grauschwarz gestreift, zwei Jahre alt, was Mäuse angeht, eine absolute Killermaschine, ansonsten unglaublich verschmust und treu – solange ich das richtige Futter bereitstelle.«

»Ich verstehe.«

»Können Sie mich entlassen?«

»Nein, das kann ich nicht. Wenn Sie gehen möchten, dann können Sie dies auf eigene Gefahr tun. Allerdings muss ich Ihnen davon abraten. Sie sollen den Fuß nicht belasten, und Ihre Hand sollte noch von einem Spezialisten angeschaut werden. Das wird erst morgen der Fall sein.«

»Dann muss eben jemand die Katze füttern.« Michi ließ ihr Handy unauffällig unter die Bettdecke gleiten und blickte die Ärztin fragend an.

»Nein, das geht nicht. Ich bin Ihre Ärztin und nicht ...«

»Das kann aber noch werden. Und bis dahin könnte eine Fütterung Paulinchens Ableben verhindern.«

»Paulinchen. Ein hübscher Name für einen Stubentiger.«

»Haben Sie nie den Struwwelpeter gelesen? Gut, die Katzen heißen Minz und Maunz. War mir aber zu langweilig. Außerdem habe ich ja nur eine. Also nannte ich sie Paulinchen.«

»Gibt es keine Freunde, Familienmitglieder, Nachbarn, irgendjemanden, der die Fütterung übernehmen könnte?«

Michi schüttelte bedauernd den Kopf und seufzte herzerweichend. »Nein.«

»Also, ich weiß nicht. Das ist eine sehr ungewöhnliche Bitte.«

»Ich befinde mich ja auch in einer nicht gewöhnlichen Situation! Heute Morgen hätte ich nie gedacht, dass ich in diesen vier Wänden landen würde, noch bevor der Tag sich dem Ende zuneigt.«

Dr. Simon hob die Schultern und ließ sie resignierend gleich wieder sinken. Wie konnte sie diesem Blick widerstehen. »Also gut. Wo ist der Schlüssel?«

Michi kramte, ein Lächeln unterdrückend, in ihrer Umhängetasche und zog einen Schlüsselbund hervor, der auch ohne den Plüschkatzenanhänger eine beachtliche Größe besaß. Einhändig versuchte sie, einen bestimmten Schlüssel zu greifen, hatte aber Schwierigkeiten. Die Ärztin trat an das Bett heran und half ihr. Ihre Finger berührten sich, und Michi glaubte, ein leichtes nervöses Zittern wahrzunehmen. »Dieser hier ist der Hausschlüssel. Das hier ist der Wohnungsschlüssel. Wenn Sie wollen, können Sie die beiden auch gerne vom Bund abnehmen.«

»Ist schon in Ordnung. So kann ich die Schlüssel wenigstens nicht verlieren. Reicht es Ihnen, wenn ich sie morgen zum Dienst mitbringe?«

»Wo soll ich denn hin? Allerdings habe ich gehofft, Sie würden mir auch ein paar Kleidungsstücke mitbringen – eine frische Jeans, ein Hemd, Unterwäsche.«
Dr. Simon hob beschwichtigend die Hand. »Langsam, langsam. Die Katze ist okay, aber Ihren Kleiderschrank werde ich bestimmt nicht durchsuchen. Das geht zu weit.« Sie schaute Michi an. »Also ... die Katze oder gar nichts.«
»Dann die Katze. Danke.«
»Danken Sie mir, wenn Sie das Tier morgen Abend lebend vorfinden.« Damit drehte sie sich um und ging Richtung Tür.
»Ruhen Sie sich aus. Es war bestimmt ein aufregender Tag.«
»Ich werde an Sie denken und Ihrer Rückkehr entgegenfiebern.«
»Tun Sie, was Sie nicht lassen können.«
»Die Kleider finden Sie im Schrank im Schlafzimmer!«
»Ich werde nicht danach suchen! Gute Nacht.«
»Wie heißen Sie eigentlich, Frau Doktor Simon? Mit Vornamen, meine ich.«
Mit dieser Frage erntete Michi zunächst einen ruhigen, nachdenklichen Blick und dann ein Lächeln. »Nadine.« Damit war Frau Doktor zur Tür hinaus und ließ ihre Patientin allein im Zimmer zurück.

Dr. Simon blickte ein weiteres Mal auf den Zettel, den ihre Patientin ihr zugesteckt hatte, und parkte dann ihr Auto direkt vor dem ehemaligen Fabrikgebäude aus rotem Backstein, der in der Abendsonne in einem dunklen, gebrannten Ocker leuchtete. Die großen Rundbogenfenster gaben den Blick auf hohe Räume frei. Sechs Parteien wohnten in dem Haus, und laut Klingelleiste befand sich Frau Maifelders Wohnung in der obersten Etage rechts. Nadine schüttelte den Kopf. Auf was hatte sie sich da eingelassen? Aber nun stand sie vor der Haustür und konnte ihren Auftrag genauso gut durchführen. Versprochen war versprochen. Und warum sollte ein armes hungerndes Tier unter möglichen Bedenken ihrerseits leiden? Sie seufzte laut und öffnete die Haustür.
Keine Minute später stand sie vor der Wohnungstür, die sich, nachdem sie sie aufgeschlossen hatte, laut- und mühelos zur Seite schieben ließ und den Blick in ein großzügig geschnittenes Loft freigab. Eigentlich bestand die Wohnung aus einem einzigen

riesigen Raum, dessen einzelne Bereiche durch meterhohe Regale, Glasbausteinwände oder Kunstwerke sowohl voneinander abgetrennt als auch miteinander kombiniert und verbunden wurden. Wie ein offenes Baukastensystem.

Die Räume besaßen weiß getünchte Wände und waren durch die hohen Fenster unglaublich hell. Das Abendrot warf lange Schatten über den Dielenboden und tauchte die Wohnung in ein warmes Licht. Neben der offenen Küche befand sich ein Essbereich, in dem ein riesiger Holztisch mit zehn Stühlen stand. *Zu viel für eine Person ohne Familie oder Freunde*, dachte Dr. Simon und lächelte. *Mal sehen, ob die junge Dame überhaupt eine Katze besitzt.* Sie hatte den Gedanken noch nicht beendet, als sich ein flauschiges Etwas mit einem lauten Schnurren gegen ihre Beine warf. *Immerhin, die Katze existierte.*

»Paulinchen!« Nadine beugte sich hinunter und strich ihr durch das weiche Fell. »Du bist aber eine Hübsche. Dann wollen wir mal schauen, wo sich dein Futter befindet.« Sie ging zum Kühlschrank, in dem sie eine fast gähnende Leere vorfand. Lediglich eine angebrochene Dose Katzenfutter, ein angebrochener Tetrapack Milch, zwei Karotten, drei Tafeln Schokolade und vier Flaschen Bier lagen oder standen auf die einzelnen Fächer verteilt. »Dein Frauchen hält wohl nicht viel von gesunder Ernährung! Isst sie überhaupt irgendetwas? Ihr werdet euch doch nicht das Katzenfutter teilen, oder?« Sie bekam ein klägliches Maunzen zur Antwort. Paulinchen stieg mit der Pfote auf den Griff einer der Schubladen und streckte sich ihr schnuppernd entgegen. »Da hat aber jemand Hunger.« Sie füllte den Napf, goss in den zweiten ein bisschen Wasser, in den dritten ein wenig Milch und wich zur Seite, als die Katze sich heißhungrig über die Gaben hermachte.

Der Wohnbereich war mit einem hellen Ledersofa und einem niedrigen Couchtisch ausgestattet. Der dunkle Flachbildschirm, der an die Wand montiert war, bildete einen krassen Kontrast zu den großformatigen Bildern. Allesamt knallbunte Frauenakte.

Auf den Regalen an der gegenüberliegenden Seite des Raumes standen zwischen Taschenbüchern, DVDs und Bildbänden kleine Modelle von Parkanlagen, Häusern und Gebäudekomplexen. Auf dem Arbeitstisch, der in das Regal integriert war, entdeckte sie ein überbordendes Chaos von wild übereinanderliegenden Zeichnungen und Entwürfen, die eine Vielzahl solcher Häuser und

Gebäudekomplexe in unterschiedlichen Stadien der Entwicklung zeigten. Sie verstand nicht allzu viel davon, aber das war selbst für eine Laiin erkennbar. An der Wand hingen ein paar Urkunden, die belegten, dass sie bereits an mehreren Architekturwettbewerben teilgenommen und den einen oder anderen sogar gewonnen hatte.

Gerade als sie sich über eines der Modelle beugte, um es genauer unter die Lupe zu nehmen, hörte sie, wie sich ein Schlüssel im Türschloss drehte und wenig später jemand geräuschvoll in die Wohnung stiefelte.

»Süße! Bist du zu Hause? Ich brauche deine Hilfe! Und ein wenig von deinem Zucker. Renée hat wieder mal nicht an die wichtigsten Dinge gedacht! Typisch!«

Nadine schaute überrascht auf.

»Ach, da schau her, wer sind Sie denn? Kennen wir uns?«

Dr. Simon sah sich einem schlanken und doch muskulösen, etwa zwei Meter großen Mann gegenüber, der an seinen unendlich langen Beinen lediglich Netzstrümpfe und knallrote hochhackige Schuhe trug. Die rosafarbene Kochschürze wollte nicht so recht ins Bild passen. Ansonsten war er nackt. Seine kurzen blonden Haare waren zu einem Hahnenkamm gestylt, und das Make-up, das er trug, hätte für die komplette Besetzung der Rocky Horror Picture Show gereicht.

»Nicht, dass ich wüsste.«

Mit einem erotischen Hüftschwung, für den so manche Frau getötet hätte, kam er auf sie zu und hielt ihr mit elegant gespreizten Fingern seine Hand hin, nachdem er sie mit einem grazilen Schwung einmal unter seinem Kinn entlanggeführt hatte. »Ich bin Elias. Aber alle nennen mich nur Eli. Ich bin Michis schwuler Nachbar.«

Das ›schwul‹ hätte er nicht erwähnen müssen. »Dr. Simon. Angenehm.«

»Michi hat mir gar nichts von Ihnen erzählt.« Seine Stimme triefte vor Enttäuschung. Er schien eingeschnappt.

Drama Queen!, dachte Nadine und erklärte schmunzelnd: »Wir haben uns ja auch heute erst kennengelernt.«

»Das ist wieder typisch. Die Frau verschwendet einfach keine Zeit.« Er blickte Nadine prüfend von oben bis unten an. »Aber sie hat einen ausgezeichneten Geschmack. Das muss ich ihr las-

sen.« Er dreht sich auf dem Absatz um. »Michi! Kann ich mir deine Lederstiefel ausleihen? Die schwarzen Overknees.«
»Sie ist nicht hier.«
»Ach, nein?!«
Nadine schüttelte den Kopf. »Nein. Sie ist im Krankenhaus.«
Elias' Augen weiteten sich, und er schlug sich theatralisch die Hand vor den Mund, den er vor Schreck weit aufgerissen hatte. »Ist es was Schlimmes? Was ist mit ihr? War es ein Unfall? Schwebt sie in Lebensgefahr?«
»Nein, ja, nein.«
Er blickte sie fragend an.
»Nichts Schlimmes – hoffe ich zumindest. Ein Unfall beim Holzhacken. Einzelheiten kann ich Ihnen natürlich nicht mitteilen, aber ich kann Sie beruhigen, Frau Maifelder schwebt nicht in Lebensgefahr.«
»Kann ich etwas für sie tun?«
»Sie können etwas für uns beide tun. Sie kennen sich doch so gut aus hier. Würden Sie mir bitte ein paar Sachen für sie zusammensuchen? Und vielleicht könnten Sie sie ihr auch vorbeibringen. Damit würden Sie mir einen Weg ersparen, und Frau ....«, sie stockte, »... Michi würde sich bestimmt freuen, Sie zu sehen.«
»Das mit den Kleidern ist kein Problem«, rief er, als er in Richtung einer der Türen stöckelte, die von dem Hauptraum abgingen, »aber den Weg kann ich Ihnen nicht ersparen. Wir sind mitten in einer Fotosession, und drüben warten sieben Leute auf die Stiefel und den Zucker. Kaffee ist das Einzige, was uns am Leben hält bei solchen Events.«
Bewundernd starrte sie auf seinen offensichtlich durchtrainierten Körper und konnte nicht umhin, sein knackiges Hinterteil einer intensiven Prüfung zu unterziehen. Langsam folgte sie ihm zum Schlafzimmer, das so groß war wie ihr Wohn- und Schlafzimmer zusammen, und sah zu, wie er eilig und planlos ein paar Sachen in eine Sporttasche warf. Durch die zweite Tür stürmte er ins Bad und fegte alles, was auf der Glasablage stand, mit einer schwungvollen Bewegung in ein Necessaire. »So, das dürfte fürs Erste reichen. Wie lange wird sie im Krankenhaus bleiben müssen?«
»Vermutlich nur heute Nacht. Ich gehe mal davon aus, dass sie morgen entlassen wird.«

»Dann kann ich sie ja abholen.« Er zog den Reißverschluss zu und drückte Nadine die Tasche in den Arm. »Hier, meine Schöne. Und sagen Sie ihr einen lieben Gruß von mir. Geben Sie ihr einen Kuss. Das hilft.«
Er schnappte sich die Overknees, die hinter der Schlafzimmertür und neben dem Schrank standen, eilte in die Küche, zog die Zuckerpackung aus einem Schubladenfach neben dem Kühlschrank und tippelte, beide Trophäen im Arm, Richtung Tür.
»Wir sehen uns bestimmt mal wieder. « Er drehte sich noch einmal zu ihr um und fing ihren Blick auf. »Michi ist eine wunderbare Frau. Sie haben die richtige Wahl getroffen. Seien Sie lieb zu ihr und machen Sie sie glücklich. Sie wird es Ihnen hundertfach danken. Eine absolut treue, liebevolle Seele mit einem großen Herzen.« Nach einem kurzen Zögern fügte er hinzu: »Und obwohl man mit ihr Pferde stehlen kann, ist sie lange nicht so burschikos und draufgängerisch, wie sie sich gibt.«
»Das ist ein Missverständnis. Ich bin nicht ...«
Aber Elias war schon durch die Tür enteilt.

Nadine dachte immer noch über diese Begegnung der dritten Art nach, als sie das Krankenhaus zum zweiten Mal am gleichen Tag betrat. Irgendwie war sie von Elias fasziniert. Von seinem selbstbewussten Auftreten, seiner extrovertierten Persönlichkeit, seinem, trotz allem, sanften Wesen. Ein Paradiesvogel par excellence. Er verkörperte eine fremdartige und exotische Welt, mit der es in ihrem Leben keine Berührungspunkte gab. Faszinierend. Hätte Einstein das schon als Paralleluniversum bezeichnet? Was ihre Welt betraf, so war es das.
Sie hatte jahrelang nur für ihr Studium und ihre Karriere gelebt, hatte keine Zeit für feste Beziehungen gehabt, hatte keinen sonderlich großen Freundeskreis aufbauen können. Und im Grunde hatte sie nichts vermisst. Ein einziges Mal hatte sie sich einem anderen Menschen bedingungslos und allumfassend anvertraut. Er war Oberarzt in einer anderen Klinik. Sie hatten sich auf einem Kongress kennengelernt und festgestellt, dass sie in der gleichen Stadt wohnten. Also trafen sie sich immer öfter, lernten sich kennen und lieben. Was sie betraf, war es etwas Festes, etwas Wahres, etwas Gutes, das sie festhalten wollte, solange es eben ging. Für ihn war es lediglich eine Affäre, die er beendete, als er sich in eine neue Beziehung stürzte. Mit einer seiner Patientinnen.

Aber machte das einen Unterschied? Er streifte die Beziehung zu Nadine ab wie einen Handschuh, den er nach einer OP nicht mehr benötigte. Er warf sie weg. Zumindest empfand sie es als eine Art Entsorgung, war enttäuscht und so tief verletzt, dass sie jede Erinnerung daran aus ihrem Gedächtnis gelöscht und sich ganz auf den Beruf konzentriert hatte. Auf die Kontinuität, die er bot, auf die tägliche Routine, auf das Leben in vorgegebenen Zeitfenstern und ohne große Überraschungen. Ein Treiben in dem immer gleichen Strom.

Seltsamerweise sehnte sie sich nun plötzlich nach deutlich weniger Normalität und dafür ein bisschen mehr Verrücktheit, ein wenig Abenteuer in ihrem Leben. Wie gerne würde sie aus der eingeübten, mit einem Mal schrecklich langweilig erscheinenden Rolle ausbrechen und einfach mal über die Stränge schlagen.

Einfacher gesagt als getan, dachte sie, als sie in Michis Zimmer trat. Lediglich das dezente Licht über dem Krankenbett war angeschaltet. Michi schlief. Dr. Simon stellte die kleine Tasche neben das Bett und ließ den Schlüsselbund geräuschlos in die Schublade des Rollwagens gleiten.

Ihr Blick fiel auf die schlafende Patientin. Die langen Locken umrahmten ein entspanntes Gesicht. Friedlich sah sie aus, ausgesprochen hübsch, nein, schön, auf ihre ganz eigene Art. Eine schöne Frau, und Nadine stellte fest, dass sie sich tatsächlich zu ihr hingezogen fühlte. *Zu einer Frau!?* Aber nein, sie wollte keine Beziehung. Egal mit wem. Die letzte Trennung tat immer noch weh, wann immer die Erinnerung daran aufflammte. Zwei Jahre war das her. Sie wollte sich nicht neu verlieben. Sie wollte nicht noch einmal wie der letzte Dreck behandelt werden. Sie würde das nicht ein weiteres Mal durchstehen.

»Es geht mir gut«, flüsterte sie. »Wozu ein Freund oder … eine Freundin? Wozu einen anderen Menschen an meiner Seite? Wozu die täglichen Auseinandersetzungen mit dem Leben zu zweit? Wozu?« Und auch die Antworten kannte sie. *Um nicht in eine leere Wohnung zurückkehren zu müssen, um nicht allein und mit einem Kissen im Arm einschlafen zu müssen, sondern in den Armen eines geliebten Menschen, um nicht immer die Popcorntüte im Kino allein leeren zu müssen, um jemandem zum Reden zu haben, um Erlebtes mit jemandem teilen zu können …* Verwundert stellte sie fest, dass sie die Liste endlos hätte weiterführen können. »Ach Scheiße!« Sie beugte sich zu Michi und gab ihr einen zarten Kuss auf die Wange. Sie spürte ein ungewohntes Kribbeln in der Magengegend. *Das kann nicht sein. Das darf nicht sein. Eine Frau!?* Sie fasste sich verwundert an die Lippen, die eben noch Michis zarte Wange berührt hatten, löschte routinemäßig das Licht und verließ fluchtartig das Zimmer, ohne sich noch einmal umzuschauen.

Zwei Wochen nach ihrem Krankenhausaufenthalt war ihr Fuß fast wie neu, und die Hand zierte nur noch ein großes Pflaster. Der angekündigte Handchirurg hatte gleich am darauffolgenden Montagmorgen den Befund von Dr. Simon bestätigt und Michi nach Hause entlassen. Elias hatte sie in seinem VW-Bus abgeholt, der mit bunten, abstrakten Blüten übersät war, und dafür gesorgt, dass sie sich in den ersten paar Tagen nach dem Unfall um nichts hatte kümmern müssen. Er hatte für sie gekocht, hatte ihr beim Ausziehen und Ankleiden geholfen und ihr wichtige Erledigungen abgenommen.

Sie hatte ihm im Gegenzug von Frau Dr. Simon, von Nadine, erzählt, in die sie sich verliebt hatte – falls man nach ein paar gemeinsamen Stunden in der Notaufnahme überhaupt schon so weit gehen konnte, von Liebe zu sprechen. Und er hatte ihr Tipps gegeben, die sie auf keinen Fall in die Tat umsetzen würde. Er war nun mal ein Mann. Ein schwuler obendrein. Einfühlsam konnte er sein, aber die Schlachtpläne, die er für sie entwarf, waren nicht ihre Art.

Stattdessen hatte sie Dr. Simon Blumen geschickt, hatte eine Dankeskarte beigelegt, hatte ihr Nachrichten auf der Mailbox hinterlassen, hatte sich auch in Paulinchens Namen für ihren Einsatz bedankt und auf ihre Bemühungen keinerlei Reaktionen oder Antworten erhalten. Nichts. Sie hatte die Hoffnung aufgegeben und sich in ihre vier Wände zurückgezogen, Elias nach knapp einer Woche ausgesperrt, hatte gearbeitet, so gut es mit der verletzten Hand ging, sich von Pizza und Bier ernährt, hatte Besuche abgewimmelt und die Abende mit Paulinchen im Arm auf dem Sofa verbracht.

Vor zwei Tagen hatte sich Elias dann gewaltsam Zutritt zu ihrer Wohnung verschafft, indem er sie unsanft zur Seite schob, als sie die Tür öffnete, und an ihr vorbeistürmte. Als er realisierte, wie es bei ihr aussah, wäre er beinahe explodiert. Wie könne sie sich nur so gehenlassen, nur weil die Angebetete nicht empfänglich war für ihre Gefühle? Die Wohnung sähe beschissen aus. Sie solle endlich die leeren Pizzaschachteln entsorgen, aufräumen, putzen, das Geschirr spülen und sich vor allen Dingen duschen! Im Treppenhaus würde es mittlerweile so übel riechen, dass man meine, es liege eine Leiche herum!!!

Immer musste er die Dinge dermaßen dramatisieren. Allerdings hatte er in diesem Fall recht. Das sah sie ein, und obwohl sie nur wenig Lust hatte, befolgte sie seinen Rat. Im Grunde konnte sie sich selbst gerade wenig ausstehen und hatte von ihrem desolaten Zustand gehörig die Nase voll.

Einen ganzen Tag hatte sie gebraucht, um ihr Loft wieder bewohnbar zu machen, und der Höhepunkt der Aktion war ein ausgiebiges Schaumbad, nach dem sie sich wie neugeboren fühlte. Gerade als sie sich die Haare trocknete, klingelte es an der Tür. Elias wollte sich wahrscheinlich davon überzeugen, dass seine Ansprache Früchte getragen hatte. Er würde Augen machen!

»Wohnraum zur Abnahme bereit«, rief sie zackig, als sie die Tür öffnete, ihre Hacken zusammenschlug und salutierte. »Oh, Sie sind es. Das ist ja eine Überraschung.«

Es war nicht Elias, der vor der Tür stand, sondern Dr. Simon. Im Arm hielt sie eine Papiertragetasche, aus der zwei Stangen Lauch spitzten, in der freien Hand eine kleine Axt mit roter Schleife. Unentschlossen schaute sie Michi an und verlagerte ihr Gewicht von einem Fuß auf den anderen. Sie sah aus, als sei ihr übel und als würde sie es zutiefst bereuen, vor Michis Wohnung aufgetaucht zu sein.

Michi hingegen brach in lautes Lachen aus, presste mühsam ein »Warten Sie einen Augenblick. Ich bin gleich wieder da« heraus, verschwand in der Wohnung und kehrte keine Minute später mit ihrem Handy zurück. In schneller Folge schoss sie mehrere Aufnahmen.

»So, fertig.«

Nadine war so verblüfft, dass sie einige Sekunden brauchte, um sich zu fangen. Sie schüttelte den Kopf. »Ich wusste, es war ein Fehler. Ich hätte zu Hause bleiben sollen. Vergessen Sie einfach, dass ich hier war. Eine bescheuerte Idee.« Sie wandte sich zum Gehen, doch Michi versperrte ihr breitbeinig den Weg.

»Warte. Bitte. Schau dir das Bild an. Das musste ich einfach festhalten.« Sie hielt Nadine das Handy vor die Nase. Auf dem Foto presste diese die Einkaufstasche so unglücklich gegen ihren

Körper, dass die gebogenen Tragegriffe aussahen, als hätte sie einen gigantischen Schnurrbart.

Nun musste auch sie lachen. »Du hast mich wirklich gut getroffen. Danke. Wäre schön, wenn du das nicht in eines der sozialen Netzwerke hochladen würdest. Ich möchte nicht, dass mich meine Patienten so sehen. Reicht schon, wenn du diesen Anblick nicht mehr aus dem Gedächtnis bekommst. Ich sehe aus wie ein Walross.«

»Ein wunderschönes Walross«, ergänzte Michi. Dann wurde sie ernst. »Was machst du hier?«

»Eigentlich wollte ich nur mal sehen, wie es dir geht. Und ich dachte, wir kochen etwas. Damit du dich nicht nur von Bier und Schokolade ernährst. Das halte ich für ausgesprochen ungesund. Natürlich nur vom medizinischen Standpunkt aus gesehen.«

Michi blickte Nadine tief in die Augen. »So, so. Vom medizinischen Standpunkt aus.«

Nadine nickte. Sie hob die Hand und hielt Michi die Axt entgegen. »Und außerdem wollte ich Holz knacken hören. Vielleicht zeigst du mir, wie das geht.«

»Ich besitze schon eine Axt.«

»Dann hast du jetzt eine zweite.«

»Eine Doppelaxt sozusagen.«

Wieder nickte Nadine. Sie war blass um die Nase, schien aber entschlossen, nicht zu weichen und ihr Vorhaben durchzuziehen – was immer das war.

Michi trat einen Schritt auf sie zu. Nur die Einkaufstasche befand sich noch zwischen ihnen. Sie schauten sich an. Blaue Augen ruhten in braunen. Und beide sahen, was sie sehen wollten.

Seltsam, dachte Michi. *Dr. Simon ist doch meine Ärztin!* Als noch seltsamer empfand sie das, was sie tat, obwohl sie es sich so oft in ihrer Fantasie ausgemalt hatte. Sie nahm Nadine in den Arm, zog sie an sich – die raschelnde Papiertüte ignorierend – und küsste sie. Deutlich konnte sie spüren, wie der Funke übersprang und sie beide gleichermaßen entfachte. *Das könnte tatsächlich etwas werden. Endlich.*

Als sie sich voneinander lösten, bedauerten beide, dass der Kuss endete.

Nadine schüttelte den Kopf und schaute Michi tief in die Augen. Leise sagte sie: »Ich war noch nie mit einer Frau zusammen.«

»Irgendwann ist es für jede das erste Mal!« Michi lächelte aufmunternd.

»Was ist, wenn ich das nicht kann – mit einer Frau zu leben. Ich möchte dich nicht verletzen mit irgendwelchen wilden Experimenten oder damit, dass ich dich verlasse, einfach fallenlasse wie ... wie eine heiße Kartoffel.«

»Das wirst du nicht.«

»Woher willst du das wissen?«

Michi hielt sich die Hand vors Gesicht und tat so, als würde sie in der Handfläche lesen. Dann sagte sie kopfschüttelnd: »Nein, nein, das ist in meinem Plan nicht vorgesehen.«

»Ich weiß aber nicht, ob ... wie ...«

»Dann werde ich dir zeigen, was es bedeutet, eine Frau zu lieben. Es wird dir gefallen. Glaube mir.«

»Ich bin so viel älter als du!« Nadine schluckte.

Michi streichelte zärtlich über ihre Wange. »Du weißt doch, dass ich auf reifere Frauen stehe, die gerne auch ein bisschen älter sein dürfen als ich.«

»Aber acht Jahre!«

»Schall und Rauch!«

Nadine schwieg.

»Keine Gegenargumente mehr?« Michi nahm Nadine die Papiertüte ab und ergriff ihre Hand. »Dann lass dir eines gesagt sein – so schnell lasse ich dich nicht wieder los. Ich finde, wir sollten uns eine Chance geben. Du nicht auch?«

Nadine nickte langsam. Ihr schossen Tränen in die Augen.

»Na dann! Komm doch herein.« Mit einem geheimnisvollen Lächeln und tiefer, rauchiger Stimme fügte sie hinzu: »Ich bin hungrig nach mehr.«

November

Woher hast du all die Geschichten?
Wie kommst du nur an all die Bilder?
Von deinem Bett, in das dein Körper eingewachsen,
das ihn an den Boden fesselt?

»Sie fielen aus dem Atlas, den du mir schenktest«, sagtest du,
und ich musste lachen.
Second Hand.
Für wenig Geld, damit du reisen konntest
mit dem Finger über Kontinente,
fliegen gar von Ort zu Ort.

So fanden sie dich heute Morgen,
mit dem Finger auf Afrika ruhend
und einem Lächeln auf den Lippen.
Augen geschlossen.
Ein ewiger Schlaf.
Endlich Erlösung.

Sie konnten die Trommeln schlagen hören, behaupteten sie,
und als sie den Atlas vorsichtig aus deinem Schoß hoben,
rieselte Sand auf die so weiße Bettdecke.

Schmidts großer Tag

Als Herr Schmidt die Wohnungstür hinter sich zuzog, wobei er sorgfältig darauf achtete, sie nicht abzuschließen, war er vorbereitet. Der Trenchcoat würde selbst bei diesen Temperaturen ausreichend sein für den kurzen Weg zur U-Bahnstation. Der feine Anzug, den er unter dem Trenchcoat trug, war dem Anlass angemessen, das Plakat, fein säuberlich zusammengerollt und mit einem Haargummi seiner Frau versehen, lugte aus seiner Manteltasche. Das Kuvert war zugeklebt und nur mit *Kowalski* beschriftet, und der Wohnungsschlüssel in seiner Rechten würde gleich in seiner Hosentasche verschwinden.

In der Wohnung selbst deutete nichts darauf hin, dass er nicht wiederkommen würde. Seine Kleider hingen im Schrank, das Bett war ungemacht und roch nach der Liebe der vergangenen Nacht, das Geschirr vom letzten gemeinsamen Frühstück stand noch auf dem Tisch und wartete auf den Abwasch. Seine Frau saß in ihrem Lieblingssessel, ein bunt geblümtes Kopftuch, Jeans und ein weißes T-Shirt an, und im Fernseher lief eine dieser Gerichtssendungen, die sie in den letzten Wochen und Monaten nicht lieben gelernt hatte, die aber als Ablenkung mehr als willkommen gewesen waren.

Bei seiner Frau, die er so liebte, hatten Ärzte vor einem Jahr Krebs festgestellt, der sich mittlerweile im Endstadium befand, wie sie sich so gerne auszudrücken pflegten. Das blonde, seidig glänzende Haar war Geschichte, die Lachfältchen um ihre Mundwinkel waren verloren gegangen mit der Zeit, die Rundungen ihres Körpers, die sie für ihn so begehrenswert gemacht hatten, waren einer Klapprigkeit gewichen, die jeden einzelnen Knochen deutlich sichtbar machte.

Diese Frau, seine Frau, hatte sich verändert. Er hatte sich verändert. Der Krebs hatte sie beide verändert. Im Bewusstsein des heranschleichenden Todes war ihre Liebe zueinander noch gewachsen. Sie waren eine Seele und ein Herz. Nichts konnte sie trennen.

Ein langsames Sterben hätte es werden sollen. Weitestgehend schmerzfrei dank moderner Medizin, aber genauso unbewusst und für sie unbemerkt im Morphiumrausch der vielleicht letzten

Tage. Die Begegnung mit dem Tod in naher Zukunft. Bald. Seine geliebte Frau.
 Sie hatte die Augen geschlossen und sah aus, als ob sie schliefe, ein Lächeln auf den Lippen. Nur der kleine rote Fleck auf ihrer Stirn und ein paar Daunenfederstücke, die sich rötlich schimmernd auf ihre eine verbliebene Brust gesenkt hatten, deuteten darauf hin, dass sie dem Tod bereits begegnet war.
 Letzte Nacht um vier Uhr einunddreißig. Nicht am gleichen Tag, doch immerhin zur gleichen Stunde, zu der sie vierundfünfzig Jahre zuvor geboren worden war.
 Mit offenen Armen hatte sie den Tod empfangen, er hatte ihn ihr mit Wehmut und Liebe geschenkt, nachdem sie stundenlang miteinander geredet, sich geliebt und gemeinsam gebetet hatten. Er musste ihr versprechen, nicht mit ihr zu gehen, und deshalb ließ Herr Schmidt sie nun in ihrer gemeinsamen Wohnung zurück, die sie seit fast fünfundzwanzig Jahren kinderlos bewohnt hatten, die mehr ihre als seine Handschrift trug, in der sie so glücklich gewesen waren, in der sie aber auch so viel Schmerzen und Qualen hatten durchleiden müssen, gemeinsam, gerade in den letzten Tagen und Wochen.

Herr Schmidt zog seinen Trenchcoat enger, setzte sich seinen Hut, den er vor zwei Jahren während ihres letzten gemeinsamen Urlaubs in Schottland gekauft hatte, so auf den Kopf, dass die Krempe einen schrägen Schatten über seine dunklen Augen warf, und lächelte. Ein stilles, zufriedenes Lächeln aus einem Gesicht, das eingefallen und hohlwangig aussah.
 Der Umschlag, den er bei Herrn Kowalski, dem Hausmeister, einwarf, polterte laut auf den Boden des leeren Briefkastens. Die Waffe und der Hinweis *Wohnung A, Parterre links* würden für die Polizei Grund genug sein, die Wohnung zu öffnen und seine Frau, die er liebte und der er folgen würde, in ihrem Sessel zu finden. Vermutlich würden sie eine Fahndung nach ihm ausschreiben. Er lächelte. Er würde es ihnen einfach machen, ihn zu finden.
 Er hatte es plötzlich eilig und lief geschäftig, jede ihm bekannte Person freundlich grüßend, Richtung U-Bahn-Station. Er wusste, er hatte noch genau fünf Minuten und siebenunddreißig Sekunden. Er hatte sich Linie 14 ausgesucht. Die würde ihn an sein Ziel bringen. Sie hielt gewöhnlich alle zehn Minuten an sei-

ner Station, die ein kleiner Verkehrsknotenpunkt war in dem Wirrwarr von Bahnlinien, die seine Stadt durchzogen wie das Netz einer gefräßigen Spinne.

Zweimal pro Stunde fuhr die 14 nur an seiner Station vorbei, ohne zu halten, nannte sich dann Expressbahn und versprach, schneller am entsprechenden Ziel zu sein.

Nicht dem seinen.

Nicht am heutigen Tag.

Er schaute auf seine Uhr. Noch zwei Minuten. Er rannte die Treppen zum Bahnsteig hinunter, atemlos, überprüfte die Anzeige *Bahn hält nicht*, sah eine Werbung an der gegenüberliegenden Wand, die ihm in knallbunten Lettern die Aufforderung *Starte etwas Neues* entgegenschrie, und lächelte.

Schon so oft hatte er heute gelächelt. So oft wie lange nicht mehr. Irgendwie schien dieser Tag perfekt in seiner Endgültigkeit. Keine Trauer mehr, keine Schmerzen, keine Qualen, keine unbeantworteten Fragen oder unausgesprochenen Worte mehr. Tiefes Aufatmen und ein Hauch von Freiheit, der fast greifbar wurde mit dem Luftzug, der das Herannahen der Bahn ankündigte.

Von den neun wartenden Personen schenkte lediglich Herr Schmidt den immer greller werdenden Lichtern Aufmerksamkeit. Er rollte das kleine neongelbe Plakat aus, das er vorbereitet hatte, lächelte und hielt es dem Fahrer entgegen. Als er dessen überraschtes und im gleichen Augenblick entsetzt erkennendes Gesicht sah und die einsetzenden Bremsen quietschen hörte, zuckte er kurz entschuldigend mit den Schultern, trat einen Schritt zur Seite, vollzog eine leichte Körperdrehung zu dem Gleis hin und stieß sich kräftig von der Bahnsteigkante ab.

* * *

Es würde die letzte Fahrt seiner Schicht sein. Endlich. Er wollte zu Eva und zu Johann, seinem am Tag zuvor geborenen ersten Sprössling. Er liebte Kinder und hoffte, dass Johann nicht das einzige bleiben würde.

Natürlich musste sich etwas ändern. Die Wohnung mit ihren zwei Zimmern wurde mit Kind zu klein. Eva und er hatten sich unzählige Wohnungen angeschaut, doch keine hatte ihnen so richtig gefallen. Nächstes Wochenende wollte er sich noch zwei weitere anschauen – allein. Eva musste nach der langen und schweren Geburt noch ein paar Tage im Krankenhaus bleiben. Achtzehn Stunden hatte es gedauert, und er hatte so schrecklich mitgelitten.

Als Johann dann endlich da war, hielten sie ihn überglücklich in ihren Armen. Ihr wunderschönes, gesundes Baby, das jetzt schon die blonden langen Wimpern seiner Mutter und beim Lächeln das Grübchen seines Vaters hatte. Auch auf der linken Seite. Die Kahlköpfigkeit seines Großvaters Johann, der im vergangenen Frühjahr gestorben war und der ihn so gerne noch erlebt hätte, würde sich auswachsen.

Was bliebe, war der Name.

Er sah die U-Bahn-Station kommen und drosselte die Geschwindigkeit. Er würde nicht halten. Erst wieder an der übernächsten Station. Und dann noch vier weitere Stopps, und er wäre fertig für heute. Das helle Licht der Station blendete ihn nur kurz. Wenn man aus den dunklen Tunneln hinausfuhr, erschien selbst die dezente Beleuchtung einer U-Bahn-Station sehr hell. In all den Jahren hatte er sich nie richtig daran gewöhnen können.

Plötzlich sah er ihn.

Er stand ganz am Rand des Bahnsteigs und lächelte, in seinen Händen ein Plakat, neongelb, das als Aufschrift nur ein einziges Wort trug: *Entschuldigung*. Im Augenblick des Erkennens war alles Bremsen schon zu spät. Er konnte trotz des Lärms, den die Bremsen verursachten, das dumpfe Aufklatschen des Körpers auf den Zugwagen hören, und er konnte es spüren und an den kleinen Blutflecken, die seine Windschutzscheibe aussehen ließen wie ein Action Painting übelster Sorte, erahnen, dass er ganze Arbeit geleistet hatte.

Als die Bahn endlich zum Stehen kam, hatte sie den leblosen Körper bereits über zehn Meter mitgeschleift. Genau genommen konnte man nur noch dank der bizarr verrenkten Gliedmaßen erahnen, dass dieser Klumpen Fleisch und Knochen noch wenige Sekunden zuvor ein Mensch gewesen war.

Er dachte an seine Frau und seinen Sohn, blickte durch die gesprenkelte Scheibe und übergab sich.

Der herbeigerufene Notarzt konnte nur noch den Tod feststellen, die Fragen der Polizei waren schnell beantwortet, eine Ablösung stand parat, er durfte gehen. Jemand steckte ihm einen Zettel zu mit der Telefonnummer der Psychologin, bei der er sich melden sollte. Die Menschen, die sich mittlerweile gaffend am

Bahnsteig versammelt hatten, bildeten einen Korridor betretenen Schweigens und mitleidiger Blicke, waren für ihn dunkle Schatten, die er beim Hinausgehen nur schemenhaft wahrnahm. Jemand rief ihm etwas hinterher, das er nicht verstand.

Er war wie in Trance, sein Blick starr, weit weg und auf nichts Bestimmtes gerichtet. Er setzte einfach nur einen Fuß vor den anderen und ging davon, langsam und scheinbar ohne Ziel.

Irgendwann stand er vor dem Krankenhaus, wusste nicht, wie er hingekommen war, hatte keinen Gedanken gedacht, kein Gefühl gelebt, war erfüllt von einer abgrundtiefen, fast endlosen Leere.

Als er ins Zimmer trat, wusste seine Frau sofort, dass etwas nicht stimmte. Sie hatte die Nachrichten gesehen, von dem Unfall gehört und ahnte, dass das, was passiert war, ihm passiert war, und ihr Blick wurde liebevoll und traurig zugleich. Sie winkte ihn, der verloren im Türrahmen stand, mit einem Arm zu sich – in dem anderen hielt sie Johann –, und als er sich zu ihr setzte, flüsterte sie: »Es ist nicht deine Schuld!«

Ich weiß, hätte er ihr gerne geantwortet, aber er konnte nicht. Kein Wort wagte sich über seine Lippen. Er legte sich zu den beiden ins Bett, küsste erst ihre Wange und dann die von Johann und fing an zu weinen.

* * *

»Geht es dir besser?«, fragte eine ihr unbekannte Stimme, und alles, was sie sah, waren ungefähr zwei Millionen unterschiedlich große Sommersprossen und zwei dunkelbraune Augen, die sie besorgt betrachteten. Sie konnte sich nicht unbedingt an etwas Genaues erinnern, doch sie merkte, dass sie im Arm einer jungen Frau lag, die neben ihr auf dem dreckigen Boden kniete und ein feuchtes Tuch auf ihre rechte Schläfe drückte. Sie fühlte sich sehr benommen und hatte höllische Kopfschmerzen.

»Was ... ist passiert?« Ihre Stimme klang fremd in ihren Ohren und besaß einen seltsamen Nachhall. »Mein Kopf fühlt sich an, als sei er unter die Räder gekommen!«

»Nun, das ist nicht mal so falsch. Komm, ich helfe dir erst einmal aufzustehen.« Die Fremde schob ihren Arm noch weiter unter Inas Körper und versuchte, sie hochzuziehen, was nur schwer gelang. Ina wurde direkt schwarz vor Augen, und sie glitt in einen der freien Sitze.

»Scheiße«, war alles, was sie noch hören konnte. Ihre Ohnmacht dauerte nicht lange. Irgendjemand fächelte ihr Luft zu, ihre Beine lagen quer über der Sitzreihe und waren auf ihrem Rucksack und einem Metallkoffer höher gelagert, und das feuchte Tuch bedeckte mittlerweile ihre ganze Stirn.

»Wir müssen einen Sanitäter rufen!« Die Sommersprossen tanzten wieder vor ihrem Gesicht herum, umrahmt von kurzen dunkelbraunen Haaren, die störrisch und wirr vom Kopf abstanden.

»Nein, das wird schon gehen. Lass mich einfach hier liegen und sterben. Sag ihnen, dass ich keine lebensverlängernden Maßnahmen möchte.« Ina versuchte ein Lächeln, doch als sie sah, dass die andere kreidebleich wurde, verging auch ihr das Lachen.

»Rede keinen solchen Unsinn. Damit kann ich nicht umgehen! Schließlich ist das Ganze ja auch ein bisschen meine Schuld.« Die braunen Augen kamen auf sie zu. »Lass mich einen Sanitäter rufen.«

»Nein, ist wirklich nicht nötig. Geht schon viel besser.« Ina war noch nie eine gute Lügnerin. »Wie heißt du?«

»Carla, Carla Schmitters, und du?«

Ina schien zu überlegen. »Keine Ahnung, ich kann mich nicht erinnern.« Carla, die Frau mit den Sommersprossen, noch bleicher geworden als zuvor, beugte sich zu Ina hinunter und versuchte, sie nicht allzu besorgt anzuschauen, was ihr nur leidlich gelang. »Hey, war nur ein Witz. Tut mir leid.« Carlas Blick hätte sie in diesem Augenblick töten können, und Ina versuchte, sie versöhnlich anzulächeln. »Ich heiße Ina, Ina Mayer. Mayer mit A-Y!«

»So, Ina Mayer mit A-Y, dir scheint es ja bestens zu gehen, wenn du schon wieder solche Witze machen kannst!« Wütend zog sie ihren Koffer unter Inas Beinen weg.

Die plötzliche Bewegung ließ Ina auffahren, und sie stieß ein gequältes »Aua!« zwischen ihren Zähnen hervor.

Sofort war Carla wieder über ihr.

»Sorry, war nicht so gemeint.«

»Ist schon gut. Vielleicht solltest du wirklich besser jemanden rufen, der mal nachschaut. Meine Kopfschmerzen werden immer schlimmer.« Ina fuhr sich zögernd und quälend langsam über die

Stirn und ertastete eine klebrige Beule größeren Ausmaßes an ihrer rechten Schläfe. Sofort zog sie ihre Hand zurück und betrachtete sie eingehend.

»Ist das Blut, was da so klebt?«

»Nein«, sagte Carla lachend, »Johannisbeersaft. Ich hatte leider nichts anderes zum Kühlen dabei.«

Ina verdrehte die Augen. »Was ist denn nun eigentlich passiert?«, wollte sie wissen.

»Nun, wir hatten einen Unfall. Offensichtlich ist jemand vor die Bahn gesprungen. Irgendein Verrückter. Wir haben eine sagenhafte Notbremsung hingelegt. Die hat mich so kräftig in den Sitz gedrückt, dass mir fast die Luft wegblieb.« Sie schaute Ina an, die ihren Blick fragend erwiderte.

»... und?«

»Na ja, du hast weiter hinten im Gang gestanden.« Ina konnte sich dunkel daran erinnern. »Die Bremsung hat dir buchstäblich den Boden unter den Füßen weggerissen, dich durch den Wagen geschleudert, und du bist mit deinem Kopf gegen meinen Fotokoffer gefallen, der zwischen meinen Füßen stand. Du warst sofort weg, und ich dachte schon, es hätte dich erwischt. Das war vielleicht ein Schock!«

»Du bist Fotografin?«

»Wenn das alles ist, was dich interessiert – ja.«

»Müsstest du dann nicht eigentlich irgendwo da vorne auf dem Bahnsteig sein und Bilder schießen?«

»Nein, für so etwas bin ich nicht zuständig. Ich mache Fotos für Kataloge, Bildbände, stelle hin und wieder aus. Na ja, eher künstlerische Sachen eben.«

»Schön, das freut mich. Hört sich interessant an.«

»Du bist lustig. Liegst hier mit einer mittelprächtigen Gehirnerschütterung und lässt dich über meinen Beruf aus. Lass uns lieber jemanden finden, der dir hilft. Kannst du aufstehen?«

»Ich werde es versuchen.« Jedes Wort hallte in ihrem Kopf nach wie ein unwillkommenes Echo, und sie musste kurz die Augen schließen. Trotzdem versuchte sie, sich aufzusetzen. Langsam und vorsichtig. Ihr war zwar immer noch schwindlig, aber es ging.

»Gib mir deine Hand.« Carla half Ina auf die Beine und stützte sie, so gut sie eben konnte. Ina ergriff ihren Rucksack und hängte sich bei Carla ein. Gemeinsam gingen sie Richtung Tür, die sperrangelweit offenstand. Draußen auf dem Bahnsteig herrschte das reine Chaos. Es war ein hektisches Gewusel von Ärzten, Sanitätern, Helfern, Verwundeten, Polizisten und Leuten, die einfach nur einen Blick auf das Geschehen erhaschen wollten. Befehle schwirrten durch die Luft, Hilferufe und Sirenen.

»Mein Gott, das ist ja eine kleine Katastrophe, ein einziges Durcheinander! Es scheint einige wesentlich schlimmer erwischt zu haben als dich!«, rief Carla aufgeregt gegen den anschwellenden Lärmpegel an und sah im Augenwinkel, wie sich Ina wieder an den Kopf fasste.

»Warte mal bitte, Carla. Warte ...« Ina beugte sich Richtung Gleise und übergab sich.

»Wenn das mal keine heftige Gehirnerschütterung ist!« Carla reichte ihr ein Papiertaschentuch.

»Oh Gott, das ist mir ja so was von peinlich. Es tut mir wirklich leid!« Ina wischte sich den Mund ab und versuchte es mit einem Lächeln. Ihr war so was von übel! Sie lehnte sich schwer atmend an einen der Waggons und stützte sich mit den Armen auf den Knien ab.

»Warte hier, ich suche jemanden, der dir hilft.« Carla wollte weggehen, aber Ina hielt sie am Ärmel zurück.

»Bleib bei mir. Bitte!«

* * *

Sie schloss die Wohnungstür hinter sich und lehnte sich erschöpft dagegen. Was für ein Tag! Sie schüttelte ungläubig den Kopf, stellte ihren Fotokoffer neben den Schuhschrank und warf ihren Mantel locker über einen der Haken der Garderobe in der Nische neben der Eingangstür. Erst mal einen Tee trinken nach all der Aufregung. Ihre Küche war warm und lichtdurchflutet. Große Fenster auf der Westseite des Hauses ließen die Abendsonne ungehindert einfallen. Mit ein Grund, warum sie sich die Wohnung ausgesucht hatten. Ein Abendessen auf dem Balkon vor der Küche war im Sommer immer ein wunderbarer Genuss.

Mit ihrem frisch aufgegossenen Tee schlenderte Carla ins Wohnzimmer, das deutlich dunkler, jedoch genauso gemütlich war, schaltete die drei großen Deckenfluter an, die den Raum mit indirektem Licht versorgten, und ließ sich in ihren Lieblingssessel sinken. Ihre Tasche, die sie gedankenverloren bereits durch die halbe Wohnung geschleift hatte, glitt langsam zu Boden. Der Tee tat gut. Er beruhigte und wärmte.

»Ich habe heute jemanden kennengelernt. Das könnte was werden ... wirklich! Ich hoffe es zumindest. Sie scheint nett zu sein. Momentan etwas unpässlich.« Carla musste lächeln. Sie hatte Ina noch bis ins Krankenhaus begleitet, und erst als die Ärzte ihr versicherten, dass sie die notwendigen Untersuchungen durchaus alleine hinbekämen, hatte sie sich entschlossen, nach Hause zu fahren. Den Fototermin musste sie ohnehin absagen. Dafür war es definitiv zu spät. Also überließ sie Ina den Ärzten – aber nicht, ohne Namen und Telefonnummern auszutauschen und sich für die darauffolgende Woche im *Chicago 51*, dem neuen Szenecafé in ihrem Viertel, zu verabreden.

»Stell dir vor, was sie bei sich hatte.« Carla zog das Buch aus ihrer Tasche, das sie in der U-Bahn eingesteckt hatte. »Da, schau! Ist das nicht rührend? *Frauenliebe*, ein Klassiker – und so nett eingebunden. Ich frage mich wirklich, wo sie diesen Einband gefunden hat. Das Blümchenmuster erinnert mich an die Tapete in der Wohnung meiner Urgroßmutter. Scheinbar hat sie Probleme mit ihrer sexuellen Orientierung. Aber da kann ich ja ein bisschen nachhelfen!« Carla lächelte und nippte an ihrem Tee, der immer noch heiß war.

»Ja, ja, ich weiß, was du sagen willst! Unverbesserlich – na und? Vielleicht ruft mich hier eine Seele, die dringend meine Hilfe benötigt, eine Seele, die befreit werden will. Oder war es etwa Zufall, dass sie mir heute Morgen praktisch in die Arme fiel?«

Sie stand auf und ging zu ihrer Stereoanlage. Ein bisschen Tom Waits passte herrlich zu ihrer Stimmung, und keine zehn Sekunden später erfüllte seine wehmütige, rauchige Stimme das Zimmer. Schade, dass sie aufgehört hatte mit dem Rauchen. Eine Zigarette wäre jetzt perfekt! Aber nein, sie würde wirklich versuchen, stark zu bleiben. Sie hatte es Sonja versprochen. Lange vor allem, was passiert war. Das war nur ein Grund mehr, sich an ihr Versprechen zu halten.

»Hübsch sieht sie aus. Keine so dünne Spinatwachtel. Sie würde dir gefallen. Eigentlich müssten ihr die Männer zu Füßen liegen. Na ja, weiß man das immer so genau?«

Carla hatte plötzlich Lust auf ein Glas Rotwein – zur Feier des Tages. Und sie wusste, dass irgendwo in der Abstellkammer noch eine Flasche als Notration liegen musste. Auch damit hatte sie aufgehört – mit dem Trinken. Viel war es ohnehin nie gewesen. Mal ein Glas zum Abschluss des Tages, auf Partys, mit Freunden. Aber irgendwie reizte sie das auch nicht mehr.

Ja!!! Da war sie, Chateau LeGrand, Jahrgang 98. Ob die noch gut war? Wie sollte sie das herausfinden, ohne die Flasche zu öffnen? Unmöglich! Sie lächelte in sich hinein und ging beschwingt in die Küche. Das dumpfe ›Plopp‹ des Korkens erinnerte sie an frühere Zeiten.

»Damals haben wir gerne ein Glas getrunken. Weißt du noch? In dieser Disco? Ich war mit einer Freundin dort, der ich ein Glas Rotwein an der Bar besorgte. Als ich es ihr bringen wollte, habe ich mich zu schnell umgedreht und bin mit dir zusammengestoßen. Der Rotwein sah hübsch aus in deinem Ausschnitt. Oder sollte ich besser sagen, dein Ausschnitt sah trotz des Rotweins verführerisch aus? Aber noch erotischer fand ich den Rotwein auf deinem weißen Hosenanzug, wo er sich langsam über das Jackett verteilte. Reine Seide ließ sich damit Zeit. Es war mir so peinlich, und du hättest dein Gesicht sehen sollen! Keine drei Sekunden später wären wir beide vor Lachen fast zusammengebrochen. Ich glaube, es war wirklich Liebe auf den ersten Blick.«

Carlas Augen hatten sich bei der Erinnerung mit Tränen gefüllt. Sie saß wieder in ihrem Sessel und blickte Sonja an.

»Diesmal wird es vielleicht schwieriger. Aber einen Versuch ist es wert. Sie erinnert mich ein bisschen an dich. Ihre dunklen Augen, die dunklen, kurzen Haare, ihre ewig langen, sanft geschwungenen Wimpern, makellose Zähne, volle Lippen, heller Teint. Sie war mir gleich aufgefallen, als sie in die Bahn stieg. Der Kragen ihres kurzen Mantels war aufgeschlagen und ihr rostfarbener Schal bis zum Kinn hochgezogen. Sie hielt das Buch mit diesem fürchterlichen Einband in der Hand und entschied sich, im Gang stehen zu bleiben, obwohl der Wagen fast leer war. Dass ich jetzt weiß, welches Buch sie gerade gelesen hat, macht alles etwas einfacher. Schau mich doch nicht so an! Glaubst du nicht auch, es ist an der Zeit, dass ich mir etwas Neues suche, noch mal von vorn anfange? Vielleicht mache ich noch mal Aktfotografie.«

Der Sessel war nicht mehr der richtige Platz für Carla, die immer nervöser wurde. Sie stand auf und schlich durchs Wohnzimmer, hin und her, wie ein Raubtier, das gebändigt werden wollte. Tom Waits hatte seinen letzten Song eben beendet, und die Stille war fast spürbar.

Das Weinglas in der Hand, den anderen Arm vor ihrer Brust verschränkt, blickte sie gedankenverloren aus dem Fenster. Den ganzen Tag hatte es geregnet, und selbst jetzt, am späten Nachmittag, war der Himmel immer noch so stark bewölkt, dass man den Eindruck hatte, es werde schon dunkel. Die Temperaturen waren deutlich gefallen seit gestern, und der trübe Herbst hatte nach einem heißen Sommer Einzug gehalten. Viele der Cafés und Kneipen in ihrer Straße hatten die Außenbestuhlung bereits gestapelt und mit Sicherheitsketten und -schlössern versehen, als schienen sie keine wärmeren Tage mehr zu erwarten.

Es wehte ein böiger Wind, der erste Blätter von den Bäumen riss. Menschen eilten in bis zum Hals zugeknöpften Jacken und Mänteln zu ihrer Verabredung oder nach Hause. Das Café gegenüber schien voll zu sein, und die Feuchtigkeit des Raumes hatte die Fenster anlaufen lassen.

»Schau sie dir an, all die Menschen. Wie es Ina wohl geht? Die Ärmste war ganz blass. Ich rufe sie morgen mal an. Auch um zu fragen, ob es bei unserer Verabredung bleibt. Dann kann ich ihr auch das Buch zurückgeben. Wahrscheinlich vermisst sie es ohnehin längst und wundert sich, wo es geblieben ist!« Mit einem Seitenblick auf Sonja fügte sie hinzu: »Das wird schon. Du fändest sie auch toll. Vielleicht bringe ich sie ja bald mal mit, und dann kannst du sie kennenlernen.« Sie ließ sich lächelnd auf das Sofa fallen, nahm das Buch zur Hand, blätterte ein bisschen darin herum und begann zu lesen.

Sonja lachte sie aus dem schwarz umflorten Bilderrahmen an, den sie seit ihrem tödlichen Autounfall vor vier Jahren nicht mehr verlassen hatte.

* * *

»Lisa, ich muss los!« Sie wischte sich ein paar Krümel von ihrem schwarzen Rock, nachdem sie das Tablett mit schmutzigem Geschirr auf der Durchreiche zur Küche abgestellt hatte. »Ich muss noch was besorgen!«

»Du kannst nicht gehen, Melanie!« Lisa stand am Tresen und bediente Kaffeemaschine, Getränke- und Kuchentheke gleichzeitig. Sie sah ziemlich fertig aus, hatte in der vergangenen Nacht kaum geschlafen und schob jetzt schon die dritte Schicht hintereinander, weil ein weiterer Kellner ausgefallen war. »Schau dir den Betrieb an! Ich brauche dich hier. Kannst du den anderen Termin nicht absagen?«

Nein, konnte sie nicht. Außerdem war es genau genommen kein Termin. Sie musste noch Windeln besorgen für ihre von Demenz geplagte, bettlägerige Großmutter. Sie hatte es ihrer Mutter versprochen! Und sie hatte schon zwei Tage vorher Bescheid gegeben, dass sie heute früher gehen würde. Das ließ sich nicht ändern. Das Sanitätshaus schloss pünktlich um sechs, und sie musste dorthin! Für einmal quer durch die ganze Stadt würde sie wahrscheinlich eine kleine Ewigkeit brauchen.

Sie zog ihre lange Schürze aus, legte ihren Geldbeutel neben die Kasse, warf Lisa einen entschuldigenden Blick zu, zog ihren Mantel über, schnappte ihre Handtasche und lief hinaus.

Nach einem langen Tag in dem überhitzten Café empfand sie die plötzliche Kälte wie eine Wand, gegen die sie lief und die ihr kurz den Atem raubte. Ein fürchterlich verregneter Tag, der genau zu ihrer Stimmung passte. Irgendwann würde eine Erfindung es ihr ermöglichen, sich zwei- oder dreizuteilen. Bis dahin blieb es nicht aus, dass sie hin und wieder andere enttäuschte.

Ein Blick auf die Uhr sagte ihr, dass sie sich beeilen musste. Sie rannte um die nächste Hausecke und stieß so heftig mit einer Frau zusammen, dass diese erschrocken ihre beiden Einkaufstüten fallenließ und sich deren Inhalt, vornehmlich Obst und Gemüse, in rasanter Geschwindigkeit über den ganzen Bürgersteig verteilte und sich anschickte, auf die Straße zu rollen.

In das überraschte Gesicht der anderen blickend, hörte sie das Auto nur noch scharf bremsen und den lauten Knall, als der Hintermann auffuhr und eine nicht unbedeutende Delle in das Heck des roten Ford presste. Im gleichen Augenblick, in dem die Wolken aufrissen und gleißendes Sonnenlicht die Szene mit harten, fast surrealen Schlagschatten erfüllte, klingelte ihr Handy.

Melanie schien paralysiert. Sie stand mit hängenden Armen und offenem Mund da und betrachtete das tumultartige Durcheinander. Alles schien in Zeitlupe abzulaufen. Die Frau, die wütend und kopfschüttelnd ihre Äpfel und Apfelsinen einzusammeln versuchte, bewegte ihre Lippen, doch es drang kein Ton an Melanies Ohr. Der Mann im roten Ford lehnte sich im Sitz zurück und massierte seinen Hals, während derjenige, der aufgefahren war, versuchte, seine Fahrertür zu öffnen, die sich durch den

Aufprall offensichtlich verzogen hatte. Schaulustige liefen zusammen, gafften, versuchten zu helfen, verständigten die Polizei.

Alles drehte sich tanzend um Melanie, die den Mittelpunkt sich konzentrisch ausbreitender Kreise zu bilden schien. Und plötzlich, als hätte jemand mit den Fingern geschnippt, erwachte die Zeitlupe zu neuem Leben, und in der Echtzeit brach das Chaos aus. Schreie, Rufe, wild gestikulierende Menschen und Melanie, die immer noch wie gelähmt schien und das klingelnde Handy in ihrer Hand ignorierte. Langsam drehte sie sich einmal um sich selbst, hob den Kopf und blickte in die Sonne, die durch das einzige Loch in der ansonsten dichten Wolkendecke schien und ihren kleinen, unbedeutenden Fleck Leben erleuchtete. Und plötzlich wusste sie, dass keine Eile mehr geboten war. Sie wusste, dass ihre Oma tot war.

* * *

Nur für einen kurzen Augenblick hatte er den Blick von der Straße genommen und verzweifelt versucht, die Kassette herauszuziehen, die wie immer in dem alten Autoradio klemmte, das er schon längst hatte austauschen wollen. Als er wieder aufblickte, sah er im Augenwinkel etwas auf die Straße rollen, von dem er dachte, es sei ein kleiner orangefarbener Ball.

Wie ein Blitz durchfuhr ihn die Erinnerung. Ein kurzes, helles Leuchten, ein überbelichteter Film in Slow Motion, und das kleine Mädchen war plötzlich wieder vor seinem Auto. Bilder, von denen er geglaubt hatte, sie aus seinem Gedächtnis verbannt zu haben. Bilder, die ihn verfolgt hatten.

Lange. Unbarmherzig. Kalt.

Wieder kam jedes Bremsen zu spät.

In Bruchteilen von Sekunden sah er, wie das Mädchen erschrocken stehen blieb und aufsah, wie sie ihm direkt in die Augen zu blicken schien, ein kurzer Augenblick unerträglicher Nähe, bevor sein Auto sie erfasste und sie durch den Aufprall durch die Luft geschleudert wurde. Wie eine über und über mit Blut verschmierte Puppe sank sie ungelenk ein paar Meter weiter wieder auf den Boden.

Leicht. Zerbrechlich. Tot.

Er schüttelte den Kopf in dem vergeblichen Bemühen, die Erinnerung loszuwerden, lehnte den Kopf an die Nackenstütze und schloss die Augen, während die Sonne auch in sein Auto drang und sein verzerrtes, angespanntes Gesicht in das Licht des späten Abends tauchte.

* * *

»Ah, das ist das süße Leben!« Kowalski räkelte sich genüsslich auf seinem Badetuch, ließ den warmen, weißen Sand durch seine Finger rieseln und blickte in die Sonne. Er konnte sein Glück kaum fassen. Keine noch so kleine Wolke am Himmel. Eigentlich hatte der Wetterbericht Bewölkung und Regen vorhergesagt, und er war kurz davor gewesen, seinen wohlverdienten Urlaub überhaupt nicht anzutreten. Aber er hatte sich gesagt, dass er, wie immer das Wetter auch sein würde, die Auszeit brauchte.

Nun lag er hier und genoss die neunzehn Grad in vollen Zügen. Der Strand war um die Mittagszeit fast leer, und Kowalski konnte sich sein Plätzchen in aller Ruhe aussuchen. Gestern war er angekommen, hatte der tristen und frustrierenden Herbststimmung in Deutschland den Rücken gekehrt und wollte für eine Woche sein ebenso tristes Hausmeisterdasein einfach mal vergessen.

Das war ihm am vergangenen Abend bereits gelungen, als er durch die Bars der kleinen Touristenhochburg tingelte, sich das eine oder andere Mixgetränk hatte schmecken lassen und die Damenwelt gehörig durchrüttelte. So glaubte er zumindest, und wozu ist ein Urlaub sonst auch da?

Als Fünfundfünfzigjähriger gehörte er in Deutschland ja schon zum alten Eisen. Hier hatte er selbst mit Bauch noch gute Chancen, eine hübsche junge Dame abzuschleppen. Dass eine sich eventuell ergebende Liebesnacht natürlich etwas kosten würde, war ihm klar. Niemand konnte so naiv sein. Aber sie gaben ihm wenigstens das Gefühl, begehrt zu werden. Und was sollten überhaupt diese Rechtfertigungsversuche? Er wollte Sex, sie gaben ihm, was er wollte, er zahlte. Sieben Tage waren ohnehin kurz genug.

Was die zu Hause wohl gerade machten? Sie würden bestimmt ohne ihn auskommen, würden ihn, aller Wahrscheinlichkeit nach, noch nicht einmal vermissen. Schließlich hatte die Hausverwaltung einen Ersatz für ihn gefunden. Die Welt würde also nicht untergehen. Er würde in ein paar Tagen wieder zu Hause sein, und nichts, aber auch wirklich überhaupt nichts hätte sich geändert – wie immer. Er würde wieder den Hausflur fegen und putzen, würde die Mieter wegen der im Gang abgestellten Fahrräder anmahnen, würde den Studenten im fünften Stock mindestens dreimal die Woche bitten müssen, die Stereoanlage leiser zu stellen, weil Frau Meisner ihre Lieblingssendung im Fernsehen nicht mehr genießen konnte, und er würde Herrn Schmidt die Apothekengänge abnehmen und ihm hin und wieder etwas aus dem Supermarkt mitbringen, wenn dieser keine Zeit hatte, selbst einkaufen zu gehen. Selten hatte er einen Mann kennengelernt, der seine Frau so selbstlos und aufopferungsvoll pflegte. *Herr Schmidt*, dachte er und musste seufzen.

Er legte die Hände unter seinen Kopf und die Beine über Kreuz, lauschte dem sanften Anbranden der Wellen, dem Rauschen des Meeres, dem Geschrei der Möwen und beobachtete die Sonne, die sich anschickte unterzugehen.

* * *

Knapp zweitausend Kilometer nördlicher war die herbstliche, von Wolken verhangene Sonne bereits untergegangen, und die früh einsetzende Nacht hatte ihre kühle Dunkelheit über die Stadt gebreitet. Die blaue Stunde. Immer noch waren Menschen unterwegs, immer noch eilten sie emsig über die Bürgersteige, schauten in das eine oder andere Schaufenster, von jenen heimlich beobachtet, die bereits die eigenen wärmenden vier Wände erreicht hatten, oder saßen in Cafés, wo sie von Menschen bedient wurden, deren Schicksal an diesem in den letzten Zügen liegenden Tag vielleicht eine tragische Wendung genommen hatte. Im gleichen Raum und dennoch nichts voneinander wissend.

Und plötzlich durchbrach die Sirene eines Polizeiwagens die geschäftige Stille der Straße, und das Blaulicht warf blasse, pulsierende Lichtreflexe auf alles, was den deutlich zu schnell fahrenden Wagen umgab.

»Kannst du nicht einmal etwas richtig machen?« Sie schaute ihren Kollegen wütend von der Seite an. »Wie kann man so bescheuert sein. Du hättest merken können, dass der Chef hinter dir steht. Jetzt redet die ganze Abteilung über uns – und bestimmt nicht das Beste.«

»Du übertreibst wieder mal maßlos!« Er fuhr sich mit der Linken durchs Haar. »Ich hatte dieses Versteckspiel ohnehin satt. Sollen doch alle wissen, dass wir ein Paar sind. Und?«

»Was, und? Kannst du dir nicht vorstellen, was jetzt über uns getratscht werden wird? ›So so, die zwei fahren schon wieder gemeinsam Streife! Möchte nicht wissen, wie sie sich die Zeit vertreiben.‹« Sie rollte mit den Augen und hatte das Bild lästernder Kollegen buchstäblich vor sich. Jedes Zurückkehren auf die Wache würde ein Spießrutenlauf werden. Blicke, blöde Kommentare, Gerede. Sie seufzte.

»Komm schon. Die Hauptsache ist doch, dass wir uns lieben!« Karl legte ihr seine rechte Hand auf den Oberschenkel, während er mit der linken den Streifenwagen durch die Straßen manövrierte.

»Toll, mein Schatz!« Sie spuckte diese Worte förmlich aus und kreuzte entrüstet die Arme vor der Brust. Zu ihrem eigenen Entsetzen merkte sie, dass sie das Grinsen nicht unterdrücken konnte, das sich auf ihrem Gesicht breitmachte. Und plötzlich mussten sie beide lachen.

»Was soll's! Wenn du mich nur wirklich liebst«, hauchte sie in seine Richtung, und bei ihrem verführerischen Augenaufschlag, den er für den erotischsten der Welt hielt, konnte er nur den Wagen in die nächste Parklücke lenken, den Leerlauf einlegen und sich zu ihr hinüberbeugen.

»Ich liebe dich«, flüsterte er ihr ins Ohr und begann sanft ihren Hals zu küssen. »Ich liebe dich!«

Großzügig erwiderte sie einen einzigen seiner Küsse und drückte ihn sanft zurück in seinen Sitz. »Ist ja schon gut. Lass uns weiterfahren. Ich möchte das wirklich hinter mich bringen. So was gehört schließlich nicht zu den angenehmsten Aufgaben!« Sie fuhr sich mit der Hand durch ihre Haare und zog ihr Hemd zurecht. »Und mach das Blaulicht aus! Das ist wirklich nicht notwendig. Männer! Und langsamer kannst du auch fahren.«

»Ja, ist schon gut. Du hast wie immer recht.« Seine rechte Augenbraue zog sich bedrohlich nach oben und ließ keinen Zweifel daran, dass er ihre Kritik für überflüssig hielt. »Ich wünschte auch, es hätte jemand anderer für uns übernommen. Aber wir können uns das nicht aussuchen. Was der Chef anordnet, wird gemacht!« Er richtete sich im Sitz auf, als wolle er Haltung annehmen, und deutete mit der Hand an der Stirn einen Salut an. Mit ernstem Gesicht und lächelnden Augen fuhr er los.

»Hier muss es sein. Die Straße stimmt. Die Hausnummer ... ja, auch die stimmt. Hübsches Haus.« Sie standen vor einem Altbau mit fünf Etagen, einem kleinen Vorgarten und riesigen Fenstern, die ebenso hohe und geräumige Wohnungen vermuten ließen. Die Haustür war aus altem, dunkel gebeiztem Holz, und die Fensterscheiben zeigten Blumenmotive aus bleigefasstem Tiffany. Den Klingeln nach zu urteilen, gab es zwei Parteien pro Etage. Gleich in der ersten Klingelreihe wurden sie fündig.

»Da, *Schmidt*. Ich läute, und du gehst vor. Ein Gespräch von Frau zu Frau ist bestimmt angenehmer.«

»Feigling.«

»Na, komm schon. Tu mir den Gefallen. Du weißt, dass ich in solchen Situationen nie die richtigen Worte finde. Ich bin ja bei dir. Reden musst aber du. Bitte.« Ohne eine Antwort abzuwarten, drückte er die Klingel, und man konnte ein leises Läuten hinter den hell erleuchteten Fenstern hören, die direkt neben der Tür lagen. Sie warteten.

»Scheint keiner da zu sein. Lass uns gehen.«

»Warte. Hat Simon nicht gesagt, dass Schmidt eine pflegebedürftige Frau hat? Wo soll die denn sein um diese Uhrzeit?« Er klingelte noch einmal. Diesmal aber etwas länger, und das Läuten in der Wohnung nahm einen unangenehmen Dauerton an.

»Was soll denn dieser Lärm?« In der dritten Etage hatte sich ein Fenster geöffnet, und eine Frau, deren graues Haar im fahlen Licht der Wohnungsbeleuchtung hinter ihr aussah, als hätte sie einen Heiligenschein, beäugte neugierig die zwei Polizisten, die vor der Eingangstür standen.

»Wir müssen mit Frau Schmidt reden. Es ist wichtig!«

»Die darf nicht mehr gestört werden. Die ist nämlich krank und muss sich schonen. Da müssen Sie schon mit ihrem Mann sprechen!«

»Das geht leider nicht so ohne Weiteres.« Was sollte er auch anderes sagen. Dass sich Herr Schmidt nicht mehr unter den Lebenden befand, konnte er doch nicht der Nachbarin als Erstes berichten. Dazu hatte er kein Recht.

»Du, Karl, komm doch mal her.« Birgit hatte sich von der Haustür entfernt und stand vor dem mittleren der drei großen

Fenster, die offensichtlich zu der Wohnung der Schmidts gehörten. Er betrat den kleinen Vorgarten und stellte sich neben Birgit, aufmerksam von der grauhaarigen Nachbarin beäugt.

»Da«, flüsterte Birgit, stellte sich auf die Zehenspitzen und deutete Richtung Fenster. Karl blickte in die gleiche Richtung, und dann sah er, was seine Freundin gesehen hatte. Das Wohnzimmer war erleuchtet von einer Stehlampe in der rechten hinteren Ecke. In dem Halbschatten an der dahinter liegenden Wand konnte man Bücherregale erkennen, die bis an die hohe Decke reichten und vollgestopft waren mit Büchern und allerlei Krimskrams. Der Fernseher an der gegenüberliegenden Wand lief, ohne dass ein Ton zu hören war.

Vor dem Regal standen eine gemütliche Couch, ein niedriger Tisch und ein bequemer Sessel, in dem eine Frau saß, zwischen deren geschlossenen Augen sich ein kleines rotes Rinnsal gebildet hatte, das von einem Fleck auf ihrer Stirn auszugehen schien. Ihre linke Hand lag locker auf der Lehne, die rechte war abgerutscht und baumelte auf halber Höhe zwischen Lehne und Boden und zeigte bereits eine leicht bläuliche Verfärbung.

Ein eigentlich sehr friedvoller Anblick, und doch wussten beide sofort, dass es keine Eile mehr hatte, Frau Schmidt die Nachricht über den Freitod ihres Mannes zu überbringen. Jede Dringlichkeit war gewichen. Ihr Auftrag schien mit einem Mal unwichtig. Sie sahen sich an, und Birgit traten Tränen in die Augen. Karl wollte sie in den Arm nehmen, doch sie schlug seine Hand weg und stapfte zum Streifenwagen, um Verstärkung anzufordern, den Gerichtsmediziner, einen Leichenwagen. Dann ließ sie sich einfach auf ihren Sitz sinken und begann zu weinen.

Dezember

Ein weißes Blatt, gestochen scharf umrandet
durch den schwarzen Untergrund.

Sonst nichts.

Nur angewinkelt, etwa dreißig Grad
und gegen das Sonnenlicht gehalten,
sehe ich die Schrift.
Die deine.
Krakelig und zittrig, kaum leserlich und doch so deutlich.

Schneegestöber.

Bin gespannt, was sichtbar wird,
wenn sich die Flocken setzen.

Begegnung im Schnee

Sie hatte vergessen, wie ländlich die Gegend war, in der sich ihre Eltern ein altes Bauernhaus gekauft hatten. In ihm wollten sie ›gemeinsam den Lebensabend‹, wie ihre Mutter sich ausdrückte, verbringen. Nach aufwendigen Renovierungsarbeiten, in die wohl ihr gesamtes Erbe geflossen war, besaß das zuvor entkernte Haus die Fassade von 1785, kombiniert mit einem modernen Innenleben, das die durchaus hohen Ansprüche eines früh verrenteten Ehepaares erfüllte. In der unteren Etage befanden sich neben ein paar kleineren Räumen auch eine riesige Küche, die das Reich ihrer Mutter war, und ein hoher, offener Wohnraum, um den in der oberen Etage eine breite Galerie lief. Von dieser führten alte, metallbeschlagene Holztüren zu modernen, fast schon luxuriösen Bädern, Schlaf- und Gästezimmern und einer kleinen, aber gemütlichen Bibliothek, in der die Bücher untergebracht waren, die in den Regalen, die die Galerie schmückten, keinen Platz mehr gefunden hatten.

Ihre Großmutter lebte in einem deutlich kleineren Seitentrakt, der durch einen schmalen, kurzen Gang mit dem Hauptgebäude verbunden war. Die ehemalige Scheune beherbergte ein lichtdurchflutetes Atelier, in dem, wenn Flo nicht gerade zu Besuch war, ihre Mutter malte und ihr Vater Modelle seiner Gebrauchsgegenstände anfertigte, mit denen er immer noch an dem einen oder anderen Wettbewerb im Bereich Produktdesign teilnahm.

Dort herrschte kreatives Chaos, und es roch nach altem Holz, nach Farbe und Terpentin. Ein schmiedeeiserner Ofen verbreitete wohlige Wärme, und Flo zog diesen Raum jedem Gästezimmer im Hauptgebäude vor. Sie liebte es, mit all den Bildern vor Augen einzuschlafen, sich in Träumen von ihnen inspirieren zu lassen und voller Tatendrang und neuer Ideen aufzuwachen.

Sie freute sich unbändig auf die Weihnachtsfeiertage im Kreis der Familie. Sie gönnte sich eine ganze arbeitsfreie Woche und würde die Zeit mit Wandern, Lesen oder einfach nur mit Faulenzen verbringen. Sie würde vor dem großen, alten Kamin einen Kakao schlürfen und sich in einen dicken Schmöker aus der Sammlung ihres Vaters vertiefen, würde ihrer Mutter beim Plätzchenbacken zuschauen und wie früher, wenn diese nicht hinsah, ein frisch gebackenes, herrlich duftendes vom heißen

Blech stibitzen, sich die Finger dabei verbrennen und den missbilligenden Blick ihrer Mutter ernten. Oder sie würde mit ihrer Großmutter eine Partie Schach spielen, an dem Tisch, in den das Spielbrett eingelassen war und der vor dem Panoramafenster stand, durch das man in den jetzt wohl tiefverschneiten Garten blicken konnte. Sie freute sich so sehr darauf, dass ihr allein die Vorstellung ein Lächeln auf die Lippen zauberte.

Das Tollste war natürlich, dass auch ihr Bruder mitsamt seiner Familie an den drei Weihnachtstagen anwesend sein würde. Ihr geliebter Bruder, der acht Jahre zuvor einfach seinen Traum wahr gemacht hatte und nach Kanada ausgewandert war. Immer hatte er davon gesprochen, doch für Flo waren das nur Hirngespinste gewesen, und dann war er plötzlich weg – ihr Spielgefährte aus Kindertagen, mit dem sie in den Ferien Sandburgen gebaut, mit dem sie die Welt entdeckt und der sie auf imaginäre Reisen mitgenommen hatte, bei denen sie keinen Zentimeter von seiner Seite wich. Als Robin Hood und Bruder Tuck hatten sie den Wald hinter ihrem Elternhaus durchstreift, als Robinson und Freitag Tropenstürmen und Angriffen wilder Tiere getrotzt, als Scott und Amundsen, die Geschichte etwas abändernd, gemeinsam den Südpol erforscht, und als Columbus und sein erster Maat hatten sie neue Welten entdeckt, die sich ihnen mit all ihren Wundern offenbarten.

Als sie älter wurden, musste sie mit ansehen, wie er sich für Mädchen und junge Frauen zu interessieren begann und ihre eigenen gemeinsamen Unternehmungen deutlich weniger wurden. Während er zu seinen Verabredungen ging, blieb sie allein zurück und starrte die Decke an, bis er endlich nach Hause kam, und dann sollte er alles berichten, sollte ihr erzählen, was sie gemacht und erlebt hätten, wo sie gewesen seien, wie das Mädchen aussähe, mit dem er den Abend verbracht hatte, und ob es etwas Festes sei. Vor allen Dingen der Antwort auf die letzte Frage sah sie stets mit Angst und einem unguten Gefühl im Bauch entgegen. Aber ihr Bruder lächelte sie nur an, fuhr ihr wild durchs Haar und meinte, das ginge sie nichts an. Nur wenn er einen Discobesuch plante, ohne feste Verabredung, nahm er sie mit. Und dann schaute sie zu, wie er mit den Mädchen tanzte, wie er sie anlächelte, mit seinen dunklen Augen anstrahlte und sie dahinschmolzen.

An einem dieser Abende wurde ihr bewusst, welche Anziehungskraft ihr Bruder auf Frauen hatte, wie schön und selbstsicher er war, wie galant und verführerisch sein Blick sein konnte, wie umwerfend er aussah. Und sie erkannte verwundert und ungläubig, dass sie auf ihn eifersüchtig war. Nicht, weil er vielleicht besser aussah als sie. Ganz im Gegenteil. Sie hätten als Zwillinge durchgehen können. Er war nur ein Jahr älter, nur knapp drei Zentimeter größer und trug die Haare sogar länger als sie selbst. Nein, sie war eifersüchtig, weil er so locker mit Frauen umgehen konnte, die auch sie attraktiv fand.

Dieser Gedanke überraschte und schockierte sie gleichermaßen. Verwirrt begann sie, sich selbst zu beobachten, merkte, dass sie sich von Männern, auch wenn sie wirklich gut aussahen, nicht angezogen fühlte, dass ihr aber viele der Frauen ungemein interessant, schön und begehrenswert erschienen, dass sie ihr Anblick erregte, dass sie sich nach den Berührungen einer Frau sehnte, nach ihrem Kuss, nach ihrem Verlangen.

Und dann, es war in einer warmen Sommernacht auf dem Tanzfest am See, sprach sie eine hochgewachsene, schlanke Frau an, die sie noch nie zuvor gesehen hatte, und bat sie um einen Tanz. Flo war so verdattert, dass ihr fast das Glas aus der Hand fiel, und sie sagte etwas wie: »Entschuldige, aber du solltest wissen, dass ich eine Frau bin.« Wie oft hatte man sie schon für einen Mann gehalten, war sie mit einem durchaus freundlich gemeinten »Was darf es denn sein, der Herr« oder »Kann ich dem jungen Mann behilflich sein?« angesprochen worden, was sie jedes Mal schier aus der Bahn zu werfen drohte, bis sie sich daran gewöhnt hatte, dass nicht alle Menschen ohne gelbe und mit drei schwarzen Punkten versehene Binde auch wirklich sehen konnten. In diesem Fall wollte sie aber auf Nummer sicher gehen.

»Tatsächlich?« Die andere warf ihr einen entsetzten Blick zu, lächelte Flo aber im nächsten Augenblick wieder an. »Das sieht man doch, du Dummchen!« Ihr Blick wanderte dabei tiefer und schien auf Flos Brüsten zu ruhen. »Also, wer das übersieht, muss wirklich blind sein.« Erst als sie das sagte, schaute Flo an sich hinunter und erinnerte sich daran, dass sie ein Top unter ihrer offenstehenden weißen Bluse trug, das wirklich keine Zweifel zuließ, hob den Kopf und sah die andere an. Diese hielt ihr auffordernd die Hand hin. »Können wir?« Flo nickte.

Sie vergaß alles um sich herum, ließ sich führen und folgte, reduzierte den anfänglichen Abstand ihrer Körper auf ein Minimum, nahm den Duft der anderen wahr, schloss die Augen, wenn ihr die langen Haare ihrer Tanzpartnerin bei wilden Drehungen ins Gesicht schlugen und sie an der Nase kitzelten, lächelte versonnen vor sich hin und genoss jede Sekunde.

»Ich wusste, dass du tanzen kannst, wenn dich nur die Richtige dazu auffordert!« Ihr Bruder lächelte sie wissend an, als sie sich neben ihm auf den Stuhl fallen ließ, ignorierte ihren verdutzten Gesichtsausdruck und bot ›der Richtigen‹ den freien Stuhl an ihrem Vierertisch an. Lilian hieß sie, war Studentin, die ein Auslandssemester in Deutschland verbrachte und die nach weiteren fünfeinhalb Wochen wieder weg sein würde. Beide waren sich dessen bewusst, aber für Flo wurden es die schönsten Wochen ihres bis dahin neunzehnjährigen Lebens.

Und Leo, ihr so geliebter Bruder, hatte es die ganze Zeit vermutet, es aber nicht auszusprechen gewagt. Er überließ es Flo, sich selbst zu entdecken, stand ihr aber bei, als sie es ihren Eltern offenbarte, die es vorzogen, kein Wort mehr mit ihr zu sprechen. Zumindest so lange nicht, bis sie miteinander hatten sprechen können und sich die Neuigkeit bis zu ihrem Unterbewusstsein und ihrem Herzen durchgekämpft hatte. Leo redete ihnen immer wieder gut zu und versicherte ihnen inständig, dass *das* keinen anderen Menschen aus Flo machen würde, sondern lediglich eine vollkommenere, glücklichere, freiere Frau, der es ungemein wichtig sei, von ihren Eltern so akzeptiert zu werden, wie sie nun mal war.

Sie konnten es mit Sicherheit nie verstehen, konnten sich beim besten Willen nicht in Flo und ihre Gefühlswelt hineinversetzen, doch sie lernten, es zu tolerieren und letztendlich auch zu akzeptieren, weil sie Flo liebten, sagten sie, und weil sie weiterhin ihr Leben mit Flo teilen wollten. Sie könnten es nicht ertragen, wegen *dieser Sache* ihre Tochter zu verlieren. Die Wortwahl gefiel Flo nicht wirklich, aber Leo meinte, das würde schon werden. Da hatte er deutlich mehr Vertrauen und Zuversicht als sie. Aber er sollte recht behalten.

Ihr Bruder.

Er verbrachte jedes Jahr drei Wochen in ›good old Europe‹, besuchte Freunde, machte Urlaub, feierte Weihnachten mit seiner Familie. Er hatte in Kanada Judy kennengelernt, seine absolute

Traumfrau, wie er gerne immer wieder betonte und dabei seiner Schwester einen warnenden Seitenblick zuwarf. Sie hatten zwei Jungs, die mittlerweile vier und fünf waren – Florian und Jojo, nach Flo und ihrem Vater benannt – und die sie seit einem Jahr, außer auf gemailten Fotos, nicht mehr gesehen hatte. Der Kofferraum war voller Geschenke, und wie jedes Jahr würden sie unter dem riesigen, fast drei Meter hohen Tannenbaum bis zur Zimmermitte hervorquellen – ein Anblick, der fast schon ein schlechtes Gewissen hervorrief ob der Armut, die an anderen Orten herrschte. Aber Schenken war in ihrer Familie immer schon großgeschrieben worden, und außerdem sah man sich ja in dieser Konstellation nur einmal im Jahr.

Die Dunkelheit hatte eingesetzt, und genau genommen wusste sie schon seit geraumer Zeit nicht mehr so genau, wo sie sich befand und ob sie überhaupt noch auf dem richtigen Weg war. Da nützten auch die aufmunternden Worte aus dem Radio nichts. *Driving home for Christmas* ... leichter gesagt als getan. Ein Navigationssystem war für sie, die sie sogar trotz stürmischer See den Weg nach Indien gefunden hatte, immer unter ihrer Würde gewesen. Lieber setzte sie sich mit Straßenkarten auseinander, wobei sie diese, zugegebenermaßen, öfter mal in Fahrtrichtung drehen musste, um sich den weiteren Weg besser vorstellen zu können. Die eine oder andere Freundin hatte diese ausgefeilte Technik milde belächelt und den Kopf geschüttelt, aber da sie seit knapp zwei Jahren eine glückliche Singlefrau war, musste sie sich darüber auch keine Gedanken mehr machen.

Die Straße allerdings wurde immer enger und kurvenreicher, von hohen, dunklen Tannen gesäumt, zwischen denen ein schmaler Streifen überladenen Sternenhimmels hindurch funkelte. Der frisch gefallene Schnee, der alles bedeckte und unter dessen Last sich die Zweige der Tannen so tief hinunterbeugten, als wollten sie nach Flo greifen, reflektierte glitzernd das Scheinwerferlicht, manchmal so grell, dass es ihre Augen schmerzte. Lange konnte sie so nicht mehr weiterfahren. Fünfhundert anstrengende Kilometer lagen bereits hinter ihr, bei Kilometer zweihundertdreiundsiebzig war die Heizung ausgefallen, das letzte Brot hatte sie vor knapp anderthalb Stunden hungrig verschlungen, die Thermoskanne war leer, der Tank kurz vor dem gleichen Zustand. Seit geraumer Zeit war ihr kein Auto mehr begegnet. Wenn sie nicht bald am Ziel wäre, würde sie wahrscheinlich liegen bleiben und langsam an unstillbarem Hunger und Durst zugrunde gehen. Von Erfrieren ganz zu schweigen!

Kurzentschlossen hielt sie mitten auf der Straße, schaltete die Warnblinkanlage und die Innenbeleuchtung an und versuchte, ihre Position auf der Detailkarte zu finden, in der zwar jeder größere Gesteinsbrocken der Gegend vermerkt war, die aber diese kleinen roten Punkte vermissen ließ, auf denen die Worte ›Sie befinden sich hier‹ dem Suchenden wieder Hoffnung und Orientierung gaben. Wenn sie die verschlungenen Linien richtig deutete, musste sie ganz kurz vor ihrem Ziel sein. Vielleicht noch acht Kilometer. Zumindest stimmte die grobe Richtung! Beruhigt fuhr sie los, drehte die Musik etwas lauter und sang zusammen mit Bing Crosby sein *White Christmas*.

Ihre euphorische Stimmung ließ sie deutlich zu schnell um die nächste Kurve biegen, hinter der zwei Rehe seelenruhig mitten auf der verschneiten Straße standen. Als diese verschreckt dem nahenden Auto entgegenblickten, leuchteten ihre Augen so plötzlich auf, dass Flos erste Reaktion dem Bremsen galt, ihre zweite dem Herumreißen des Lenkrads und die dritte der Atmung, die allerdings gleich wieder aussetzte, als sie unkontrolliert in die Böschung schlingerte und sich wie in Zeitlupe auf eine Reihe Tannen zubewegte, die nur auf ihren alten Golf zu warten schienen. Ihre verkrampften Finger griffen so fest in das Lenkrad, dass die Knöchel weiß hervortraten. Die Arme durchgedrückt, schloss sie die Augen und hoffte inständig, dass ihr Tod schnell und schmerzlos sein würde.

»Hallo?! Nun wach schon auf, verdammt noch mal!«

Von ganz weit her drang eine erzürnte Stimme an ihr Ohr. War es erlaubt, im Himmel zu fluchen? Egal. Sie würde ihre Augen nicht öffnen. Zu süß war die Dunkelheit, die sie umfing. Kalt war ihr. *Stille Nacht, heilige Nacht*. Erinnerungsfetzen flogen durch ihren Kopf. Sie musste drei Lieder verpasst haben. Wie hatte das passieren können? Jemand schlug ihr ins Gesicht. Erst auf die linke Wange, dann die rechte, die linke, die rechte. Sie hob abwehrend ihre Hände, fuchtelte ziellos in der Luft herum, als wolle sie eine lästige Fliege vertreiben, und öffnete widerwillig die Augen. Ihr Mund war ausgetrocknet, und nur mit Mühe konnte sie ein »Wo bin ich?« flüstern, zu benommen, um einen klaren Gedanken zu fassen.

»Gott sei Dank!« Der Stimme war die Erleichterung anzumerken. »Ich dachte schon, du würdest es nicht schaffen. Wie geht es dir? Kannst du dich bewegen?«

Eine warme Hand lag auf Flos Oberschenkel. Ein so beruhigendes, angenehmes Gefühl, dass Flo sich eigentlich überhaupt nicht bewegen wollte. Nirgendwo hin. In den leichten Zimtgeruch, der die Luft erfüllte, mischte sich der Duft von frischem Marzipan und Lebkuchen. Die Stimme gehörte einem Engel mit unbändigen Locken, die eine leuchtende Aura umgab, und immer, wenn sich der Engel Flo näherte, konnte sie seine Augen in ihren dunklen Höhlen sanft leuchten sehen. Wenn das hier der Himmel war, dann wollte sie bleiben.

»Entschuldige, aber das könnte jetzt etwas wehtun.«

Flos rechte Schläfe wurde, wie es ihr schien, mit einer riesigen Schneeflocke abgetupft, und sie zuckte kurz zurück, bevor sie sich dem köstlichen Schmerz ergab, der ihr zeigte, dass sie noch lebte. Auch gut.

»So, noch ein Pflaster, und es sieht nur noch halb so schlimm aus.«

Flo hörte das metallische Klicken der zuschnappenden Schere, hörte, wie zwei Plastikstreifen von den Klebeflächen gerissen wurden, und spürte, wie ihr das Pflaster mit leichtem Druck über ihre Augenbraue geklebt wurde.

»Das tat weh«, murmelte sie, immer noch benommen.

»Entschuldige.«

»Ich bin also nicht tot?«

»Nein, so wie es scheint, hast du überlebt, wenn auch mit einer aufgesprungenen Lippe und einer kleinen Platzwunde über deiner Augenbraue.«

»Danke«, sagte Flo, ohne genau zu wissen wofür, und schloss die Augen.

»Nicht einschlafen! Bleib bei mir!« Die andere schüttelte Flo an den Schultern.

»Ja, gerne«, flüsterte diese, ließ die Augen aber geschlossen.

»Kannst du versuchen, herüberzuklettern? Deine Fahrertür wird sich nicht öffnen lassen. Die hat sich in eine Tanne verbissen.«

Flo liebte diesen Humor. Wie soll eine Autotür zubeißen können? Sie sah die Szene praktisch vor sich, sah, wie die Tür ihres Auto auf einer Kante durch den Wald tänzelte, das Fenster kokett einmal schloss und wieder öffnete, als vollführe sie einen verführerischen Augenaufschlag, bevor sich der Türgriff in den Stamm des nächststehenden Baums verbiss. Sie musste bei dieser Vorstellung so sehr grinsen, dass die aufgesprungene Lippe zu schmerzen begann. Sie hatte einfach zu viel Fantasie.

»Ich weiß nicht, was daran so lustig sein soll. Schau mich an! Mach schon!«

Flo öffnete gehorsam die Augen.

»Jetzt gib mir deine Hand. Oder willst du hier draußen erfrieren?«

Flo legte ihre Hand in die der Fremden, deren Wärme sofort übersprang und sie die Kälte der eigenen Finger deutlich spüren ließ. Sie kribbelten so stark, als würde sie in ein Feuer greifen und sich an den züngelnden Flammen verbrennen.

»Brav. Und jetzt komm. Ich helfe dir.«

Nur mit Mühe stemmte sich Flo aus ihrem Sitz. Ihr ganzer Körper schien von einem dumpfen Schmerz gefangen, war kalt und steif. Sie stöhnte leise, als sie erst das eine und dann das andere Bein über die Gangschaltung hob und langsam über die Vordersitze rutschte, sich mit einer Hand abstützend, während sie an der anderen vorsichtig aus dem Auto gezogen wurde.

»Geht es?«

»Ja, ich denke schon.« Ihre Knie waren weich, und ihre Hände fingen an zu zittern, als ihr Kreislauf Kapriolen schlug. Ansonsten schien sie wie durch ein Wunder unverletzt zu sein.

»Warte, ich hole deinen Mantel aus dem Auto. Hast du auch einen Schal und ein paar Handschuhe?« Die Stimme klang gedämpft aus dem Wageninneren, doch Flo hörte gar nicht zu. Sie bewegte sich schleppend und orientierungslos ein paar Schritte durch den mehr als dreißig Zentimeter tiefen Schnee in die Richtung, in der sie die Straße vermutete.

»Wo willst du hin?« Die Stimme war direkt hinter ihr.

Flo fuhr erschrocken herum. So schnell, dass es ihr schwindlig und schwarz vor Augen wurde. Aber bevor sie fallen konnte, war die andere bei ihr und fing sie auf.

»Langsam, langsam. Ich setze dich jetzt erst einmal in mein Auto und fahre dich zum nächsten Dorf. Irgendwo werden wir schon einen Arzt finden. In dieser gottverlassenen Gegend bekommt man einfach keinen Netzempfang, und ein Krankenhaus gibt es hier draußen auch nicht. Das nächstgelegene ist sicherlich fünfzig Kilometer entfernt, und ich habe heute eigentlich noch eine Verabredung.«

Damit warf sie Flo den Mantel über, wickelte einen schwarzen Wollschal, den sie auf dem Rücksitz gefunden hatte, um ihren Hals und zwängte ihre eiskalten Hände in ein Paar Lederhandschuhe. Ohne Gegenwehr ließ Flo sich zu einem kleinen, weißen Auto führen, auf dessen Längsseite unübersehbar die Worte *Heimservice der besonderen Art* prangten. Darunter stand eine Telefonnummer.

»Meine Tasche, die Geschenke ...«, sagte Flo schwach und deutete mit der Hand in die Dunkelheit, die ihr Auto verschluckt hatte.

»Na gut. Setz dich und warte hier. Ich bin gleich wieder da.«

Mit Taschen und Tüten beladen, kam sie kurze Zeit später zurück, wilde Atemwolken in die kalte Luft ausstoßend, als sei sie ein Ungeheuer, das auf Beutezug durch den Wald schlich. Nur mit Mühe brachte sie alles im Kofferraum und auf dem Rücksitz unter und ließ sich schnaufend hinter dem Lenkrad nieder. »Du scheinst ja einiges vorzuhaben! Ich hoffe nur, die Geschenke verteilen sich auf mehrere Personen. Ansonsten wäre die Menge fast schon unverschämt groß.«

»Sieben.«

»Sieben was?«

»Personen. Genau genommen acht, wenn ich mich einschließe! Zwei der Geschenke sind für mich. Für das Überstehen eines weiteren hektischen und betriebsamen Jahres.« Mit einem Seitenblick auf ihren Engel fügte sie hinzu: »Und außerdem muss ich ja auch irgendwie dafür sorgen, dass ich auch das bekomme, was ich mir wirklich wünsche.«

»Verrückt!«

»Angenehm. Flo. Eigentlich Florence. Aber alle nennen mich Flo. Seit ich denken kann.« Sie blickte die andere fragend an.

Diese lächelte. »Lena. Eigentlich nie etwas anderes. Alle nennen mich Lena. Seit ich denken kann.«

Flo erwiderte das Lächeln. »Freut mich, dich kennenzulernen, Lena.«

»Ganz meinerseits. Ich hätte mir nur gewünscht, die Umstände wären weniger dramatisch gewesen.« Sie ließ den stotternden Motor an und drehte ihren Kopf zur Seite. »Ich bin froh, dass es dir besser geht.« Dann fuhr sie los und summte vergnüglich vor sich hin. Flo glaubte *Oh du fröhliche* zu erkennen, war sich aber nicht sicher. Sie lehnte sich entspannt zurück und blickte aus dem Fenster auf vorbeirauschende Tannen, offene, verschneite Weideflächen mit einzeln stehenden Heuschobern und den unglaublichen Sternenhimmel, der seine glitzernden Funken über die Landschaft goss.

»Oh mein Gott, Schatz, dass du da heil herausgekommen bist!« Ihr Vater schlug entsetzt seine Hand vor den Mund, als er ihr Auto sah, das schräg in der Böschung hing, Motorhaube und Fahrertür in zwei Bäume verkeilt, die Windschutzscheibe zertrümmert, der Kofferraum und die Beifahrertür weit offen. Unbeeindruckt strahlte die Sonne von einem wolkenlosen Himmel, und die Landschaft, ihrer nächtlichen Magie beraubt, lag friedlich in dem kalten Licht.

»So gottverlassen scheint diese Gegend doch nicht zu sein«, sagte Flo mehr zu sich selbst und betrachtete den Schaden an ihrem geliebten Auto. Da war wohl nichts mehr zu retten. Für die Kosten der Reparatur konnte sie sich genauso gut ein neues kaufen, das dann die ersten Jahre der Bank gehören würde. Aber was soll's. Sie hatte überlebt. Das war die Hauptsache.

»Was hast du gesagt?« Ihr Vater streckte den Kopf aus dem geöffneten Kofferraum, aus dem er den Verbandskasten und das Warndreieck herausnahm.

»Vergiss es.« Sie angelte ein in rotes Papier gewickeltes Geschenk aus dem Innenraum, das unter den Beifahrersitz gerutscht war, und schaute ihren Vater überrascht an. »Was willst du denn damit?«

»Für dein neues Auto. Diese Dinge sind doch nie im Lieferumfang und kosten ein Heidengeld.«

»Papa!«

»Nichts, Papa. Einer muss ja an so etwas denken.« Er lief zu seinem Geländewagen, der eindeutig besser für diese Straßen geeignet war, und verstaute seine gefundenen Schätze im Kofferraum. »Lass uns gehen. Hier gibt es nichts, was wir noch tun können. Ich habe Hans schon Bescheid gesagt.« Als er Flos fragenden Blick sah, fügte er hinzu: »Der Tankstelleninhaber im nächsten Ort. Er hat den einzigen Abschleppwagen in der Gegend und wird sich um alles kümmern. Wie ich ihn kenne, hat er das Wrack schon an den meistbietenden Schrotthändler verhökert.«

»Vielleicht lasse ich ihn ja reparieren. Du weißt doch, wie sehr ich daran hänge.«

»Also, Kind, wenn ich das so salopp sagen darf, aber, du spinnst.«

»Papa!«, sie massierte ihre pochenden Schläfen. Die Kälte machte ihr zu schaffen.

»Hast du Kopfschmerzen? Der Arzt sagte doch, dass du dich schonen sollst. Mit einer Gehirnerschütterung, wenn auch einer leichten, sei nicht zu spaßen.« Er hakte seine Tochter unter und führte sie zurück zum Auto. »Jetzt lass Schrott einfach mal Schrott sein, freu dich, dass du lebst, und lass alles andere einfach auf dich zukommen. Wir sind ja auch noch da, deine Mutter und ich.«

Flos Mutter. Sie hatte ihre Tochter in der vergangenen Nacht wie ein Häufchen Elend in Empfang genommen und war erst von ihrer Seite gewichen, nachdem ihr der Arzt versicherte, dass nach ein paar Stunden Ruhe wieder alles beim Alten sein würde. Der Schutzengel hätte ganze Arbeit geleistet, fügte er lächelnd hinzu.

Ja, der Schutzengel.

Lena hielt sich nicht lange auf, nachdem sie Flo abgeliefert und die Wagenladung Geschenke im Wohnzimmer abgestellt hatte. Obwohl ihr Vater sie einlud, sich aufzuwärmen und mit ihnen zu Abend zu essen, zog sie es vor, zu gehen. Ihr Schutzengel. Wäre es ihr nicht plötzlich so schlecht geworden, und wäre sie nicht erschöpft ins Bett gefallen, nachdem sie sich mehrfach hatte übergeben müssen, hätten sie Namen und Telefonnummern austauschen können, wäre Lena nicht einfach so aus ihrem Leben verschwunden. Nun würde Flo sie gewiss nie wiedersehen. Sie seufzte.

»Ein Königreich für deine Gedanken!«, sagte ihr Vater, als er den Motor startete und von dem Forstweg zurück auf die Straße fuhr.

»Ach, Papa.« Sie begann zu weinen. »Das war jetzt doch zu viel für mich. Gestern saß ich noch am Steuer und rechnete mit dem Schlimmsten, als ich auf die Bäume zuraste, und heute ... Es geht mir wirklich gut.«

Ihr Vater zögerte kurz, bevor er die Frage stellte, deren Antwort ihn offensichtlich brennend zu interessieren schien. »Zog dein Leben an dir vorbei?«

Flo sah ihn entsetzt an und wischte sich die Tränen von den Wangen. Sie schniefte.

»Entschuldige, aber wird bei solchen Situationen nicht immer behauptet, dass man so etwas wie einen Film vor dem inneren Auge ablaufen sieht?« Er reichte ihr ein Papiertaschentuch.

»Ich sah keinen Film. Ich hoffte nur, dass das, was möglicherweise geschehen wird, schnell und schmerzlos geschehen würde.«

Ihr Vater legte seine Hand auf ihren Oberschenkel. »Ich bin sehr froh, dass dir nichts passiert ist. Ich weiß nicht, wie wir damit hätten leben können. Ich liebe dich, mein Schatz.«

Sie ergriff seine Hand und führte sie an ihre Wange. »Ich dich auch.«

Als sie das Haus betraten, duftete es köstlich. Das Feuer im Kamin brannte und sorgte für eine heimelige Atmosphäre, der Tisch war mit Besteck, Gläsern und weihnachtlichen Servietten eingedeckt, und zwei dekantierte Rotweinflaschen deuteten darauf hin, dass es etwas Italienisches geben würde. Es roch nach Sugo, das ihre Mutter nach einem alten Familienrezept zauberte und das, je nach Stimmung, unterschiedlich schmeckte, weil es ihre Mutter immer wieder variierte. Es würde selbst gemachte Nudeln und einen grünen Salat geben. Ihre Mutter hätte ihr keine größere Freude machen können. Aus der Küche war Lachen zu hören und gedämpfte Stimmen von Frauen, die sich aufgeregt unterhielten.

Flo warf ihre Jacke über einen der Garderobehaken im Flur, wechselte hastig in ihre Hausschuhe und stieß die Küchentür auf. An der Kochinsel in der Mitte der Küche standen ihre Mutter und Großmutter und blickten besorgt in einen übergroßen Messingtopf, über dem eine gigantische Dunstwolke schwebte.

»Verdammt noch mal«, hörte sie ihre Mutter ungewöhnlich lautstark fluchen. »Na ja, gibt es eben Knoblauchnudeln. Mal was Neues.«

»Vielleicht schmeckt es sogar gut!« Ihre Großmutter konnte ein Lachen nur mit Mühe unterdrücken. Ihre Mundwinkel zuckten verräterisch. »Musst du auch diesen ganzen Kram über dem Herd hängen haben?«

Damit meinte sie die beachtliche Kräutersammlung ihrer Mutter, die an einem Gestell von der Decke hing und zu der normalerweise auch ein Knoblauchzopf gehörte, den Flo allerdings nirgends entdecken konnte. Sie trat zu den beiden anderen und blickte in den Topf, in dem außer breiten Bandnudeln, die von dem kochenden Wasser immer wieder an die Oberfläche getrieben wurden, nichts zu erkennen war.

»Ihr seht aus, als wolltet ihr die Zukunft in dem Topf lesen.«

Flo fuhr so heftig herum, dass sie Lena fast die große, tiefblau glasierte Keramikschüssel aus der Hand schlug, die diese aus dem Regal hinter der Tür genommen hatte und in die sie den Salat füllen wollte, der in der Schleuder an der Spüle stand.

»Du ... das ... was ... aber ...?« Flo brachte vor Überraschung keinen kompletten Satz über die Lippen, und Lena lächelte sie nur an. Sie hatte das schönste Lächeln, das Flo je gesehen hatte.

»Ich dachte, das sei eine nette Überraschung für dich, nachdem du ja gestern alles andere als gesellschaftsfähig warst.« Ihre Mutter stand hinter den Töpfen, die vom Dampf beschlagene Lesebrille auf ihrer Nase, erhitzt und mit roten Wangen, und lächelte sie verschmitzt an. »Außerdem hast du dich noch gar nicht für deine Rettung bedankt!« Wie sie da in ihrem Topf rührte und so tat, als konzentriere sie sich auf das Essen, ihre wachen Augen gleichzeitig aber auch nichts verpassten, sah sie aus wie eine weise, alte Frau, eine gutmütige Hexe, die ihren Zaubertrank umrührte und die Geschicke der Welt beeinflussen wollte.

Flo lächelte. »Das stimmt. Das habe ich noch nicht.« Sie blickte Lena unverwandt an und bemerkte zum ersten Mal, dass ihre Augen von einem tiefen, unergründlichen Blau waren, das sie gefangen hielt, das sie faszinierte, in das sie eintauchen wollte, ohne je wieder an die Oberfläche zurückzukehren. Sie wollte sich in ihnen verlieren.

»Das musst du auch nicht«, sagte Lena langsam. »Jeder hätte so reagiert.« Ihre Augen hatten einen feuchten Glanz. Wie einen Schutzschild hielt sie die Schüssel vor ihren Oberkörper, wagte aber nicht, sich zu bewegen. »Ich ... ich ...«

»Du hast getan, was du konntest?«
»Ja, genau.«
»Trotzdem. Ohne dich wäre ich da draußen wahrscheinlich erfroren. Das hört sich jetzt sehr theatralisch an, aber ich glaube, ich verdanke dir mein Leben.« Flo trat einen Schritt auf Lena zu und gab ihr einen sanften Kuss auf die Wange. Flos Mutter stupste ihre Schwiegermutter an und warf ihr einen bedeutungsvollen Blick zu.

»Habe ich etwas verpasst?«, fragte ihr Vater, als er in die Küche polterte und die vier Frauen gleichzeitig wieder zu atmen anfingen und hektisches Treiben ausbrach. Jede widmete sich ihrer Aufgabe. Lena kümmerte sich um den Salat, Flo um die Nudeln. Ihre Mutter schmeckte die Soße ein letztes Mal ab, obwohl das mit Sicherheit nicht notwendig gewesen wäre, und ihre Großmutter zerrieb riesige Käsebrocken in eine kunstvoll gestaltete Schüssel, die sie vor Jahren in einer kleinen Töpferei in Florenz erstanden hatte. Im Gänsemarsch verließen sie hintereinander die Küche, allen voran Flos Vater, der die im Ofen erwärmten Teller trug. Flo und ihre Mutter bildeten das Schlusslicht.

»Dein Plan wird nicht funktionieren«, raunte sie ihrer Mutter zu. »Hast du den Ring gesehen, den sie trägt?«

»Kind, ich weiß überhaupt nicht, wovon du sprichst.« Ihre Mutter blickte sie so voller Unschuld und gespielter Ahnungslosigkeit an, dass Flo fast lauthals in Lachen ausgebrochen wäre. Sie konnte es nicht glauben. Zuerst kamen ihre Eltern nicht damit zurecht, dass sie Frauen liebte, und nun war es schon so weit, dass sie ihre Freundinnen nicht mehr selbst aussuchen durfte.

»Kupplerin!«, zischte sie ihrer Mutter lächelnd zu, lief an ihr vorbei und gesellte sich zu den anderen, die bereits am Tisch Platz genommen hatten.

Flo beobachtete Lena während des Essens möglichst unauffällig, registrierte jede ihrer Bewegungen, sah, wie sich Lena mit ihrer schlanken Hand durch die Locken fuhr und hin und wieder eine störrische Strähne aus dem Gesicht zu pusten versuchte, während sie die Nudeln auf die Gabel zwirbelte, sie durch die Soße zog und langsam zum Mund führte. Lenas Mund. Ihre wundervollen Lippen, die sich so oft zu einem ungezwungenen Lachen formten und aus denen sich unaufhörlich Worte stahlen, denen Flo nicht folgen konnte, weil sie sich nicht auf das Gespräch konzentrierte.

Worte, die vollkommen unverständlich waren und nur von Bedeutung, weil sie Lenas Lippen bewegten, auf die Flo gerne ihre eigenen gelegt hätte – sanft und doch voller Verlangen.

Sie stellte sich vor, wie sie ganz nah vor Lena stehen und den Schwall der Worte, die tonlos aus ihrem Mund fielen und als Schnipsel auf dem Boden landeten, durch das Auflegen ihres Fingers beenden würde. Wie sie dann den Finger wieder von Lenas Lippen hob und sich das nächste Wort herausschob wie die Quittung aus einer Registrierkasse und sie ihm erstaunt hinterherblickte, als es wie ein Blatt im Wind zu Boden segelte und neben dem letzten Wort landete, das Lena ausgespuckt hatte. *Küss mich!,* stand da geschnipselt am Boden. Als Flo aufblickte, lächelte Lena, und Flo tat, wie ihr befohlen.

Gerade als sie die Augen schloss, ihre Hände zärtlich Lenas Hüften berührten und sich ihre Lippen auf Lenas Lippen senken wollten, traf sie etwas Hartes am Schienbein, und sie plumpste zurück in die Realität, sah, wie das Bein ihrer Mutter zurückzuckte und sich alle Blicke auf sie richteten. Während die anderen sich angeregt unterhalten hatten, musste sie Lena schier unendlich lange, wortlose Minuten nur angestarrt haben. Wahrscheinlich mit starrem Blick und weit geöffnetem Mund. Wie oft hatte ihr Bruder diesen Gesichtsausdruck nachgeahmt und sie damit aufgezogen, dass sie aussehe, als könne sie nicht bis drei zählen! Peinlich berührt von dieser Erkenntnis, spürte sie buchstäblich, wie sich die Röte über ihr Gesicht ausbreitete, und blickte verlegen auf ihren leeren Teller, als untersuche sie ihn nach möglichen Essensresten. Niemand sprach ein Wort, das sie hätte erlösen können. Aus lauter Verzweiflung ließ sie sich in ihren Stuhl zurückfallen und klopfte sich mit beiden Händen auf ihren flachen Bauch. »Ich bin so was von satt! Das war köstlich, Mama!«

»Ach, Kind.« Ihre Mutter schaffte es doch tatsächlich, sich so zu verhalten, als sei nichts geschehen! »Nach dem Schreck gestern dachte ich, ich tue uns allen etwas Gutes.«

»Das war es, Marga.« Lena duzte ihre Mutter! »Etwas wirklich Gutes. Vielen Dank.« Lena sah Flos Mutter mit großen, glänzenden Augen an.

»Du musst dich nicht bedanken, Lena. Joachim und ich werden auf immer in deiner Schuld stehen. Wir müssen DIR danken.« Sie legte ihre Hand auf Lenas Arm und streichelte sie liebevoll. Flo musste schlucken. »Wie wäre es, wenn ihr zwei einen

Spaziergang macht und wir hier aufräumen? Um vier gibt es Kaffee und Kuchen.«

»Selbst gemacht«, warf ihre Großmutter ein und hob ihre rechte Hand, als würde sie die Richtigkeit ihrer Aussage mit einem Schwur auf die Bibel bekräftigen wollen. Marga lächelte. »Also, ihr zwei, seid pünktlich zurück.«

»Tut es noch weh?« Lena sah Flo besorgt an und studierte die geschwollene Lippe und den blauen Fleck, der sich von der linken Schläfe über die Augenhöhle und den Wangenknochen bis fast hinunter zum Kinn erstreckte.

»Nur wenn ich lache.« Flos Hand fuhr automatisch zu ihrer Augenbraue. Die sanfte Berührung ließ sie zusammenzucken, und beschämt wandte sie sich ab. Sie hielt dem Blick nicht stand, konnte Lena nicht in die Augen sehen, weil sie befürchtete, dass diese das Verlangen sah, das in Flo brannte, mehr davon sah, als Flo preisgeben wollte. »Und wenn ich mich zu lange in der Kälte aufhalte«, fügte sie leise hinzu.

Sie gingen eine Weile still nebeneinander her, immer an der ehemaligen Pferdekoppel entlang und Richtung See, der schon nicht mehr zu dem Grundstück ihrer Eltern gehörte. Im Sommer von Touristen und der Dorfjugend bevölkert, schien er zu dieser Jahreszeit unter einer dicken Schicht aus Eis und Schnee im Winterschlaf erstarrt.

»Ich mag deine Eltern sehr – und deine Großmutter natürlich auch. Sie sind wundervoll.« Lena durchbrach die Stille, in der zuvor nur ihrer beider Atmen und das Knirschen ihrer Schritte im Schnee zu hören waren.

»Ja, das sind sie.« Flo steckte ihre Hände in die Taschen ihrer Jacke und lächelte Lena an. »Was ist mit deinen Eltern? Feierst du mit ihnen Weihnachten?«

»Nein. Meine Eltern sind tot. Sie sind vor vier Jahren in Spanien verunglückt.«

»Das tut mir leid.« Flo blickte unsicher unter dem Rand ihrer Wollmütze hervor. »Hast du Geschwister?« Lena schüttelte verneinend den Kopf, und ihr trauriger Gesichtsausdruck brach Flo fast das Herz. »Was machst du dann hier?« Lena sah sie fragend an. »Ich meine, bist du hier, um Weihnachten allein und in völliger Abgeschiedenheit zu feiern? Du wohnst doch nicht etwa hier in der Gegend?«

»Wäre das so schlimm?«

»Nein, natürlich nicht, aber irgendwie sehe ich dich eher in einer Stadt.« Flo zuckte mit den Schultern. »Wäre es auf Dauer nicht zu langweilig hier?«

»Sicherlich. Obwohl ich diese beeindruckende Landschaft und den Schnee wirklich genieße.« Flo sah sie abwartend an. »Ich bin bei Freunden zu Gast. Sie wohnen zwei Ortschaften weiter. Wir kennen uns schon seit unserer Kindheit, und in diesem Jahr feiern wir eben hier. Alex ist Altenpflegerin, und Hannes unterstützt ihre kleine Ich-AG, wo er nur kann. Ansonsten entwickelt er Spiele für eine Softwarefirma.«

Flo nickte. »Das Auto von gestern Nacht. *Heimservice der besonderen Art* ...«

»... gehört Alexandra. Sie macht damit ihre Hausbesuche. Nur deshalb hatte ich alles für die Erste Hilfe griffbereit.« Lena deutete auf das Pflaster, das Flo über ihrer Augenbraue trug. »Was ist mit der Platzwunde?«

Flo winkte verächtlich ab. »Kaum der Rede wert. Die Erstversorgung war eindeutig zu gut. Der Arzt meinte, sie sei in wenigen Tagen verheilt. Noch nicht einmal eine Narbe würde zurückbleiben.«

»Das klingt ja, als seiest du enttäuscht?« Lena griff in den Schnee und formte in ihren Händen einen ebenmäßigen, runden Ball.

»Ein solcher Unfall – und noch nicht einmal eine einzige Narbe? Na hör mal, da kann ich ja wohl enttäuscht sein!«

»Sorry, aber das hört sich für mich vollkommen bescheuert an!« Sie warf den Ball mit Schwung in eine kleine Gruppe Tannen, die etwa zwanzig Meter entfernt standen, und löste damit eine Minilawine aus, die zwei der Tannen schneefrei zurückließ.

»Nicht schlecht!«

»Ja, nicht wahr? Ich war mal deutsche Jugendmeisterin im Volleyball. Aber das ist schon lange her.«

»Du siehst aber immer noch sehr sportlich aus!«

»Ich weiß auch nicht. Irgendwie liegt das in unserer Familie. Meine Mutter war genauso schlank wie ich.«

Flo schaute über den verschneiten Hügel der Koppel auf die am Horizont verblauenden Hügel, lehnte sich an den Holzzaun und atmete tief ein und langsam wieder aus. Sie wappnete sich für ihre nächste Frage.

»In deinem Leben gibt es also niemanden?« Sie bemerkte, wie Lena neben sie trat, und drehte sich zu ihr um. »Ich meine, du fährst allein durch die Dunkelheit verschneiter Wälder, kommst allein zum Essen heute, feierst Weihnachten mit Freunden ...«
»Alles mehr als eindeutig, oder?« Flo hob die Schultern. »Aber du trägst einen Ring.«
»Ja, das stimmt allerdings«, gab Lena zu und betrachtete ihre Hand, als sähe sie den Ring zum ersten Mal. »Es ist der Ehering meiner Mutter. Eine der wenigen Sachen, die ich nach ihrem Tod aufbewahrt habe. Er liegt mir sehr am Herzen, und ich trage ihn oft. Vor allen Dingen an Tagen wie Weihnachten. Irgendwie stellt er eine Verbindung zu ihr her. Kannst du das verstehen? Ich vermisse sie sehr.« Sie schluckte schwer, versuchte, die Tränen zu unterdrücken, die ihr in die Augen schossen, und schüttelte den Kopf, als wolle sie Gedanken und Erinnerungen vertreiben, die sich im Grunde nicht vertreiben ließen, weil sie nicht im Kopf saßen, sondern in ihrem Herzen. Flo kannte das. »Außerdem hat er mir schon gute Dienste geleistet, wenn ich tanzen war oder auf Partys. Du glaubst nicht, wie viele Männer einen Rückzieher machen, wenn sie den Ring sehen, und wie viele peinliche Momente mir dadurch schon erspart blieben.«

»Dann gibt es also wirklich niemanden?«

»Das scheint dich ja enorm zu beschäftigen! Warum?« Als sie Flos abwartenden Blick sah, schüttelte sie den Kopf. »Nein, gibt es nicht.« Sie sah, wie Flo kräftig ausatmete, als hätte sie die Luft zu lange angehalten, und lächelte. »Was ist mit dir? Ich habe die Bilder gesehen, die bei deinen Eltern auf dem Kaminsims stehen. Du siehst deinem Bruder unglaublich ähnlich. Die gleichen sanft geschwungenen Lippen, diese wunderschönen dunklen Augen, das Grübchen wenn ihr lächelt ...«

»Ja, wir könnten Zwillinge sein. Aber ich muss dich enttäuschen. Mein Bruder ist schon vergeben. Er wird sich trotzdem über die Komplimente freuen.« *Vor allen Dingen, weil sie von dir kommen.*

Lena blickte zu Boden. »Ich sprach nicht von deinem Bruder.«

Flo schwieg.

»Die Frau, mit der du auf einem der Bilder zu sehen bist. Ist das deine Freundin?«

»Worauf willst du hinaus?«

Lena zögerte. Sie schien plötzlich unsicher. »Ich will nur wissen, wie meine Chancen stehen.« Der Schnee funkelte mit einem Mal so hell im Sonnenlicht, dass sie ihre Augen irritiert schließen musste, und als sie sie wieder öffnete, stand Flo direkt vor ihr und blickte sie mit ihren schwarz glänzenden Augen ungeniert und eindringlich an. Lena stockte der Atem. »Ich finde dich wunderschön«, flüsterte sie, hob ganz vorsichtig ihre Hand und berührte kaum spürbar Flos geschwollene, blau verfärbte Wange. »Ich war zu verwirrt gestern Abend. Ich konnte auf keinen Fall bleiben, brauchte Zeit zum Nachdenken, konnte unmöglich mit deinen Eltern seelenruhig zu Abend essen und gleichzeitig wissen, dass du, vielleicht schwerer verletzt als es den Anschein hatte, im Nachbarzimmer liegst.« Sie nahm Flo behutsam in den Arm. »Ich bin so froh, dass dir nicht mehr passiert ist, dass du hier vor mir stehst und wir miteinander sprechen können, dass du mich anlächeln kannst mit deinem Mund und deinen Augen und ...«

Flo löste sich aus Lenas Umarmung und schaute sie ungläubig und überrascht an.

»... falls es wirklich so etwas geben sollte wie Liebe auf den ersten Blick, dann ist mir genau das gestern zugestoßen. Glaubst du an Vorsehung? Kann daraus etwas werden?«

Statt zu antworten, lächelte Flo, so gut sie eben konnte, und griff nach Lenas Hand. »Komm, ich möchte dir etwas zeigen!« Als Lena zögerte, fügte sie hinzu: »Lass dich überraschen!« Sie küsste Lenas Hand, die sich eisig kalt, anfühlte und zog sie hinter sich her Richtung Scheune. Bevor sie die Tür öffnete, sagte sie außer Atem: »Schließ die Augen. Vertrau mir.« Sie trat hinter Lena und legte ihr die Hände über die Augen, damit sie auch wirklich nichts sehen konnte, und gemeinsam gingen sie in die Scheune, in der es angenehm warm war. Mitten im Raum blieben sie stehen. »Ich nehme jetzt meine Hände weg, aber du musst mir versprechen, die Augen geschlossen zu halten, bis ich dir erlaube, sie zu öffnen.«

Lena nickte fast unmerklich.

Flo ging an die Stereoanlage, suchte eine ihrer Lieblings-CDs aus dem Regal – Carl Orffs *Carmina Burana* – und legte sie ein. Ein kurzer Blick auf Lena überzeugte sie, dass diese immer noch, wenn auch etwas verloren, im Raum stand und die Augen brav geschlossen hielt. Sie hatte ihre Jacke achtlos zu Boden gleiten lassen und damit begonnen, sich mit ausgebreiteten Armen langsam im Kreis zu bewegen, als wolle sie die Luft abtasten und die Schwingungen des Raumes in sich aufnehmen. Die Musik ertönte, und Flo reagierte so wie immer, wenn sie *Fortuna Imperatix Mundi* hörte – sie bekam eine Gänsehaut. Sie ging zu Lena und flüsterte: »Jetzt mach deine Augen auf.«

Das Erste, was Lena sah, war das ungemachte Bett, in dem Flo ihre Nächte verbrachte. Sie drehte sich zögernd zu ihr um, ein bezaubernd schüchternes Lächeln auf den Lippen. »Entschuldige, aber darauf bin ich nicht vorbereitet. Ich glaube, dafür ist es noch zu früh. Gib mir ein bisschen Zeit.«

Flo unterdrückte den Drang, lauthals loszulachen, schüttelte stattdessen energisch den Kopf und drehte Lena wieder um. »Doch nicht das Bett! Die Bilder! Sag mir, was du siehst. Sag mir, welches der Bilder zu dieser Musik gemalt wurde.« Mit einer weit ausholenden Geste deutete sie auf die Wände der Scheune, die mit großformatigen, abstrakten Bildern bestückt waren und den einfachen Raum in ein Feuerwerk aus kräftigen Farben tauchten.

»Ist dir das wichtig? Hängt davon etwas ab? Dann bin ich, glaube ich, zu nervös.«

»Bitte, versuche es.«

Lena ging langsam auf die Bilder zu und betrachtete jedes einzelne unerträglich lang. Flo begann, nervös ihr Gewicht von einem Fuß auf den anderen zu verlagern. Sie wusste nicht, wohin mit sich, hätte die Musik am liebsten ausgedreht und die ganze Sache einfach vergessen. Was, wenn Lena das richtige Bild nicht erkannte? Was hatte sie sich von dieser Aufgabe versprochen? Wie töricht, zu glauben, dass das Spiel, das ihre Mutter immer mit ihr spielte, auch etwas für andere war. Sie hoffte so sehr, dass Lena in der Lage war, das richtige Bild zu erkennen, und gleichzeitig hatte sie Angst davor, dass sie dies nicht konnte.

Schließlich deutete Lena auf ein etwa drei auf vier Meter großes Bild, das durch seine schier unendliche Anzahl übereinander liegender, transparenter Schichten aus dunklen Blau- und Grüntönen eine unglaublich magische Tiefe besaß. Hier und da leuchteten kräftige rote Punkte aus den Tiefen oder durchbrachen breite Streifen gelber Farbe die oberste Schicht, als reflektierten sie die Sonne. Dunkelviolett, Orange, Türkis, Braun. Die *Moldau*. Flo schien das rauschende Wasser direkt durch die Ohren zu strömen, und sie spürte, wie ihr der Wind über die Haut fuhr. Sie schloss die Augen. *Das falsche Bild! Das konnte nicht sein. Das durfte nicht sein!* Sie stand hinter Lena und schüttelte unmerklich den Kopf, als könne sie deren Entscheidung durch Gedankenübertragung beeinflussen.

»Dieses Bild ist beeindruckend schön. Es strahlt eine solche Ruhe aus, und doch ist es unglaublich spannend. Überall gibt es Neues zu entdecken. Ich liebe es.« Sie drehte sich zu Flo um und sah in ihr blasses Gesicht. »Was ist mit dir? Geht es dir nicht gut?«

Flo schüttelte den Kopf. »Ist das deine Wahl?«

»Aber nein! Das passt doch nicht zur *Carmina Burana*! Das da ...«, Lena zeigte auf das Bild, das über Flos Bett angebracht war und fast die ganze Wand einnahm, »... das muss es sein.«

Die Komposition bestand aus dunklen Rottönen, kräftigem Gelb, magischem Blau, die in einem Gewirr aus wilden Linien und Punkten über eine schwarze Fläche gezogen eine vollkommen neue Farbqualität entfaltet hatten. Im Grunde war bei längerer Betrachtung nicht einmal mehr der Grundton schwarz. Vielmehr löste er sich vollkommen in den schwirrenden, tanzenden Linien auf.

»Ja, das passt zu der Musik.« Sie nickte langsam und lächelte Flo an. »Habe ich recht?«

Flo stellte sich neben sie und nickte zustimmend. »Wie hast du es herausgefunden?«

»Wenn ich den Linien folge, erkenne ich die dunkle Melodie, die Punkte setzen den Rhythmus, und die Farben ergeben die Stimmung. Noch ein wunderbares Bild. Wer hat sie gemalt?«

»Meine Mutter. Die Scheune ist ihr Atelier. Nur für mich ist alles halbwegs auf- und weggeräumt.«

»Und diese Modelle dort in der Ecke?«

»Die sind von meinem Vater. Er kann es einfach nicht lassen. Sie haben im Grunde genug Geld, um sich zur Ruhe zu setzen, aber keiner von beiden kann seine Passion wirklich aufgeben.«

»Und was ist mit dir? Was ist deine Passion?«

»Worte. Ich liebe Worte.«

»Du schreibst?«

»Nein, das könnte ich nicht, aber ich übersetze. Bücher aus dem Englischen.«

»Und was ist mit Malen?«

»Ich glaube, dieses Talent habe ich nicht. Und ich stehe auch dazu. Genau genommen bleibt mir auch nichts anderes übrig.

Wie wollte ich gegen meine Mutter ankommen? Ich würde immer in ihrem Schatten malen. Bei meinem Vater wäre es genauso. Also gehe ich eben meinen eigenen Weg.«
»Was ist mit deinem Bruder?«
»Er ist Ingenieur.«
»So viele unterschiedliche Talente in einer Familie!« Lena schüttelte abwesend den Kopf, vollkommen in die Betrachtung des Bildes versunken, während die Musik leise ausklang.
»Andrea«, sagte Flo in die Stille hinein, und ihre Stimme klang lauter und forscher, als sie es beabsichtigt hatte. Lena zuckte zusammen und blickte sie fragend an. »Ich habe keine Ahnung, warum meine Eltern das Bild aufgehoben haben, aber die Frau auf dem Bild ist Andrea. Meine erste wirklich große Liebe. Wir waren fast sechs Jahre zusammen.«
»Was ist passiert?«
»Sie lernte jemand anderen kennen.«
»Ihr habt euch getrennt?«
»Ich habe sie verlassen. Sie wollte die neue Liebe, ohne die alte gleichzeitig aufzugeben, sprach von offener Beziehung. Ich kann das nicht. Ganz oder gar nicht. Klingt vielleicht altmodisch. Dann bin ich eben altmodisch, aber die Vorstellung, einen Menschen, den ich liebe, mit jemandem teilen zu müssen, ist für mich unerträglich. Lieber verzichte ich ganz.«
»Wann war das?«
»Vor zwei Jahren, kurz nach meinem zweiunddreißigsten Geburtstag. Ein verspätetes Geschenk sozusagen.«
»Das tut mir leid.«
»Muss es nicht. Ich war frei.«
Lena schaute Flo lange und prüfend an. »Und das möchtest du bleiben?«
Flo wandte sich ab und begann, diverse Gegenstände auf den niedrigen Regalen zurechtzurücken. »Am Anfang war das Alleinsein ausgesprochen ungewohnt und nur schwer zu ertragen. Aber ich habe mich daran gewöhnt, und mittlerweile liebe ich mein Leben genau so, wie es ist. Fünf recht erfolgreiche Übersetzungen in den letzten Monaten, mich mit Freunden treffen, wann immer mir der Sinn danach steht, reisen, einfach tun und lassen, was und wann immer ich will.« Ihre Aufmerksamkeit galt einem kleinen Foto, das offensichtlich aus einem der Kunstbücher ihrer Mutter gerutscht war und das sie vom Boden aufgehoben hatte. Lä-

chelnd betrachtete sie ihren Bruder, der sie mit einer überdimensional großen Wasserpistole nassspritzte, während sie verzweifelt versuchte, ihm das Höllending aus der Hand zu reißen. Beide waren nackt, beide klitschnass, ihr Bruder sechs und sie fünf Jahre alt. »Da, schau, mein Bruder und ich. Mein Gott, ist das lange her.« Sie hielt Lena das Foto entgegen.

Für einen kurzen Moment trafen sich ihre Blicke, und Flo glaubte, in Lenas glänzenden Augen die liebevolle Zuneigung zu entdecken, die sie selbst so lange vermisst hatte. Erst als sie auch die Enttäuschung sah, das Entsetzen über ihre Worte, wurde ihr klar, wie verletzend sie geklungen haben musste, wie unüberlegt und leichtfertig sie Gefahr lief, etwas zu verlieren, das wirklich gut werden könnte.

Mit zwei großen, schnellen Schritten war sie bei Lena und ergriff deren Hand.

»Wie dumm von mir, so etwas zu sagen. Entschuldige.«

»Ist schon in Ordnung.«

»Nein, ist es nicht. Weil es so nicht mehr stimmt. Eigentlich möchte ich dir etwas ganz anderes sagen!« Flo küsste Lenas Hand. »Seit mich gestern ein Engel gerettet hat, habe ich das unstillbare Verlangen, mein Leben mit jemandem zu teilen – weil mir bewusst wurde, wie einsam ich im Grunde bin und wie viel schöner es wäre, meine Erfolge, meine Erlebnisse und Erfahrungen – einfach alles – mit jemandem zu teilen. Es wäre wunderbar, wenn dieser jemand mein Engel wäre.« Damit schloss sie die Lücke zwischen sich und Lena und nahm sie in ihre Arme. »Ich würde dich gerne küssen. Darf ich?«

»Was für eine bescheuerte Frage.« Lena lachte ihr bezauberndes Lächeln, und Flo schmolz dahin.

»Finde ich überhaupt nicht. Ich möchte nur nichts falsch machen«, sagte sie leise.

»Kannst du das überhaupt? Mal abgesehen davon, dass du glaubtest, dein Auto sei stärker als eine Gruppe hoher Tannen.«

»Immer mit dem Kopf durch die Wand. Schätzt du mich so ein?«

»Ich glaube, dass du ein rücksichtsvoller, einfühlsamer und liebevoller Mensch bist. Jeder andere hätte eine Beule in seinem Auto vorgezogen und die Rehe einfach überfahren. Du hast die deutlich gefährlichere Variante vorgezogen.«

»Und dafür liebst du mich?« Nun lächelte auch Flo.

»Und dafür liebe ich dich.« Sie fuhr sich nervös durch die Haare. »Also, ich meine, ich muss dich natürlich erst besser kennenlernen, bevor ich letztendlich sagen kann, dass ich dich tatsächlich liebe, doch die Chancen stehen nicht schlecht. Irgendjemand wollte, dass wir uns kennenlernen. Das ist nicht von der Hand zu weisen, und außerdem glaube ich, dass ...«

Flo legte Lena den Finger auf die Lippen und schüttelte missbilligend den Kopf. »Wie kann eine einzige Frau nur so viel reden – und das in einem Moment wie diesem?«

Küss mich!, stand auf den Schnipseln zu ihren Füßen, und das war genau das, was sie jetzt tat. Sie küsste Lena, berührte erst sanft ihre Lippen, testete, ob es wehtat, ob sie mehr wagen konnte, ohne sich mit schmerzverzerrtem Gesicht abzuwenden und Lena damit zu erschrecken. Aber seltsamerweise waren alle Schmerzen wie weggeblasen, und der nur zaghaft hingehauchte Kuss wurde immer dringlicher und intensiver. Als Lena begann, ihn zu erwidern, wusste Flo, dass sie auf dem Weg in eine gemeinsame Zukunft waren, sie spürte, dass alles möglich war. Erst als die Glocke ertönte, die zum Kaffee rief, ließen sie widerwillig voneinander ab, trennten sich ihre fordernden Lippen, lächelten, hungrig nach mehr.

»Du küsst fantastisch«, presste Lena atemlos zwischen ihren Lippen hervor. »Wo hast du das gelernt?«

»Das liegt an dir. Glaube mir.« Flo fuhr sich mit ihrer Linken durch die Haare, während sie die Rechte verwundert und staunend auf ihre Lippen legte – als könne sie nicht fassen, was gerade passiert war und welch eine Lawine von Gefühlen es in ihr auslöste.

»Das könnte tatsächlich etwas werden mit uns, oder?« Lena streckte zitternd ihre Hand aus, als sei sie eine Ertrinkende und Flo ihre einzige Rettung.

Flo nickte nur, führte Lenas Hand zu ihrem Brustkorb und ließ sie die Antwort spüren. Ihr Herz raste.

»Ein paar Dinge muss ich allerdings noch klarstellen«, sagte Lena und räusperte sich.

»Leg los.«

»Ich kann nicht kochen, und stricken kann ich auch nicht. Meine Hobbys sind Faulenzen, Lesen, Sonntags-durch-die-Fußgängerzone-Schlendern, Reisen und Einen-geliebten-Menschen-Verwöhnen.«

Flo lächelte. »Das passt.«

»Ich arbeite in einer Autowerkstatt, die mir gehört, und richte Oldtimer wieder so her, dass man sie fahren kann.«

»Dann weiß ich ja, wo ich ein neues Auto herbekomme.«

»Ich liebe alte Filme und lange Kinonächte.«

»Nimm mich mit!«

»Ich sitze gerne im Café um die Ecke und unterhalte mich mit völlig Fremden über Literatur oder Politik oder so etwas Banales wie das Wetter.«

»Wenn ich nur dasitzen und zuhören darf, bin ich dabei!«

»Ich bin absolut treu und möchte dich lieben.«

»Dito.«

»Dann wäre das ja geklärt.«

»Wäre es.« Flo küsste Lena auf die Wange. »Und jetzt lass uns den Kuchen genießen. Wenn meine Großmutter gebacken hat, wartet mit Sicherheit ein kulinarischer Leckerbissen auf uns.«

»Ich kann es kaum erwarten.« Lenas Stimme war nicht mehr als ein Flüstern.

»Ich auch nicht.«

Flo blickte Lena zärtlich an. Sie waren sich der Nähe zueinander bewusst, und beiden war klar, dass nicht von dem Kuchen die Rede war, dass sie in diesem Augenblick keinen einzigen Gedanken an ihn verschwendeten, sondern Fäden vor ihrem geistigen Auge entstehen ließen, aus denen sie ihre gemeinsame Zukunft weben wollten.

Mein Dank geht an

… Angie, die mir den Freiraum schenkt, zu schreiben, und mich immer wieder ermutigt, die Geschichten auch zu veröffentlichen.

… Frau Braun – für ihr aufmerksames und konstruktives Lektorat.

… Nicole – für all die Antworten auf meine Fragen, für ihre positiven Rückmeldungen und Korrekturen.

… alle, die den einen oder anderen Text gelesen, mir aufbauende und hilfreiche Anmerkungen gegeben und mich immer wieder in meinem Schreiben bestärkt haben.

Diese Geschichten sind für euch.

Zu guter Letzt

Die Texte und ihre Handlung sind frei erfunden. Ebenso die Figuren, Örtlichkeiten und Ereignisse. Ähnlichkeiten mit real existierenden Personen, lebenden oder toten, sind rein zufällig und nicht von der Autorin beabsichtigt.